Jens Wonneberger STURE HUNDE

für Ines Hoppe
zum Geburtstag

Jens W[illegible]
24.11.11

Die Arbeit des Autors an diesem Roman wurde vom Deutschen Literaturfonds e.V. gefördert.
1. Auflage 2011 –
Lektorat: Melanie Heusel
Buchdesign: Sarah Winter
Satz, Druck, Bindung: Steidl, Düstere Straße 4, 37073 Göttingen
www.steidl.de
Printed in Germany by Steidl
ISBN 978-3-86930-359-8

Jens Wonneberger

STURE HUNDE

ROMAN / STEIDL

1

Wenn Nordostwind weht, sagen die Leute, werde das schon seinen Grund haben. Wenn Westwind weht, sagen die Leute das Gleiche. Die Leute reden oft vom Wind. Bis vor ein paar Jahren brachte der Westwind den Gestank vom Schweinestall herüber. Eine Zwanzigtausender-Anlage, sagten die Leute. Der Nordostwind kommt von der Müllkippe. Wird der Nordostwind stärker, heftet er Papier- und Plastikfetzen an den Maschendrahtzaun. Die jungen Fichten vor dem Zaun sehen dann aus wie gefledderte Weihnachtsbäume. Auf den Blättern der Pflanzen und dem Lack der Autos liegt ein Film, der mal weiß ist oder grau und manchmal braun wie Rost. Es wird Zeit, dass es regnet, sagen die Leute. Martin Rohrbach schweigt, man muss die Leute reden lassen. Wer sein Haus auf einem Hügel hat, mitten im Feld, der muss wissen, was er tut, der sollte nicht vom Wind reden. Obwohl das Haus auf einem Hügel steht, ist es aus der Ferne kaum zu erkennen, eine seltsame Trägheit scheint von ihm auszugehen, flach duckt sich der eingeschossige Bau auf einem kleinen Plateau und versteckt sich hinter einer dichten Mauer aus Büschen und knorrigen Obstbäumen, deren Kronen die sanfte Erhebung abrunden. Als das Haus von Rohrbachs Großvater nach dem letzten Krieg gebaut worden war, hatte das Grundstück noch weit vom Dorf entfernt gelegen, sein frischer Verputz und das neue Dach müssen weithin geleuchtet haben, weniger als Ziel, das ein Wanderer hätte erreichen wollen, eher als Warnung. Es wirkte wie ein Ort für Aussätzige, eine Quarantänestation für gerade grassierende Seuchen oder eine Abdeckerei, die man abseits des Dorfes errichtet hatte.

Wie jedes Ahornsteiner Haus hat auch dieses eine Nummer, gehört zu einer Straße, doch diese Straße endet weit vom Haus entfernt und schlängelt sich dann nur noch als schmaler Feldweg weiter, dessen Schlaglöcher und Fahrrinnen von Zeit zu Zeit mit Bauschutt gefüllt werden. Kaum einer in Ahornstein kennt die Nummer, das Haus heißt bei allen nur das Haus, Rohrbachs Haus. Vielleicht weiß der Postbote die Nummer, auf den Briefen muss sie ja stehen, aber die wirft er in einen rostigen Blechkasten, der am Ende der Straße an einem windschiefen Holzpfahl hängt und mehrfach verrückt worden ist. Alle paar Jahre ist der Briefkasten umgezogen, aber das Haus behielt trotzig seine Adresse.

Noch vor dem Haus war am rückseitigen Fuß des Hügels die Autobahn nach Osten gebaut worden, vom Führer, wie es heißt. Die Besitzer des Ritterguts, die den Bau der Eisenbahnstrecke durch ihre Ländereien einige Jahrzehnte zuvor noch hatten verhindern können, waren dagegen machtlos gewesen. Die Bahnstrecke wurde durch den Nachbarort gebaut und ist inzwischen stillgelegt, der Bahnhof ist verwaist, nur der Wind wiegt das Gras zwischen den rostigen Gleisen und ölgetränkten Schwellen. Die Autobahn aber gibt es noch immer, und in den Jahren, da die Büsche wuchsen und die Obstbäume knorrig wurden, entstand die Müllkippe und noch später, Martin Rohrbach war gerade geboren, die Zwanzigtausender-Anlage. Obwohl nun das Dorf auch von der letzten freien Flanke her immer näher rückt, der Feldweg Stück für Stück mit Asphalt überzogen wird, steht das Haus einsam auf dem Hügel, und diese Einsamkeit wird immer deutlicher. Denn während der Hügel einst Teil einer Landschaft war, wird nun mit jedem Neubau, mit dem das Dorf näher rückt, ohne dem Haus nahe zu kommen, am Fuße des Hügels eine imaginäre, aber doch sichtbare Grenze gezogen. Selbst der Maschendrahtzaun, der das Grundstück umschließt, grenzt es eher aus. Die Bauern, die nun die ehemals Rohrbach'schen Felder bewirtschaften, haben den Zaun errichtet, weil Martin längst in der Großstadt lebte und seine Rückkehr in all den Jahren kategorisch ausgeschlossen hatte. Das Haus steht seitdem in einer Enklave, einem Refugium des Schattens, der die kühle Feuchte nach einem Regen noch hält, wenn die Felder ringsum längst wieder in der Sonne dampfen. Es ist ein Ort für Aussätzige geblieben und hat dennoch etwas Märchenhaftes, was vor allem an den beiden alten Buchen liegen mag, die rechts und links der Gartentür stehen und deren Kronen, als die Buchen noch junge Bäume waren, schon von den Vorbesitzern des Grundstücks ineinander verflochten und dann immer wieder beschnitten worden waren, sodass sie nun einen lebenden Bogen bilden.

Eigentlich ist Martin Rohrbach nur nach Ahornstein gekommen, um seinen Vater zu begraben, vielleicht denkt er wegen dieses Märchentors nun manchmal ans Bleiben.

Es ist auch jetzt noch kühl, obwohl die Sonne schon hoch steht, als Rohrbach aus dem Haus tritt und einen Moment unschlüssig stehen bleibt. Er weiß nicht, was er tun soll, und doch erinnert ihn dieser Moment an die Bestimmtheit, mit der sein Vater manchmal in der Haustür stand, während er bei einem seiner seltenen Besuche das Grundstück betreten hatte, in diesem Türstock, der kein Wappen trägt, nicht einmal die Initialen des Erbauers oder eine Jahreszahl, wie es bei den Häusern der Alteingesessenen üblich ist, aber immerhin aus Granit besteht, was ihn von den Neubauten der letzten Jahrzehnte unterscheidet. Nie war der Vater ihm auch nur einen Schritt entgegengekommen, er stand da und konnte nicht anders. Vielleicht, denkt Rohrbach, lag es an der Gewissheit des Besitzes, die jede Bewegung des Vaters so selbstverständlich erscheinen ließ und seinem trotzigen Verharren im Türstock einen gewissen Stolz verlieh. Im Vorbeigehen schlägt er gegen die Regentonne, die rostig unter dem Fallrohr steht. Eine Eidechse, die sich auf dem warmen Metall gesonnt hat, huscht davon und verschwindet in einer Ritze des Bruchsteinsockels. Es hat lange nicht geregnet, die Tonne klingt hohl, erst ein dumpfes Hallen, dann ein leises Summen, das eine Weile nachschwingt. Nachdem der Ton verklungen ist, nimmt Rohrbach das ferne Dröhnen der Autobahn wahr. Vor vielen Jahren, als man die Autobahn noch zu Fuß überqueren konnte, als dieses Dröhnen in größeren unregelmäßigen Abständen auf- und abschwoll, hatte es alle gestört, die Leute hatten die Köpfe gehoben, sich bedeutungsvoll angesehen und einander versichert, dass dies die Autobahn sei. Jetzt ist es ein anhaltender Ton, an den man sich gewöhnt hat, den man kaum noch hört. Das Dröhnen der Autobahn ist wie der Wind, man hat gelernt, damit zu leben.

Rostig, hatte er immer gesagt, wenn jemand ihn nach seinem Vaterhaus gefragt hatte, es sei ein rostiges Haus. Den Namen des Dorfes haben fast alle gekannt, weil eine Autobahnausfahrt so heißt, und Ahornstein gelegentlich in den Verkehrsnachrichten auftaucht. Rohrbach war es vorgekommen, als fiele der Name des Ortes öfter als andere, als ereigneten sich dort mehr Unfälle als anderswo, denn er hatte sich vorgestellt, das verwunschene Haus auf dem Hügel müsse mit diesen Unfällen zu tun haben. Ein rostiges Haus, seine Freunde hatten ihn erstaunt angesehen und nichts verstanden, doch ihm schien damit alles beschrieben. Rostbraun waren die Türen und Fensterrahmen, mit Ochsenblut schienen die Dielen gestrichen und die riesige Wäschetruhe mit den Initialen der Urgroßmutter, selbst auf dem weißen Grund der Badewanne hatte das aus einem defekten Hahn tropfende Wasser eine rostige Spur gezogen. Braun war auch der riesige Kachelofen, in dem manchmal leise der Wind heulte.

Auch außerhalb des Hauses dominierte diese eine Farbe, einige Steinplatten des Torwegs und die sich lang über den grauen Putz ziehenden Schlieren unter den Mauereisen waren braun, auch das Wäschegestell im Hof, und auf der Wiese rosteten die alten Geräte und Maschinenteile unter den weißen Blütenrispen des Schlingknöterichs in friedvoller Verlassenheit. Wenn man die Pflugschare berührte oder den Dornenkranz des Heuwenders, um am Morgen die Kühle des Metalls zu spüren oder seine Wärme an einem Sommernachmittag, lag der Rost in winzigen Splittern auf der Haut, bei Regen aber färbte er das Wasser der Pfützen und Lachen. Rostig, das war für Rohrbach nicht nur eine Farbe, das war ein allgemeiner Zustand, und wenn die alte Wetterfahne auf dem Dach sich hilflos um die eigene Achse drehte oder die Angeln der Fensterläden im Wind ächzten, dann war rostig auch ein Klang. Ein Klang, den man nicht aus dem Kopf bekommt. Sogar einige der Steine, die die Bauern von den umliegenden Feldern gesammelt und auf einen Haufen an der Grundstücksgrenze geworfen hatten, schienen zu oxydieren und waren von rotbraunen Adern durchzogen.

Dieser Haufen war mit den Jahren immer größer geworden, er drohte die Sicht über die Felder einzuschränken. Dann war eines Tages Paul Lindner bei Rohrbachs Vater erschienen und hatte ihm einige der Feldsteine abgenommen. Zu dessen Verwunderung bestand er darauf, dafür zu bezahlen, obwohl doch die Felder auch jetzt noch voller Steine liegen und jeder sich bedienen kann, die Bauern sind dankbar über jeden Stein, der verschwindet. Denn als sei die Erde immerzu in Bewegung, tauchen fortwährend neue Steine aus dem Boden auf. Wie Luftblasen, die vom schlammigen Grund eines Teiches aufsteigen, scheinen sie an die Oberfläche zu drängen und liegen plötzlich auf den Feldern. Irgendwann wäscht der Regen sie blank, die Steine leuchten auf dem dunklen Acker, dessen Farbe, wenn er trocknet, für einige Stunden an Rost erinnert, dann immer fahler wird, bis der Wind schließlich den feinen Staub über die Hänge treibt.

Schon bald waren auch andere Bewohner der Siedlung erschienen, sie zahlten einen guten Preis. Paul Lindner hatte einen Steingarten angelegt, da wollten die anderen nicht nachstehen, sie verwandelten die Vorgärten ihrer

Eigenheime in Steinlandschaften oder umrandeten kleine Zierteiche mit den Feldsteinen von Rohrbachs Haufen. So ist es immer gewesen, pflastert einer seine Einfahrt, werden schon bald alle Einfahrten gepflastert, ersetzt jemand die Holzlatten seines Gartenzaunes durch verzinkte Gitterstäbe, tun die anderen es ihm nach. Es ist ein stummer, verbissen geführter Wettkampf, dessen heutigem Sieger man schon morgen keine Ruhe lässt und in immer neuen Disziplinen zu übertreffen sucht. Sie vergrößern die Fenster ihrer Häuser, bauen Kunststoffrahmen mit goldenen, aufgeklebten Sprossen ein, setzen künstliche Enten auf die Zierteiche oder stellen Plastikstörche an deren Ufer. Zuletzt haben sie ihre Häuser mit einer dicken Dämmschicht verkleidet, von der es heißt, sie werde beim Flugzeugbau verwendet. Schaumstoff und gesprenkeltes Blech, wenn man gegen die Mauern klopft, klingen die Häuser wie leere Regentonnen. Wegen des Windes, sagen die Leute und reden von Koeffizienten und Kilokalorien und von gesunkenen Heizkosten, sie glauben, den Wind überlistet zu haben.

Rohrbach schaut auf die Uhr, gleich muss Paul Lindner kommen. Lindner kommt fast jeden Tag, immer zur selben Zeit und immer mit demselben Anliegen, er will ein Stück Land kaufen. Er hat sich regelrecht verbissen in dieses Stück Land und behauptet, Rohrbachs Vater habe es ihm versprochen. Vater ist gerade zwei Wochen unter der Erde, denkt Rohrbach, und schon kommen die Schmeißfliegen. Lindners Eifer ist ihm verdächtig, er hat keine Ahnung, was der mit diesem Land will, ausgerechnet mit dem Stück unter dem Steinhaufen. Es ist Sonnabend, irgendwo im Dorf kreischt eine Kreissäge, irgendwo summt ein Rasenmäher und im letzten Haus der Siedlung hat jemand die Fahne seines Lieblingsvereins gehisst. Lautlos flattert sie im Wind, doch Rohrbach glaubt sie zu hören, diesen zitternden Ton, dieses dumpfe Prasseln, bis eine Welle den Stoff durchfährt und ihn wie eine Peitsche knallen lässt.

Paul Lindner hat einen seltsam wiegenden Gang, Rohrbach erkennt ihn sofort, obwohl Lindner noch weit entfernt ist und, kaum größer als ein Komma, gerade erst jene Stelle erreicht hat, wo der Asphalt abrupt endet und ein Streifen Ziegelschotter den Übergang zum Feldweg markiert. In seinem Körper ist so viel Unruhe, dass man glaubt, Lindner sei ein junger Mann und gehe mit großer Geschwindigkeit, trotzdem kommt es Rohrbach jedes Mal wie eine Ewigkeit vor, bis Lindner in der kleinen Senke verschwindet und kurz darauf bei den Holunderbüschen wieder auftaucht, als könne er sein Kommen noch einmal von vorn beginnen. Seine rechte Hand greift an der immer gleichen, von einem großen Findling markierten Stelle nach dem kleinen braunen Lederhut, er fürchtet wohl, der Wind könne den Hut forttragen, dann kickt er mit einer wie ein Stolpern wirkenden Verrenkung gegen einen kleinen Stein, sieht sich kurz vor dem Ziel noch einmal um, als müsse er sich des zurückgelegten Weges versichern, jetzt ist er ein alter Mann, der mit einem missbilligenden Kopfschütteln die klemmende Gartentür öffnet, die sofort den jammernden Ton der Wetterfahne nachahmt. Die schmiedeeiserne Tür hat kein Schloss mehr, nicht einmal eine Klinke, weshalb Lindner eine der eisernen, lanzettenartigen Spitzen greifen muss, dann wischt er die Rostsplitter von der Hand an die Hose.

Rohrbach sieht ihm dabei zu, er denkt nicht daran, ihm einen Schritt entgegenzugehen.
In den siebziger Jahren waren die Lindners die Besitzer des letzten Pferdegespanns im Dorf, und einmal, als die Räder des Heuwagens in einer engen Kurve blockierten und die Pferde mit Schaum vor dem Maul und weit aufgerissenen Nüstern auf der Stelle traten, war Paul vom Bock gesprungen und gestolpert, vielleicht hatte das die Pferde erschreckt, sie hatten sich wiehernd und mit gebleckten Zähnen zur Seite gebäumt, die Augen hinter den Scheuklappen angstvoll verdreht, und den Wagen mit einem Ruck wieder ins Rollen gebracht; Paul war dabei unter die Räder gekommen und seine Hüfte gequetscht worden. Es wird Regen geben, sagt er statt eines Grußes, steckt sich ein Bonbon in den Mund und schaut besorgt zum Himmel, wo nichts auf Regen hindeutet, der Wind hat etwas aufgefrischt, doch der Gesang der Lerche steht noch zuverlässig wie ein Fixpunkt überm Haus. Das Heu, sagt er und bricht dann ab, als falle ihm nun ein, dass er längst kein Heu mehr auf der Wiese hat. Rohrbach schweigt. Beide wissen, was nun kommen wird, und beide wissen, auch der andere weiß es. Trotzdem belauern sie sich eine Weile. Drüben im Dorf heult die Motorsäge auf, hustet einige Male und verröchelt. Hast du es dir überlegt?, fragt Lindner endlich und vermeidet es, Rohrbach dabei anzusehen. Ja, sagt der und fügt dann, als Lindner ihn überrascht ansieht, hinzu, irgendwann wird es Regen geben. Dann wieder Schweigen, nur ein leises Knistern ist zu hören. Die Wespen machen sich an den Strohmatten zu schaffen, mit denen Rohrbachs Vater einst das Frühbeet verschattet hatte. Irgendwo bauen die Tiere ein Nest.

Der Haufen wird immer kleiner, sagt Lindner auf die Feldsteine weisend und versucht ein komplizenhaftes Lächeln, das Rohrbach ignoriert. Kann sein, knurrt der, aber es sind noch genug da. Ja, viel zu viele, sagt Lindner mehr zu sich selbst, hält aber gleich inne und mustert Rohrbach misstrauisch. Dein Vater hat es mir versprochen, behauptet er, noch auf dem Sterbebett hat er mir das Stück Land ver-

sprochen. Du warst ja damals nicht da. Der Vorwurf in seiner Stimme ist unüberhörbar. Rohrbach reißt ein Blatt vom Kirschbaum und zerreibt es zwischen den Fingern, bis die Kuppen grün sind. Lindner weiß sofort, dass er zu weit gegangen und für heute alles verdorben ist. Grüß deine Tochter von mir, sagt Rohrbach und wendet sich demonstrativ ab.

Dabei hat Lindner ja Recht, Rohrbach ist nicht da gewesen, als sein Vater starb, niemand ist da gewesen. Lindner hatte eines Tages angerufen und ihn informiert, dem Vater gehe es schlecht, hatte er gesagt. Noch jetzt, da er sieht, wie Linder sich mit seinem wiegenden Gang entfernt, ohne die Gartentür zu schließen, hat er sofort wieder dessen merkwürdigen Tonfall im Ohr. Lindner hatte ihn tatsächlich informiert, sachlich und eher beiläufig, als ginge es den Sohn nicht wirklich etwas an, als erwähne er es nur, um von ihm ein paar Worte des Trostes zu bekommen. Er hatte von Vaters Tod gesprochen, wie die Leute vom Nordostwind sprechen. Wenn Nordostwind weht, sagen die Leute, werde das schon seinen Grund haben. Lindner hatte keinen Zweifel gelassen, worin für ihn der Grund für den Tod des alten Rohrbach bestand. Du warst ja nicht da, hatte Lindner schon damals am Telefon gesagt, und dass

der Vater trotz seines Zustands unbedingt diesen Steinhaufen habe abtragen müssen. Das ist typisch, hatte Rohrbach gedacht und war verärgert gewesen über seinen Vater, diesen alten Sturkopf, der sich offenbar selbst im Sterben treu geblieben war.
Eine Woche zuvor hatte der Vater noch selbst angerufen, es gehe ihm schlecht, hatte er gesagt, und dass er nun sterben werde und endlich mit ihm reden müsse. Rohrbach kannte diese ewigen Lamentos, sein Vater hatte einen Hang zum Dramatisieren, trotzdem war er sofort gekommen, aber der Vater hatte nicht mit ihm geredet, er hatte nur in der Küche gesessen und schweigend aus dem Fenster gesehen. Vor ihm auf dem Tisch lagen seine Hände, die er ansah, als gehörten sie schon nicht mehr zu ihm, diese Hände, die den Sohn geschlagen und einmal, Rohrbach erinnerte sich genau, nach einem Streit eine Tasse aus dem Fenster geschleudert hatten, die auf dem Steinhaufen zerschellt war. Sie waren noch immer groß, aber kraftlos, die Haut wie Pergament und von braunen Flecken übersät. Beharrlich hatte der Vater geschwiegen und nur gelegentlich über den Feldsteinhaufen geschimpft, der trotz Lindners Eingreifen stetig größer werde und ihm die Sicht nehme. Wie immer hatte er übertrieben, der Haufen nehme ihm die Luft, die Steine würden ihn irgendwann erschlagen, er verfluchte die Bauern, die ihm das Zeug einfach vors Haus warfen, er verfluchte das Haus, sein Alleinsein und den Wind. Und für was das alles?, fragte er, du bist ja nie da, immer wenn man dich braucht, bist du nicht da. Dann schwieg er wieder, und es sah aus, als denke er mit dem Unterkiefer, in den Wangen spannten sich die Muskeln, und bald traten an den

Schläfen dicke blaue Adern hervor. Selbst sein Schweigen hatte etwas Bedrohliches. Rohrbach kannte ihn, man musste das nicht so ernst nehmen, er war trotzdem einige Tage geblieben, hatte aber den Haufen nicht angerührt, er wollte nicht Feldsteine schleppen, während der Vater ihm etwas zu sagen hatte und es vielleicht wirklich ans Sterben ging. Geredet hatten sie kaum, höchstens dass Wörter wie *Sterbegeldversicherung* oder *Grabpflegevertrag* gefallen waren, vom Vater ausgesprochen, als habe damit nun alles seine Ordnung. Schließlich war er wieder gefahren, dem Vater schien es besser zu gehen, obwohl er noch immer vom Sterben redete. Zwei Tage später hatte Lindner angerufen. Rohrbachs Vater war gestorben, allein, als habe er noch einmal Recht behalten und seinen Sohn ein letztes Mal strafen wollen.

Lindner, der jetzt gerade wieder in der Senke verschwindet, nicht ohne rechtzeitig nach seinem Hut zu greifen, Lindner war Vaters bester Freund, jedenfalls glaubten das alle. Er schien dem Vater nähergestanden zu haben, als es Martins Mutter, die einige Jahre vorher gestorben war, je vermocht hatte. Im Dorf, wo man allenfalls Nachbarn kannte, Sportkameraden oder Genossen, war über diese Freundschaft geredet worden, als sei eine so enge Freundschaft zwischen zwei Männern etwas Ungehöriges. Besonders seit Martins Mutter tot war und Lindner fast täglich in das abgelegene Haus ging, hatten sich die Dörfler die Mäuler über die zwei alten Männer zerrissen. Sie wussten nicht, wie sie das nennen sollten, für Kumpels waren sie zu alt, aber alte Kameraden waren es auch nicht, hatten sie nicht früher sogar immer miteinander gestritten? Der Verlust ihrer Frauen habe die Männer zusammengeschweißt, hieß es, andere ergänzten bedauernd: Enkel haben sie auch keine. Da Rohrbachs Vater Lindners Besuche nie erwiderte, kam bald auch das Haus ins Gerede. Das Rohrbach'sche Haus, sagten die Leute nun, immer mit einem ahnungsvollen Unterton in der Stimme. Sie hatten über ein Geheimnis der Beiden gemutmaßt, einen Plan vielleicht, eine Art Verschwörung, die auf dem Hügel ausgeheckt wurde und sich selbstverständlich nur gegen sie und ganz Ahornstein richten konnte. Gut möglich, sie holten die Steine auch deshalb und hofften bei dieser Gelegenheit, Näheres zu erfahren. Auch Martin hat sich über dieses merkwürdige Verhältnis gewundert, doch sein Vater, darauf angesprochen, hatte bei dem Wort Freundschaft nur gelacht. Dieser Lindner sei wie eine Klette, hatte er gesagt, aber er werde ihn zappeln lassen, am ausgestreckten Arm verhungern lassen werde er diesen Wegelagerer. Er hatte sich dabei so gefreut, dass Rohrbach nicht weiter nachfragen wollte, außerdem gingen ihn diese Dorfgeschichten längst nichts mehr an, er lebte in der Großstadt, und das sollte so bleiben.

Als Rohrbach die Gartentür schließt und Lindner die Straße erreicht hat, beginnt es tatsächlich zu regnen, obwohl auch jetzt nichts auf Regen hindeutet. Der Himmel ist blau, nur weit weg im Nordosten steht eine kleine dunkle Wolke, und es sind auch nur einzelne Tropfen, die hart auf die Blätter der Pflanzen fallen, die sich unter dem Aufschlag ducken und noch eine Weile zittern, wenn der Tropfen längst abgerollt ist. Sie schlagen auf das Blech von Rohrbachs Auto, von dem sie nicht herabrinnen, stattdessen ein Muster in den Staubfilm stanzen, während die dunklen Punkte auf den Platten des Torwegs verblassen, bevor der nächste Tropfen so lautlos und unvermittelt in ihrer Nähe auftrifft, als falle er nicht vom Himmel, sondern trete aus dem Stein hervor.

Vielleicht denkt Rohrbach auch wegen Linda ans Bleiben. Linda, die eigentlich Gerlinde heißt, Gerlinde Lindner, was eine Strafe ist, weshalb sie von allen nur Linda genannt wird. Als Lindner an dem Tag, da Rohrbachs Vater gestor-

ben war, anrief, sprach er zunächst vom Wind, der diesmal aus Nordost kam, und dann, als würde die Nachricht vom Tod des Vaters allein seinen Anruf nicht rechtfertigen, von Linda. Auch er hatte es längst aufgegeben, seine Tochter Gerlinde zu nennen. Linda, sagte er, habe heute ihren Scheidungstermin. Endlich, dachte Rohrbach, als Lindner plötzlich vom Tod des Vaters sprach und durchs Telefon das Schlagen eines Bonbons gegen die Zähne zu hören war. Der Schmerz kam später und war ein Schmerz darüber, dass sich die richtige Trauer nicht einstellen wollte. Der Vater war also tot, und Linda würde sich scheiden lassen.
Rohrbach erinnert sich genau, wie Linda dann am Tag des Begräbnisses vor ihm stand. Es war ein schöner Tag, die Natur stand schon in üppigem Grün, nur der Maibaum auf dem Dorfplatz war schon verwelkt und stand wie eine filigrane Skulptur auf der Spitze des Mastes. Als sie ihm ihre rechte Hand reichte und die linke danach auf ihrer beider verschlungenen Hände legte, hatte er nach ihrem Ehering gesucht. Linda trug ihn nicht mehr, und das war ihm ein größerer Trost als Worte es vermocht hätten, aber Linda sagte ohnehin nur seinen Namen. Ach Martin, seufzte sie, und er war dankbar, dass sie dann schwieg. Ihre Hände waren kalt, vielleicht legte er deshalb dann auch seine Linke

auf die ihre und ließ sie länger als nötig dort liegen. Sie standen voreinander wie gefesselt, Rohrbach vergaß einen Moment lang, wo er war, bis Lindner seine Tochter sanft beiseite schob. Rohrbach, der Linda auch jetzt nicht aus den Augen ließ, wusste nicht, was der Alte meinte, als er sagte, nun komme es allein auf ihn an. Er ahnte noch nichts von dem Land und glaubte, Lindner lege ihm mit diesem Satz das Schicksal seiner Tochter in die Hände. Obwohl Lindner sehr leise gesprochen hatte, war Rohrbach sich sicher, dass die Umstehenden alles verstanden haben mussten, natürlich auch Gregor Hartmann, Lindas gerade geschiedener Ehemann, der ihm schon seine Hand entgegenstreckte, die Rohrbach nahm, als besiegele er damit einen Vertrag über Lindas Zukunft. Nun also kam es allein auf ihn an. Gregors Hand war warm und feucht vom Schweiß, in seinen Augen glaubte Rohrbach noch immer das Misstrauen zu entdecken, er fragte sich, ob Gregor nach all den Jahren in ihm noch immer den Verräter sah und ihm die Schuld an seiner Verhaftung gab. Gregor sagte kein Wort, doch plötzlich entzog er ihm die Hand und nahm ihn in die Arme. Rohrbach war viel zu überrascht, um es zu verhindern, es war ihm unangenehm, er wusste nicht wohin mit seinen Händen und legte sie erst nach einem kurzen Zögern auf Gregors Rücken, widerwillig und ohne den Druck des anderen zu erwidern, er war sofort sicher, die Umstehenden mussten in dieser Umarmung ein Zeichen ihrer Versöhnung sehen. Gregor roch nach Schweiß, er roch wie ein Kater. Angstschweiß, dachte Rohrbach.

Gregor hat, da ist Rohrbach sich heute sicher, den Ehering da noch getragen, wie auch Linda nach der Trauerfeier wie selbstverständlich in dessen Auto stieg, vielleicht aus alter Gewohnheit, während ihr Vater auf Rohrbach gewartet hatte und dann auch mit ihm fuhr. Natürlich hatte diese Abfahrt unter den übrigen Gästen Aufsehen erregt, sie steckten ihre Köpfe zusammen und tuschelten und wussten nicht, über welches der beiden Autos sie sich mehr wundern sollten. Während der Fahrt sprachen sie kaum, er spürte nur, wie Lindner ihn immer wieder ansah, als warte er auf etwas, auf einen Vorschlag vielleicht oder eine Entscheidung, doch Rohrbach wusste nicht, wie es weitergehen sollte. Lindner behielt auch im Auto den Hut auf, den er beim Einsteigen festgehalten hatte, Rohrbach konnte sich nicht erinnern, ihn schon einmal ohne diesen speckigen Hut gesehen zu haben. Er wollte Lindner vor dessen Grundstück absetzen, wo die Tochter bereits wartete und ihnen ein Zeichen gab, als fürchte sie, Rohrbach könne das Haus, in dem die Lindners wohnten, vergessen haben, doch der Alte bestand darauf, ihn bis nach Hause zu begleiten. Also fuhr er weiter, sah im Rückspiegel, wie Linda ihnen überrascht und enttäuscht nachblickte, bis er auf dem Feldweg war, wo der aufwirbelnde Staub ihr Bild plötzlich verhüllte und Lindner, als habe er nur darauf gewartet, zu reden begann, zunächst wie zu sich selbst und wegen des Motorgeräuschs kaum verständlich. Er murmelte und knurrte missbilligend, als schimpfe er über den Zustand des Weges oder die für diesen Zustand viel zu rasante Fahrweise Rohrbachs. Der fragte erst, als er vor der Einfahrt abrupt bremste, das Auto hielt und nun von einer Staubwolke von hinten überrollt wurde, sodass sie nicht gleich ausstiegen und Rohrbach sogar die Scheibenwischanlage betätigte, was es denn gebe und ob das nicht noch Zeit habe, er, Rohrbach, würde jetzt lieber allein sein. Es klang, als wolle er sich mit seiner Trauer brüsten. Er war erstaunt, weil Lindner dafür sofort Verständnis zeigte, ja, ja, selbstverständlich, stammelte der und schien nun sogar ein wenig über sein ursprüngliches Vorhaben zu erschrecken, natürlich habe es Zeit, er habe schon so lange gewartet, da komme es auf ein paar Tage nicht an. Nachdem der Staub sich gelegt hatte, stieg Lindner aus und ging den Weg zu Fuß zurück, er schien nicht einmal enttäuscht und obwohl sein ganzer Körper wie immer bei jedem Schritt wankte, lag diesmal eine seltsame Gelassenheit in seinem Gang.

Das alles ist zwei Wochen her, zwei Wochen, in denen Rohrbach meist allein war. Wie oft hatte er sich in den letzten Monaten diese Einsamkeit ersehnt, hatte sich, in der Stadt, wenn die Freunde nach einer zerredeten Nacht gegangen waren und nur noch der Qualm ihrer Zigaretten in dem kleinen Zimmer hing, immer wieder ausgemalt, morgens allein durch den taufeuchten verwilderten Garten des Vaterhauses zu gehen oder an heißen Sommertagen im fragilen Schatten der Bäume zu liegen, deren Kronen der Wind bewegt, sodass das Licht flimmert wie auf der spiegelnden Fläche eines kühlen Sees. Er hatte geglaubt, die Einsamkeit könne seine Probleme lösen, und ist in Gedanken den Hügel herab über die Weite des abgeernteten Feldes gelaufen, das bis an die Müllkippe reicht, durch den Staub und die harten Stoppeln, vorbei an dem schief aus dem Boden ragenden Warnschild hin zur Abbruchkante, wo sich plötzlich der Krater der stillgelegten Sandgrube auftut und die luftigen Wurzeln der Büsche überzukippen drohen wie der Kamm einer brechenden Welle. Noch ein Schritt, dann verliert man den Boden unter den Füßen. Dort ist er stehen geblieben und hat die Augen geschlossen. Er hat den Wind und den feinen Sand im Gesicht gespürt, so stark, dass er sich am Meer wähnte, und tatsächlich hat er das aufgeregte Kreischen der Möwen gehört, die dicht an dicht den Abfall

belagerten, als seien sie Teil eines größeren, wild gestikulierenden Wesens, während hoch oben ein einsamer Milan ruhig und gelassen seine Kreise zog. Er aber war unsicher, weil er nicht wusste, was mit ihm los war.

Wenn sie in der Stadt zusammengesessen hatten und irgendwann alle Sätze aufgebraucht waren, mit denen sie ihr Leben zu erklären versucht hatten, kam oft der Moment, da jemand behauptete, man könne überall leben, man habe ja seine Freiheit. Wenn die Freunde gegangen waren, hat Rohrbach dann manchmal den Schlüssel des Vaterhauses aus der Schublade geholt, nur um ihn anzusehen, nur um seine Schwere in der Hand zu wiegen, jedes Mal erstaunt, dass der große Schüssel mit dem altertümlich gezackten Bart nicht rostig war, sondern blank, und die wulstige Lötstelle am Gesenk glänzte wie der Schwengel der Ahornsteiner Pumpe an jener Stelle, wo die Hand ihn gewöhnlich griff. Dieser Schlüssel war wie eine Versicherung, mit deren Hilfe er die Großstadt, deren er längst überdrüssig geworden war, eines Tages würde verlassen können. Es war der Schlüssel zu einem anderen Leben, das er noch immer in der Reserve hatte. Dass er noch immer ein Leben in der Reserve hatte, war beruhigend gewesen und hatte ihn davon abgehalten etwas zu ändern. Nun steht er in diesem Garten und spürt nur Beklemmung. Schon am Tag des Begräbnisses, als er Lindner wegschickte, um, wie er behauptete, allein zu sein, hat er nur eine Geste der Trauer ausprobiert, in Wahrheit aber war er enttäuscht, als Lindner tatsächlich ging. Dennoch hat er das Grundstück in den zwei Wochen kaum verlassen und wenn doch, schließlich waren Behördengänge zu erledigen und Einkäufe zu machen, vermied er es, den Freunden von früher über den Weg zu laufen, selbst Linda hat er nicht getroffen. Er hat sich hinter dem Maschendrahtzaun und der Mauer aus Büschen und Bäumen verschanzt, hat sich eingeigelt auf diesem Hügel, den er jetzt schon manchmal seinen Hügel nannte. Es war, als wolle er Zeit gewinnen, sich eine Schonfrist gewähren, doch je länger er so verharrte, gestört nur durch die Besuche des alten Lindner, desto schwerer fiel es ihm, eine Entscheidung über seine Zukunft und die des Hauses zu treffen. Manchmal setzte er sich an den Küchentisch und sah auf seine Hände, die gefaltet vor ihm auf dem Wachstuch lagen, es kam ihm vor, als habe sich der Rost seiner bemächtigt, habe sich auf seinen Körper gelegt und seine Gedanken gelähmt, und als sei die Entscheidung, ob er bleiben sollte, längst und vor allem ohne sein Zutun gefallen.

Jetzt hält er es nicht mehr aus, er hat das Bedürfnis, mit jemandem zu reden. Gregor fällt ihm ein, ausgerechnet Gregor, aber falls er bleiben sollte, würde er ohnehin irgendwann mit ihm reden müssen, wenn nicht, würde ein Gespräch umso einfacher sein. Sofort macht er sich auf den Weg zur Trinkhalle, selbst die Gefahr, Lindner, dessen Haus er passieren muss, könnte glauben, Martin laufe ihm nun nach, kann ihn davon nicht abhalten. Begegnen will er dem

Alten aber nicht, und so verlässt er den Feldweg, um das Lindner'sche Anwesen im Schutz der stillgelegten Stallungen zu umgehen. Der schmale Weg, den er früher oft gegangen war, ist jetzt fast vollständig verkrautet und in einem Urwald aus japanischem Strauchknöterich nur noch zu erahnen, Rohrbach muss die Arme heben, um den hüfthoch wuchernden Brennnesseln zu entgehen. Und so steht er

auch wenig später vor der Betonwand des Schweinestalls, mit erhobenen Händen, wie zur Kapitulation bereit.

Die Trinkhalle am Dorfplatz ist klein, viel kleiner als er sie in Erinnerung hat, gerade groß genug für die Kutsche, die jahrzehntelang in dem Gebäude gestanden hatte und mit der, wie es heißt, einst die Särge zum Friedhof gefahren wurden. Er selbst hatte diese Kutsche nicht mehr gesehen, die wohl auch eher ein Pritschenwagen gewesen sein muss, er war sich nicht einmal sicher, ob der Vater sie noch gekannt hatte, trotzdem hatte der ihm davon erzählt, geradezu geschwärmt hatte er von der schwarzen, glänzenden Lackierung, den Kandelabern neben dem mit feinem Leder bespannten Kutschbock, von den goldenen Beschlägen und den schweren Troddeln und Quasten, die an den Seiten herabhingen und fast den Kies berührten, der unter der Last der eisenbeschlagenen Räder knirschte. Wenn Rohrbach seinem Vater zugehört hatte, war es ihm vorgekommen, als beschreibe der einen Konzertflügel, der einen Trauermarsch spielt, während zwei Pferde ihn langsam zum Friedhof ziehen. Die Pferde, dachte er, müssten schwarz sein und ihre Ohren in kleinen Hauben aus weißer Spitze stecken. Gern hätte er seinem Vater mit dieser Kutsche eine nachträgliche Freude bereitet, doch keiner im Bestattungsinstitut konnte sich an diese Kutsche erinnern, auch Lindner nicht, und so hatte der Vater seinen letzten Weg in einem grauen, fast lautlos fahrenden Mercedes zurücklegen müssen, auf dessen geraffter Gardine in der Heckscheibe ein Sonnenuntergang zu sehen war.

Obwohl nicht größer als ein Schuppen, wird die Trinkhalle von einem protzigen, klassizistischen Giebel gekrönt, der, von zwei steinernen Urnen flankiert, die gesamte Front
überspannt. Dieser Giebel scheint keine andere Aufgabe zu haben, als den Hintergrund des Wortes Trinkhalle zu bilden, das irgendwann aufgemalt worden war und, schon wieder verblasst, nur mehr zu erahnen ist, während man die mit kleineren Buchstaben aber kräftigerer Farbe geschriebene Unterzeile ganz deutlich lesen kann: Inhaber G. Hartmann. Die Ahornsteiner Wirte heißen seit Generationen Hartmann, alle wissen das, und so ist nur das G die eigentliche Botschaft, doch auch sie scheint weniger an die Gäste gerichtet, als an den Inhaber selbst, der damit wohl seinen Platz innerhalb der Familiendynastie dokumentieren will. Es hat schon bessere Plätze gegeben, Gregors Vater war noch Inhaber des Gasthofes Zur Eiche gewesen, eines Restaurants mit Fleischerei und Tanzsaal, das längst geschlossen ist. Das Gebäude steht störrisch an der anderen Seite des Dorfplatzes und wirkt noch immer imposant, trotz der blinden Fenster, deren größtes im Erdgeschoss seit Jahren nur noch die Telefonnummer einer Immobilienfirma ausstellt. Das Gras wuchert aus den Fugen zwischen den Treppenstufen vorm Eingang, der mit einem Brett vernagelt ist. Man hat sogar die Füllungen der zweiflügligen Tür durchbohrt, um eine Kette durch die Löcher führen zu können und sie mit

einem Vorhängeschloss zu sichern. Rohrbach hat den Verdacht, das alles könne nicht geschehen sein, um möglichen Dieben oder Randalierern den Zugang zu verwehren, als vielmehr um Gregors Vater am Betreten seines ehemaligen Gasthofes zu hindern. Der soll noch lange nach der Schließung immer wieder zu seinem Gasthof gegangen sein, wie er es jahrelang jeden Tag getan hatte, und nichts habe ihn davon abbringen können. Die Leute sagten, er sei stur, und vielleicht, denkt Rohrbach, kommt er auch jetzt noch gelegentlich und rüttelt an der Tür, nachts vielleicht, wenn die Trinkhalle gegenüber längst geschlossen ist. Dorthin hat er noch nie einen Fuß gesetzt, auch ein Wirt hat seinen Stolz. Rohrbach weiß, Gregors Vater hat seinem Sohn die Schuld am Niedergang des Gasthofs gegeben, vielleicht nicht ganz zu Unrecht. Denn Gregor war es, der seinen Vater überredet hat, die Speisekarte umzustellen, die Leute, behauptete er, hätten die Nase voll von Schwein, schon wegen der Zwanzigtausender-Anlage, deren Gestank bei Westwind auch in der Eiche zu riechen war, und überhaupt, man müsse die Zeichen der Zeit erkennen, Innovation sei das Zauberwort. Gregor setzte ganz auf die kanadische Karte, plötzlich gab es in Hartmanns Gasthof Elchsteaks und Kariburagout, Rohrbach hörte es von seinem Vater, der nichts ausließ, nur das Fleisch des Wagyu-Rindes, von dem es in der Karte hieß, es sei vom Züchter täglich zwei Stunden massiert worden, verschmähte er wegen des hohen Preises. Stolz berichtete er von seinen kulinarischen Abenteuern, verwundert, weil sein Sohn all das nicht kannte. Der Vater hatte Ahornstein in seinem Leben kaum verlassen, es gehörte wohl zu seinen Vorstellungen vom Leben in der

Stadt, dass dort alles, was man sich hier allenfalls am Sonntag leistete, ganz selbstverständlich zum Alltag gehörte. Wahrscheinlich glaubte er auch an eine immerwährende Erotikmesse, weil das entsprechende Plakat zwei Jahre lang an der Ahornsteiner Bushaltestelle hing und seine grellen, schreienden Farben einfach nicht verblassten.
Eine Zeit lang schien Gregors Konzept tatsächlich aufzugehen, die Gäste kamen aus den umliegenden Dörfern, man verbannte den sperrigen Stammtisch aus dem Gastraum, schaffte gepolsterte Stühle und moderne Tische an, man fällte die alte Eiche im Hof und erweiterte den Parkplatz. Auch die Fotos von der Wand hinter dem Tresen verschwanden, und das Geweih eines Zwölfenders aus den Ahornsteiner Wäldern wurde durch eine ausladende Elchschaufel ersetzt. Die Fotos stammten noch aus der Zeit um die vorletzte Jahrhundertwende, eines zeigte eine Gruppe Männer in Gehröcken und hochgeschlossenen Kragen, steife Hüte auf den Köpfen, das andere einen von Hartmanns Vorfahren, einen vierschrötigen Kerl im Fleischerhemd mit hochgekrempelten Ärmeln neben einem mächtigen Stier vorm Eingang zum Schlachthaus. Beide, Hartmanns Vorfahre und der Stier, blickten ruhig und friedlich in die Kamera, sie wirkten auf merkwürdige Art zufrieden. Auf den Fotos sah man den mächtigen Stamm der Eiche. Nur dem Starrsinn von Gregors Vater war es zu verdanken, dass die Eiche auch weiterhin ihren Namen behielt, obwohl vor der Tür nun ein Ahornbaum aus Kunststoff stand, ein Jahr lang war Indian Summer in Ahornstein. Irgendwann aber blieben die Gäste aus, einige Spötter behaupteten, die Leute hätten die Nase voll von Elchen und

massierten Rindern und sehnten sich wieder nach Schwein, denn inzwischen war auch die Zwanzigtausender-Anlage geschlossen worden, und mit ihrer Schließung verlor das halbe Dorf die Arbeit. Auch Hartmanns mussten schließen, ihre Tradition als Inhaber schien beendet, wäre Gregor nicht auf die Idee mit der Trinkhalle gekommen. Die Zeiten verlangten nicht nach Stolz, man brauchte Gespür, Getränkeservice mit Ausschank, man musste die Zeichen der Zeit erkennen, und Gregor Hartmann hatte sie erkannt.

Sollte es einen Ort geben, an dem man das Gefühl hat, es könne nie etwas Böses geschehen, nicht einmal etwas Unerwartetes, einen Ort und eine dazugehörige Zeit, dann müsste es, denkt Rohrbach, der Platz vor der Trinkhalle sein, der Platz vor der Trinkhalle an einem Sonnabendnachmittag. Es ist windstill, als er den Dorfplatz überquert, obwohl das Rauschen der Pappeln zu hören ist, die den Weg von den Ställen säumen und deren sich sanft biegende Kronen hier nur noch zu ahnen sind. Es ist ein vertrautes Geräusch, doch nun, so losgelöst von seiner Ursache, wirkt es fremd und geheimnisvoll, weshalb Rohrbach sich verwundert und suchend umdreht, gerade als er erwartet, auch die Männer vor der Trinkhalle müssten sich jetzt nach ihm umdrehen und ihm erstaunt entgegensehen. Doch nichts geschieht, sie wenden nicht einmal ihre Köpfe, als Gregor, der in einem weiten Holzfällerhemd hinter dem Ausschank steht und ihn nicht ansieht, mit der Hand eine Begrüßung andeutet. Ein Bier, sagt Rohrbach, worauf Gregor schweigend nickt und ihm mit ausdruckslosem Gesicht eine Flasche reicht. Die Männer beachten ihn nicht, sie stehen, die Arme auf ein als Tresen dienendes Brett gestützt, und lauschen der Fußballübertragung aus dem Radio oder in sich hinein, sie starren gebannt auf das gelbe Licht, das hinter Gregors Rücken immer wieder von links nach rechts über einen Spielautomaten läuft wie die Warnblinker über die Leitplanke einer Baustellenbegrenzung. Erst als Rohrbach die Flasche in ihre Richtung hebt, wendet einer von ihnen den Kopf und sagt, heute sei wohl eine Runde fällig. Typisch Wassili, denkt Rohrbach, er hat ihn schon von weitem erkannt, was nicht schwer ist, verdankt Wassili seinen Spitznamen doch Wassili Alexejew, damals der stärkste Mann der Welt und mehrfacher Olympiasieger und Weltmeister im Superschwergewicht. Später hatte Wassili in der Zwanzigtausender-Anlage gearbeitet, wenn man ihn nach Feierabend traf, sah seine Haut aus wie die eines gerade geborenen Ferkels, doch so sehr er sie auch wusch und bürstete, immer war der Schweinestall zu riechen, ganz gleich, ob der Wind vom Nordosten kam oder von West. Manchmal hatte er wohl selbst das Gefühl, dass er diesen Geruch ein Leben lang nicht loswerden würde, obwohl er ihn selbst schon nicht mehr wahrnahm. Heute fährt Wassili die Raupe auf dem Müllplatz. Das Hemd, das sich über seinem Rücken spannt, hat Schweißflecke, die aussehen wie eine Landkarte. Die Nähte unter den Armen sind aufgeplatzt und klaffen auseinander. Er macht nicht den Eindruck, mit jemand über seine Forderung nach einer Runde diskutieren zu wollen, Rohrbach hat damit gerechnet, aber er weiß, dass er sie noch eine Weile warten lassen muss. Alles beim Alten?, fragt Peter Müller und zündet sich eine Zigarette an, die er aus einer Schachtel in der Brusttasche seines Blaumanns gefingert und dann mehrfach mit dem Filter gegen das Feuerzeug geklopft hat.

Rohrbach sieht die dicken, ölverschmierten Finger mit den schwarz geränderten Nägeln und das schmutzige, an den Rändern ausgefranste Heftpflaster. Er nickt, obwohl der andere ihn nicht ansieht. Zwanzig Jahre und alles beim Alten, denkt er, nur dass es jetzt eine Trinkhalle gibt und Gregor keinen Ring mehr trägt. Tut mir leid, sagt er zu Gregor, die Sache mit Linda, ich habe davon gehört… Lass gut sein Martin, antwortet der und dreht das Radio etwas lauter. Peter schiebt seine leere Flasche über das Tresenbrett. Nun hast du endlich freie Hand, sagt er und grinst Rohrbach an. Ja genau, du warst doch schon immer scharf auf Linda, pflichtet Jürgen seinem Bruder bei und trinkt dann eilig sein Bier aus, sein spitzer Adamsapfel wandert auf und ab. Rohrbach versucht die Bemerkung zu ignorieren, auch er setzt seine Flasche an und ist froh, als Wassili plötzlich den Kopf hebt und Tor! ruft. Die Stimme des Kommentators ist lauter geworden und geht dann im Jubel unter, während am Spielautomat plötzlich alle Lampen aufleuchten und eine scheppernde Melodie zu hören ist, als wäre er mit dem Radio verbunden. Tor, sagt Wassili noch einmal, nun schon leiser und mit einer Mischung aus Verwunderung und Resignation in der Stimme, doch keiner scheint sich dafür zu interessieren. Paul meint, du willst jetzt bleiben, sagt Gregor, nachdem der Jubel verklungen ist, und mustert Rohrbach misstrauisch. Vielleicht, sagt der, dein Schwiegervater muss es ja wissen. Bei dem Wort Schwiegervater huscht ein Zucken über Gregors Gesicht, er setzt zu einer Erwiderung an, schweigt aber dann, obwohl Peter Müller ihn erwartungsvoll ansieht und Jürgen, der dem Blick seines Bruders mit den Augen folgt, seine Vorfreude über einen möglichen

Streit kaum verbergen kann. Ich weiß es wirklich noch nicht, versucht Rohrbach das Thema abzuschließen, doch der Jüngere der Müller-Brüder will sich die erhoffte Abwechslung nicht entgehen lassen. Und wir dachten schon, Linda würde nun in die Stadt ziehen, sagt er und hofft grinsend auf die Zustimmung seines Bruders. Verdammt trockene Luft hier, sagt Wassili endlich, wischt sich den Schweiß von der Stirn und hebt seine leere Flasche bis in Augenhöhe, wo er sie hin und her dreht wie einen Cocktailshaker. Also gut, sagt Rohrbach erleichtert, die nächste Runde geht auf mich. Er versucht seiner Stimme trotzdem den Tonfall von Resignation zu geben, die es den anderen erlaubt, sich als Sieger zu fühlen. Wassili greift sich sofort eine Flasche, auf die alten Zeiten, sagt er. Auf die alten Zeiten!, sagt auch Rohrbach und prostet Gregor zu.

Eigentlich ist Rohrbach nur gekommen, um mit Gregor zu reden, er hat sich keine Gedanken gemacht, worüber. Er wollte vorerst jede Auseinandersetzung vermeiden, kein Wort also über die alten Missverständnisse und ihren Streit. Ich bin lange weg gewesen, da wird sich schon ein anderes Thema finden lassen, hat er gedacht, unverfängliche Sätze, die mit *weißt du noch* beginnen, und als er sie alle so stehen sah, hat er tatsächlich geglaubt, es könnte alles beim Alten geblieben sein, man könne wieder anknüpfen an die Zeit vor Gregors Verhaftung. Er ist zu Gregor gegangen, ohne an Linda zu denken, und er ist sich auch jetzt nicht sicher, ob sie es ist, die zwischen ihnen steht oder einfach nur die Jahre. Die Jahre, in denen er weg war und in denen sie hier gelebt haben. Er hat nicht geglaubt, sie würden ihn mit offenen Armen empfangen, er hat einfach gehofft, er gehöre noch dazu, aber vielleicht gibt es keine Gemeinsamkeiten zwischen einem, der geht und denen, die bleiben. Gleichzeitig hat er sich genau davor gefürchtet. Die Vorstellung, ein Leben lang mit den selben Leuten am Sonnabendnachmittag auf dem Dorfplatz zu stehen, bei den gleichen Gesprächen, den gleichen Witzen und einer wachsenden Menge Bier, diese Vorstellung ist es gewesen, die ihn einst hatte in die Großstadt gehen lassen. Langsam merkt er, wie das Bier ihn müde macht und wie mit der Müdigkeit seine Nachsicht zunimmt, wie er über die Witze lacht, die er von damals kennt, wie er sich für die Neuigkeiten zu interessieren beginnt, deren angenehme Seite es ist, nicht wirklich etwas zu verändern und jenen ewigen Kreislauf in Bewegung zu halten, in dem er sich plötzlich aufgehoben fühlt. Diese Neuigkeiten sind wie der Wind, der mal von Nordosten weht und mal von Westen, der aber jetzt vor der Trinkhalle nicht zu spüren ist, obwohl Rohrbach ihn im Laub der Pappeln noch immer rauschen hört, so deutlich, als könne er schon im nächsten Augenblick über sie hinwegfegen und alles mit sich reißen. Prost, sagt er noch einmal, auf die alten Zeiten.

2

Stur wie sein Vater, ruft Paul Lindner seiner Tochter schon
zu, bevor er das Gartentor erreicht hat, stur und hinterlistig, aber wenn ihm was gegen den Strich geht, kehrt er das Sensibelchen raus. Er nimmt seinen Hut ab und wischt mit dem Taschentuch den Schweiß vom brüchigen Lederband, dann von der Stirn, wo ein roter, ringförmiger Abdruck das Braun seines Gesichts von der bleichen Kopfhaut trennt. Linda sieht ihn fragend an, sie weiß, was er meint, aber sie weiß auch, dass der Alte keine Antwort erwartet und es ihr noch mehrmals sagen wird, wie immer, wenn er vom Haus der Rohrbachs zurückkommt. Sie legt ihre rechte Hand an die Schläfe und lässt sie nach hinten gleiten, als streiche sie ihr langes Haar hinters Ohr. Es ist eine Verlegenheitsgeste, sie weiß das, und es ärgert sie, besonders jetzt, da sie das Haar kurz trägt, und die Geste sinnlos geworden ist. Gleich nach der Scheidung hatte sie sich das Haar schneiden lassen. Sie hatte darüber nicht nachgedacht, erst als sie beim Friseur saß und der sich, ohne nach ihren Wünschen zu fragen, wie selbstverständlich an die Arbeit machte, hatte sie sich beim Blick in den Spiegel entschieden: Kurz, diesmal bitte kurz! Sie müsse, hatte sie sich eingebildet, ein sichtbares Zeichen setzen. Dabei hätte es dieses Zeichens gar nicht bedurft, gerade in dieser Zeit nicht, da ihr jede ihrer Gesten und

Wahrnehmungen erschien, als ahmten sie unmittelbar ihren inneren Zustand nach. Sie fühlte sich seltsam leicht, die Blumenkästen an den Fenstern, die sie jedes Jahr mit Petunien bepflanzte, weil auch die Nachbarn es taten und ihr Vater es so wollte, erschienen ihr wirklich schön, noch nie hatte sie ein so wunderbares Licht über den Feldern gesehen, den Wind als so angenehm empfunden, und selbst über die Verstocktheit des Alten, der plötzlich wieder in die Rolle des belehrenden Vaters verfallen war, hatte sie nur milde gelächelt. Sie hatte sich sogar manchmal gewünscht, Gregor zu begegnen, er sollte sehen, wie gut es ihr ging, doch der schien ihr aus dem Weg zu gehen und hatte sich nach seinem Auszug kaum noch blicken lassen. Noch auf dem Begräbnis von Martins Vater war es ihr unmöglich gewesen, etwas zu sagen, was der Situation angemessen gewesen wäre, sie hatte gefürchtet, jedes Wort könne ihre Unbeschwertheit verraten. Sie wäre viel lieber in die Stadt gefahren, um sich irgendetwas zu kaufen oder einfach nur herumzuschlendern, anstatt in diesem altertümlich wirkenden schwarzen Kostüm ihrer Mutter auf dem Friedhof zu stehen. Danach hatte sie Gregor gebeten, sie mitzunehmen und vor dem Haus abzusetzen, und diesmal hatte sie dabei nicht das Gefühl, von ihm abhängig zu sein, sie spürte so etwas wie Freiheit und genoss die Fahrt an seiner Seite. Sie hätte nichts dagegen gehabt, wenn er sie noch auf einen Kaffee eingeladen hätte. Erst in den Tagen danach, als sie wusste, dass Martin noch immer im Dorf war, da draußen allein auf dem Hügel saß und das Haus kaum verließ, war wieder diese merkwürdige Unruhe und Angespanntheit zurückgekehrt, obwohl die Scheidung ja mit Martin nichts

zu tun hatte. Sie hat sich jedenfalls eingeredet, die Scheidung habe mit Martin nichts zu tun, doch jetzt, da sie sich im Dorf erzählen, er werde vielleicht sogar bleiben, ist sie sich dessen nicht mehr ganz sicher.
Dieser sture Hund, schimpft Lindner noch immer, der denkt wahrscheinlich, ich komme auf Knien gerutscht. Diese Rohrbach'sche Brut hat sich da oben eingenistet und glaubt, sie sei was Besseres, bloß weil sie studiert hat, dabei hatten die vor dem Krieg weniger Land als andere Dreck unterm Fingernagel. Der Alte hat seinen Hut wieder aufgesetzt und prüft mit leicht zitternder Hand, die er an die Krempe legt, dessen mittigen Sitz.
Du musst ihm etwas Zeit lassen, Martin muss erst einmal richtig ankommen, außerdem hat er gerade seinen Vater verloren, es geht doch nicht immer nur um dich, sagt Linda zu ihrem Vater und ärgert sich sofort über ihre Gereiztheit, die auch dem Alten nicht verborgen bleibt. Für wen, glaube sie denn, würde er das alles tun, fährt er Linda an, doch nur für sie, sein einziges Kind. Er würde auch viel lieber seinen Lebensabend in Ruhe verbringen, das habe er sich schließlich verdient nach all der Plackerei, aber jetzt, da seine Frau Tochter beschlossen habe, wieder allein zu sein, müsse er wieder für sie sorgen und den Buckel krumm machen, wie könne sie von Zeit lassen reden, seine Zeit sei bald um. Gregor sei doch ein feiner Kerl, er verstehe das nicht, und außerdem, ob der oder ein anderer, was mache das schon für einen Unterschied, wichtig sei doch, dass überhaupt jemand da sei, er wisse gar nicht, welchen Grund es für diese Scheidung gegeben habe, sicher habe es einen gegeben, er aber kenne ihn nicht, er sei ja nur der Vater und dem brauche

man so etwas natürlich nicht zu sagen. Er beginnt, sich seine Hüfte zu reiben, man sieht, er hat Schmerzen, man sieht es so deutlich, dass Linda jeden Einwand unterdrückt. Bevor er auch noch die fehlenden Enkel beklagen kann, holt sie einen Gartenstuhl aus dem Schuppen, obwohl sie nicht sicher ist, ob der Alte nicht doch nur Theater spielt. Lindner lässt sich erleichtert auf den Stuhl fallen. Diese verfluchte Hüfte, jammert er. Wenn er tatsächlich nur eine Rolle spielt, dann spielt er sie perfekt. Ewig wird das nicht mehr gehen, klagt er, der Weg auf den Hügel wird jedes Mal länger. Wenn man wenigstens wüsste, was Martin vorhat, der behauptet zwar, er habe nur Urlaub, aber dem Kerl ist nicht zu trauen, und was wird danach, schließlich hat keiner ewig Urlaub. Lindner spricht jetzt leise, mehr zu sich selbst, als habe er es längst aufgegeben, seine Tochter zu überzeugen, doch sein Blick ruht dabei auf ihr. Linda hat sich abgewandt und schneidet schweigend die ersten welken Blüten von den Rosenstöcken. Martin hat noch nie gesagt, was er will, schon damals nicht, denkt sie, ein Wort von ihm, und ich hätte Gregor vielleicht nie geheiratet. Sie liebt es, die weichen, samtigen Blüten zu sammeln, die sie so vorsichtig in der Hand hält, als gelte es auch jetzt noch, keines der Blütenblätter zu verletzen. Andererseits schneidet sie kompromisslos, kaum hat sich eine Blüte zu weit geöffnet, schon muss sie weichen. Die selbstvergessene Besessenheit, mit der sie arbeitet, regt ihren Vater auf, schließlich sind es noch immer seine Rosen. Er hat es ihr schon oft gesagt, aber sie ist genau so stur wie dieser Rohrbach. Vielleicht solltest du mit ihm reden, auf dich wird er vielleicht hören. Nun, da er sie direkt anspricht, starrt er vor sich auf den Boden, kratzt mit der Sohle Muster in den Dreck, doch als Antwort kommt nur das monotone Klappern der Schere. Linda arbeitet verbissen, sie glaubt zu spüren, wie er in ihrem Rücken unruhig wird, sie stellt sich vor, wie die alte Geschichte, die er ihr schon so oft erzählt hat und nun sicher gleich wieder erzählen wird, seine Gesichtszüge bereits verändert, wie die Konzentration eine Falte zwischen seine Augenbrauen gräbt und der Mundwinkel zu zucken beginnt, als halte er die Anspannung nicht aus. Als sie versehentlich eine Knospe abgeschnitten hat, schielt sie ängstlich zu ihm hinüber, doch er ist mit seinen Gedanken beschäftigt und hat nichts bemerkt. Der Schmerz und die Müdigkeit sind plötzlich wie weggewischt, sein Blick bekommt eine fast jugendliche Entschlossenheit und erweckt bei ihr den Eindruck, einzig diese alte Geschichte, die er ja selbst nur vom Hörensagen kennt, halte den Vater noch am Leben. Ihr selbst ist die Geschichte immer unglaubhaft erschienen, andererseits hat er sie so oft wiederholt, dass sie sich alles genau vorstellen kann, es ihr manchmal sogar vorkommt, als sei sie damals selbst dabei gewesen.

Die Geschichte beginnt lange vor ihrer Geburt, in den letzten Kriegstagen, als Alfred von Schlickenstett, der Besitzer des Ritterguts, beschlossen hatte, vor den näher rückenden Russen zu fliehen und sich mit seiner Familie in Richtung Westen abzusetzen. Tagelang hatte man auf dem Rittergut die Flucht vorbereitet und die Möbel und Wertgegenstände verpackt, keinem im Dorf war die hektische Geschäftigkeit entgangen, doch dann besetzten, viel früher als befürchtet, polnische Truppen das Dorf, vielleicht war es eine Vorhut, vielleicht Partisanen, die Meinungen darüber gingen auseinander, jedenfalls war an einen geordneten Abzug nicht mehr zu denken. Ein Fabrikbesitzer aus Ahornstein hatte nicht mehr weitergewusst und sich mitsamt seiner Familie gehenkt, sieben tote Körper, wie Orgelpfeifen aufgereiht an einem Webstuhl, wie man sich erzählte, die von Schlickenstetts jedoch flohen Hals über Kopf und mussten den größten Teil ihres Besitzes zurücklassen. So kam es, dass Kurt Lindner, Pauls Vater, sich einer der vorbereiteten Kisten bemächtigen konnte und sie, so jedenfalls hat er es später erzählt, auf dem Hügel außerhalb des Dorfes vergrub. Auf dem Hügel standen damals noch die Grundmauern eines alten Hauses, das irgendwann abgebrannt und nicht wieder aufgebaut worden war. Das Gelände war verlassen, lag abseits und konnte als sicheres Versteck gelten, irgendwann, wenn sich die Lage beruhigt hätte, hoffte Lindner, würde er die Kiste wieder ausgraben. Doch schon im Herbst kam die Bodenreform, und mit ihr kamen die Rohrbachs, die als Landarme galten, auf dem abgelegenen Hügel eine Neubauernstelle bekamen und mit ihr jenes Stück Boden, in dem die Kiste vergraben war. Da lag sie also und musste vorerst liegen bleiben. Gustav Rohrbach, Martins Großvater, früher Stallknecht bei den Schlickenstetts, baute auf den Ruinen sein Haus, er bestellte seine fünf Hektar Land, der Wind wehte mal von Nordost und mal von West, die Lage schien sich zu beruhigen und Lindner wartete auf seine Chance. Viele der Neubauern hatten längst aufgegeben, vielleicht, hoffte Lindner, würde auch Rohrbach irgendwann schlappmachen. Aber stattdessen kam die Kollektivierung, und Gustav Rohrbach rettete sich und seinen kläglichen Hof. Er war nicht nur einer der Ersten, der sein

Land in die neugegründete landwirtschaftliche Produktionsgenossenschaft Morgenröte einbrachte, er trat auch in die Partei ein und wurde der Wortführer und Organisator der Kollektivierung, er zog als Agitator von Hof zu Hof, er redete, versprach und drohte, irgendwann hatte er auch Kurt Lindner so weit, der sich lange gesträubt hatte und nun sein eigenes Land verlor, aber glaubte, zum Mitbesitzer jenes Bodens geworden zu sein, in dem die Kiste vergraben war. Doch nun stellte sich heraus, das Land, das Gustav Rohrbach in die LPG eingebracht hatte, war um einen Streifen kleiner als jenes, das er nach dem Krieg bekommen hatte. Er selbst hatte die neuen Grenzen gezogen, zu seinen Gunsten, wie Lindner bemerkte, aber nicht zu sagen wagte, denn der ehemalige Stallknecht verkörperte nun den Staat, da war Vorsicht geboten. Der Streifen befand sich direkt hinter dem Haus, und Lindners Kiste, von deren Existenz Rohrbach nichts wusste, lag nun in dessen Garten. Wieder vergingen einige Jahre, dann war auch mit der Kollektivierung Schluss. Kurt Lindner bekam sein Land zurück und kaufte als Wiedereinrichter auch den ehemals Rohrbach'schen Acker, weil die Rohrbachs von Landwirtschaft längst nichts mehr wissen wollten. Er erzählte seinem Sohn von der Kiste und glaubte sich fast am Ziel. Aber eben nur fast, denn die von Gustav Rohrbach gezogenen Grenzen galten noch immer, und der Streifen mit der vergrabenen Kiste blieb im Besitz der Rohrbachs.

Auch Paul Lindner, der sein eigenes Land längst verpachtet hatte, versuchte ihnen dieses Stück Acker abzukaufen, erst hatte er es bei Rudolf Rohrbach versucht, jetzt eben bei dessen Sohn Martin. Er musste vorsichtig sein, denn zu begründen war sein Interesse an dem lächerlichen Streifen kaum. Übrigens wusste keiner, was die Kiste enthielt, Kurt hatte es nicht gewusst, weil er in der Hektik damals nicht nachgesehen hatte, Paul konnte es gar nicht wissen. Erst war auch immer nur von einer Kiste gesprochen worden, mal von irgendeiner alten Kiste, mal von der geheimnisvollen Truhe, später dann war nur noch von einem Schatz die Rede. Und dieser Schatz konnte nirgends anders liegen als unter dem riesigen Feldsteinhaufen, Kurt hatte seinem Sohn die Stelle genau beschrieben, und Paul war sich sicher, es musste ein wertvoller Schatz sein.

Linda glaubt, das alles auch jetzt wieder zu hören, sie verdreht genervt die Augen und bewegt sogar die Lippen, wie so oft, wenn sie einen dieser immer gleichen Sätze in Gedanken mitspricht, erst als sie die letzte welke Blüte abgeschnitten hat, merkt sie, dass ihr Vater schweigt. Sie dreht sich zu ihm um und erschrickt. Der Alte sitzt regungslos auf dem Stuhl, das Kinn ist auf die Brust gesunken. Schläft er? Die Krempe des Huts steht senkrecht, und im Nacken bilden die deutlich hervortretenden Halswirbel eine gezackte Linie, bei deren Anblick Linda plötzlich bewusst wird, dass ihr Vater bald sterben würde. Vater?, fragt sie leise, als fürchte sie nun doch, ihn zu wecken, und wiederholt das Wort dann, da er nicht reagiert, noch einmal lauter: Vater! Lindner zuckt zusammen, fasst, als müsse er sich damit seiner Existenz versichern, erschrocken nach seinem Hut. Ich werde mit Martin reden, hört Linda sich sagen und legt ihre Hand behutsam auf seine Schulter. Sie sieht ihn an, sieht das Lächeln in seinem Gesicht und weiß nicht, ob es Dankbarkeit bedeutet oder stillen Triumph. Er spielt seine Rolle perfekt, denkt sie und schämt sich sofort dieses Gedankens. Du solltest ins Haus gehen, sagt sie und ist erstaunt, dass der Alte sich von ihr zur Tür führen lässt.

Es war spät geworden gestern Abend. Dieses verfluchte Bier, denkt Rohrbach und wirft eine Tablette ins Wasserglas, wo sie zu Boden sinkt und einen Sturm von winzigen Luftblasen entfacht. Er legt seine Hand auf das Glas und spürt das Kribbeln an ihrer Innenfläche. Trinkfestigkeit ist das erste, was ich wieder trainieren muss, denkt er. Dabei stammen die Kopfschmerzen an diesem Morgen wahrscheinlich eher von der Beule an seiner Stirn. Nach Vaters Tod erscheint ihm das Haus, in dem er geboren ist und in dem einmal drei Generationen nebeneinander gelebt haben, viel kleiner als früher, die engen Stuben, die winzigen Fenster, die Decken scheinen niedriger, auch die Türstürze, bei denen er jedes Mal instinktiv den Kopf einzieht. Nur als er gestern von der Trinkhalle zurückgekommen ist, hat er jede Vorsicht vergessen und ist auf dem Weg in die Speisekammer, wo er noch eine Flasche Bier vermutete, prompt gegen den Balken gestoßen, der an dieser Stelle tatsächlich niedriger liegt. Er hat mit den Worten seines Vaters geflucht.
Obwohl er in den letzten Jahren nur selten hier war, ist ihm im Haus jeder Gegenstand vertraut, die hell lackierten Kleiderschränke, die massige Kommode, die Farben der Wände, selbst das Knarren der Dielen kennt er, nur der Geruch ist neu, dieser Geruch nach faulendem Obst und abgestandenem Leben, der sich überall eingenistet hat und gegen den auch der Wind, der seit Tagen durch die geöffneten Fenster weht, nichts hat ausrichten können. Sonst scheint alles

unverändert, der alte Küchenschrank, Vaters Bett, vor allem aber die gute, unbewohnte Stube, die auch in schlechten Zeiten das gute Leben ausstellte. Im Flur hängen noch Vaters Sachen, als könne der jeden Moment durch die Tür kommen und sich eine der Jacken überstreifen, doch gerade die Vertrautheit der Dinge erzeugt jetzt ein seltsames Befremden, er selbst, denkt Rohrbach, muss sich fremd geworden sein. Anfangs hatte er die Räume nur mit Beklemmung betreten, weil er glaubte, alles wäre mit Erinnerungen verbunden, die ihm unangenehm sein würden. In den letzten Jahren hatte er einzelne Räume in Gedanken immer wieder neu eingerichtet, jetzt ist er unfähig, auch nur ein Möbelstück zu verrücken. Andererseits gelingt es ihm nicht, sich des Vaters inmitten dieser Möbel zu erinnern, er überlegt, wann er diesen sich immer mehr in sein Schweigen einmauernden Vater das letzte Mal umarmt hatte, es fällt ihm nicht ein, nicht einmal an eine zufällige Berührung kann er sich erinnern. Martin kannte alle seine Flüche, aber nackt hatte er ihn nie gesehen. Die Leiche hatte er nicht zu berühren gewagt, und beim Begräbnis war ihm dieses Leben, von dem der Trauerredner mit einer Vertraulichkeit sprach, als habe er es selbst gelebt, fremd vorgekommen, er war erschrocken, als der Mann plötzlich seinen Namen sagte und behauptete, dieser Vater habe seinen Sohn geliebt, er wunderte sich darüber, wie er in dieses fremde Leben gelangen konnte, das der Redner in seiner routinierten Verlogenheit ein erfülltes Leben nannte. Er wusste, dass die Leute wegen seines Vaters gekommen waren, ihn selbst aber auf der Straße wahrscheinlich nicht einmal mehr erkannt hätten und sich fragten, was der hier in ihrem Dorf

zu suchen habe. Manche der Alten, dachte er, gingen vielleicht nur noch bei Begräbnissen aus dem Haus, die wussten kaum noch, für wen sie ihre Tränen vergossen. Jetzt starrten sie ihn an, und er schämte sich ein wenig seines Gedankens. Erst durch ihre Blicke schien er mit dem Toten verbunden, dessen Gesicht er sich da schon nicht mehr richtig vorstellen konnte. Vielmehr versuchte er sich dieser Leute zu erinnern, bei manchen Frauen soll er, hatte man später behauptet, als
Kind auf dem Schoß gesessen haben, ihm fielen peinliche Begebenheiten aus der Kindheit ein, manchen hatte er als Jugendlicher Unrecht getan oder glaubte es zumindest, und der Gedanke, sich bei ihnen entschuldigen oder ein Missverständnis korrigieren zu müssen, machte ihn wütend. Wütend auf den Vater, der ihn durch seinen Tod zwar zum Besitzer des Hauses, aber auch wieder zum Kind gemacht hatte. Martin hatte gehofft, all dem längst entkommen zu sein, jetzt aber war er zum Erben geworden und wusste nicht, ob und wie er dieses Erbe ausschlagen sollte.

Auf den Passfotos in verschiedenen Ausweisen hat der Vater ein gequältes Gesicht, die Lippen sind schmal, als unterdrücke er einen Schrei. Sonst gibt es im ganzen Haus kein Bild von ihm, an der Wand in der Küche hängt neben dem Abreißkalender, der noch immer das Datum seines Todes zeigt, und einer Luftbildaufnahme der Dorfes nur ein Foto der Mutter. Es stammt aus der Zeit, da Martin noch nicht geboren und Fotos noch schwarz-weiß waren. Die Mutter trägt ein gesprenkeltes Sommerkleid, das leicht im Wind flattert, sie streicht sich gerade das Haar aus dem Gesicht, sie ist schön, wirkt dadurch aber zugleich fremd. Das Foto ist der letzte Beweis, dass sie tatsächlich gelebt hat, sein Vater hatte sie offenbar so in Erinnerung behalten wollen, vielleicht hatte er seinen Sohn sogar im Verdacht, ihn um diese Schönheit betrogen zu haben.

Vor sich, auf dem geblümten Wachstuch des Küchentischs, sieht er einen schwarzen Ring und lässt seinen Finger über das raue Brandzeichen gleiten. Sein Vater trank den Kaffee immer gebrüht, das Wasser dafür hatte er in einem Blech-

napf mit dem Tauchsieder bereitet, einmal musste er ihn auf dem Tisch vergessen haben, und der Boden hatte seinen Abdruck in das Tischtuch gebrannt. Neben dem Kreis liegt jetzt ein Stapel alter Papiere seines Großvaters, die er schon vor einigen Tagen in mehreren braunen Pappkoffern auf dem Dachboden gefunden hat. Sie standen neben der Marx-Engels-Gesamtausgabe im unteren Fach jenes grob gezimmerten Lattenregals, in dem auch eine imposante Ansammlung alter Flaschen verstaubt war, grüne und braune Flaschen mit Bügelverschlüssen, die eine Tinktur aus Kornschnaps und gelben Rainfarnblüten enthielten, von der es hieß, sie helfe gegen Rheuma, während der Korn ohne Rainfarnblüten gegen alles helfen sollte. Als er die Koffer entdeckte, fand er auch das Wespennest, eine kleine, im Inneren gefächerte Halbkugel, die neben einem Balken an der Decke klebte und sich langsam rundete.

Unter den Papieren, in denen er lustlos blättert, findet sich nichts Persönliches, nur Bezirksparteileitungsbeschlüsse und Sitzungsprotokolle, zu kleinen Stößen geheftet, Kreisparteileitungsbeschlüsse und Direktiven, manches in Mappen sortiert, Ortsparteileitungsbeschlüsse und seitenlange Statistiken und Tabellen, getippt auf dünnem, vergilbtem Durchschlagpapier, auf dem die Büroklammern Rostspuren

hinterlassen haben. Das alles wäre auch ohne Kopfschmerzen nur schwer zu ertragen. Sein Großvater, denkt er, musste all das gelesen haben, die auch ihm bekannten Phrasen, die Wörter, die sich in der Erinnerung noch immer wie auf Kommando zu endlosen Sätzen formen, einiges davon hatte Großvater vielleicht sogar selbst geschrieben, als habe er damit ein Leben lang jene Schulden abtragen wollen, die durch das ihm übereignete Land entstanden waren.
Und als sei das alles nicht genug, hatte er mit diesen fünf Hektar Land dann den Grundstein der LPG gelegt. Die Schreibmaschine, denkt Rohrbach, muss noch auf dem Dachboden stehen, ein alter schwarzer Metallkasten, eine *Continental*, bei der das *D* ein wenig aus der Reihe tanzt. Vor vielen Jahren hatte er auf dieser Maschine selbst noch seine Diplomarbeit geschrieben, mit ebenso endlosen Sätzen und bis zum Schluss durchzogen von diesem aus der Reihe springenden *D*.

Viel interessanter als all die Papiere ist das auf graues Leinen gezogene Messtischblatt von Ahornstein und Umgebung, das Martin aus einem großen Briefumschlag zieht und vor sich auf dem Tisch ausbreitet. So eine alte Karte der Gegend hat er noch nie gesehen. Mit einem dicken roten Farbstift hat sein Großvater auf der schon damals nicht mehr aktuellen Karte die Grenzen der neu gegründeten Genossenschaft Morgenröte markiert, die Flächen dann mit einem dünneren Stift nochmals unterteilt und mit römischen Ziffern die Nummern der verschiedenen Brigaden eingetragen. Obwohl auch in der Handschrift einzelne Buchstaben etwas aus der Senkrechten kippen, verrät die Beschriftung der Karte einen gewissenhaften Menschen mit einer ruhigen

Hand. Der Großvater hat geschrieben, wie er gelebt hat, ruhig und einer strengen Ordnung folgend, nur manchmal ein kleiner Wackler, den er mit strenger Disziplin zu verbergen suchte.

Die roten Linien folgen exakt den vorgegebenen Markierungen, sie schlängeln sich an Wegen, Straßen und Bachläufen entlang oder nehmen alte Grenzziehungen auf, nur manchmal laufen sie als Gerade quer über eine Fläche, dann hat der Großvater, der während der Bodenreform noch grobe Pflöcke mit dem Vorschlaghammer in den Boden geschlagen hatte, ein Lineal verwendet. So ähnlich mussten die Kolonialherren in Afrika die Grenzen gezogen haben, Land so weit das Auge reicht. Vieles auf der Karte kommt Rohrbach vertraut vor, die Teiche und Straßen, die gelbe Fläche der ehemaligen Sandgrube, die Namen der Dörfer, dann wieder verliert er völlig die Orientierung, nicht nur, weil auf der Karte die Autobahn fehlt und viele der schmalen Wege über die Felder inzwischen verschwunden sind. Neben kleinen schwarzen Rechtecken, die einzelne Häuser darstellen oder sich zu winzigen Siedlungen gruppieren, stehen Namen, die er noch nie gehört hat. Er sucht nach dem Rohrbach'schen Haus und findet es im Zentrum einiger fast kreisförmig verlaufender Höhenlinien. Auch das Haus ist nur ein kleines schwarzes Rechteck und kaum zu erkennen, weil seinem Großvater hier ein Fehler unterlaufen sein muss. Unterhalb der höchsten Stelle des Hügels fehlt der Karte die Farbe, die rote Linie ist mit einem Radiergummi offenbar ausgelöscht und dann nur wenige Millimeter hügelabwärts neu gezogen worden. Merkwürdig, dass ihm ausgerechnet vor der eigenen Haustür die Hand gezittert hat. Rohrbach muss die Lupe nehmen, um das blass gewordene Wort neben dem Rechteck lesen zu können: Windmühlenhaus. Er legt die Lupe beiseite, vergleicht noch einmal die Straßen der Umgebung, findet den Weg quer übers Feld, an dessen Rändern eine schmale schraffierte Fläche die Böschung kennzeichnet, hinter der Lindner noch heute jedes Mal kurz verschwindet, wenn er sich dem Haus nährt. Kein Zweifel, es ist das Rohrbach'sche Haus. Von einer Windmühle aber ist all die Jahre nie die Rede gewesen. Die Leute redeten vom Wind, aber nie hatte jemand etwas von einer Windmühle erzählt, sein Großvater nicht und Lindner auch nicht. Manchmal hatten sie von der Stunde Null geredet, das klang wie Christi Geburt, und in dieser Zeitrechnung musste die Windmühle weit im Minus liegen, wie die Geschichten des Alten Testaments. Die Leute reden auch kaum über die Autobahn, denkt Rohrbach, sondern nur über den Lärm, genauso wie sie selten von der Zwanzigtausender-Anlage gesprochen haben, sondern vor allem über den Gestank. Die Leute schimpfen gern über die Auswirkungen, solange sie die Ursachen nicht erwähnen müssen. Einen Moment lang amüsiert Rohrbach der Gedanke, diese Windmühle könne die Ursache für den Wind sein, ein riesiges Gebläse, das ihn vom Hügel herab durch das Dorf wehen lässt, wo er an den Türen und Fenstern rüttelt. In Wahrheit aber war es wohl der Rotstift des Großvaters, der damals über die Wiesen und Felder gestrichen war und die Verhältnisse neu geordnet hatte.

Schon als er die Koffer mit den Schnappschlössern über die schmale, bei jedem Schritt knarrende Holztreppe nach unten geschleppt hat, das Wespennest war inzwischen zu einem aschgrauen schuppigen Klumpen angewachsen, ist ihm klar gewesen, er musste diese Papiere loswerden. Es ist ihm vorgekommen, als habe ihr Gewicht die Zimmerdecke so niedergedrückt und ihn zu diesem geduckten Gang gezwungen. Nach und nach, hat er sich vorgenommen, würde er sie im Papiercontainer am Dorfplatz entsorgen oder vielleicht auch gleich selbst zur Müllhalde bringen, wo Wassili sie mit seiner Raupe unterpflügen würde. Der Papiercontainer am Dorfplatz war ihm schon am Tag des Begräbnisses aufgefallen, früher hatte es keine Papiercontainer in Ahornstein gegeben, schon gar keine Unterflurcontainer, und der Container schien ihm auf den ersten Blick die auffälligste Veränderung im Dorf zu sein. Der Platz konnte erst vor kurzem umgestaltet worden sein, noch nutzte keiner die Parkbuchten, eine Parkzeituhr stand einsam auf dem neuen Kleinpflaster, es gab sogar einen Hundekottütenspender, an den Einfallstraßen hingen Absperrketten zwischen kleinen Säulen aus Edelstahl, und ein Schild ließ keinen Zweifel, der Dorfplatz war kein Spielplatz mehr. Als die vollen Koffer dann im Flur standen, beruhigte ihn der Gedanke an den Container, der ihn an die Stadt erinnerte und ihm wie ein Zeichen dafür schien, dass man nun auch in Ahornstein angenehm leben konnte, zivilisiert, hat er nicht ohne Hochmut gedacht.

Nun aber reizt es ihn, den ganzen Papierkram einfach im Hof zu verbrennen, wie sie es früher oft getan haben, wenn nicht gerade Waschtag war und sie alles Brennbare in den Waschhauskessel stopften. Nur die alte Karte legt er zusammen und schiebt sie zurück in den Umschlag, auf den sein Großvater das Wort *Kollektivierungskarte* geschrieben hat.

Es ist ein befreiendes Gefühl, die Papierstöße ins Feuer zu werfen. Erstaunt sieht er zu, wie das Papier den Flammen widersteht, nur die oberen Blätter rollen sich in der Hitze zusammen. Immer wieder muss er die Blöcke mit der Mistgabel anheben und voneinander lösen, bis die einzelnen Papierbögen Feuer fangen. Und auch dann scheint es für einen Augenblick so, als verbrenne zunächst nur der unbeschriebene Teil der Blätter, während die Buchstaben widerstehen und noch einmal deutlich hervortreten, plötzlich sind Wörter wie Plansoll, Hektarertrag und Steigerungsrate zu lesen, bis die Buchstaben, als seien sie von der *Continental* aus einem feuerfesten Material gestanzt, einzeln in die Glut herabzurieseln scheinen, die manchmal durch einen Windstoß hell aufleuchtet, bevor sich das Papier weiß verfärbt und im Zerfallen nach oben gerissen wird, wo die Fetzen endlich verglühen und als Rußflocken davonschweben. Der Wind hat heute gedreht, vielleicht wird er auch nur zwischen den Gebäuden und Bäumen verwirbelt, jedenfalls wechselt der Qualm ständig die Richtung und weht Rohrbach in die Augen, morgen, denkt er, werde ich wieder Kopfschmerzen haben, doch das stört ihn nicht, vielmehr erheitert ihn der Gedanke, dass man die Rauchsäule auch vom Dorf aus sehen kann und die Leute sich wahrscheinlich die Köpfe darüber zerbrechen, was da im Garten des Rohrbach'schen Hauses verbrannt wird. Auch Lindner hat das Feuer bestimmt längst bemerkt, denkt er und stochert mit der Gabel im brennenden Haufen, der mal mit noch dickeren Qualmwolken antwortet, mal mit einer Eruption aus Funken und Hitze, vor der er einige Schritte zurückweichen muss. Dann wirft er auch die Koffer ins Feuer, geöffnet, sodass sie wie riesige Mäuler nach Luft schnappen und Rohrbach die wie mit fein gemustertem Ornamentpapier ausgekleideten Innenflächen sehen kann, auf denen einige Wasserflecken kleine, braun geränderte Inseln gebildet haben. Die sich durch die Schale fressenden Flammen lassen neue Inseln entstehen, reißen bald den ganzen Boden auf, bis endlich nur noch das hölzerne Gestell eine Weile im Feuer glüht. Als Kinder haben sie auf den Feldern das trockene Kartoffelkraut verbrannt oder in der Walpurgisnacht um das riesige Hexenfeuer gesessen, auf dem sie auch alte Auto- und Traktorreifen verbrannten oder sie, begleitet von lauten Triumphschreien, brennend den Hügel hinunterrollen ließen. Im beißenden Qualm eines dieser Hexenfeuer hatte er Linda das erste Mal geküsst. Als sie beim Begräbnis seines Vaters vor ihm stand, er das Fehlen des Eherings bemerkte und ihr Parfüm roch, hat er sofort den Brandgeruch während dieses ersten Kusses vermisst, denkt er, als der Quersteg des letzten Koffers sich krümmt und endlich langsam in die Asche sinkt, wo nur noch die Blechgriffe und Scharniere glühen.

Und dann, als sei sie dieser Asche entstiegen, steht Linda ihm plötzlich gegenüber auf der anderen Seite der Feuerstelle, in die er, gestützt auf die Gabel, noch immer starrt. Er ist nicht verwundert, dass sie auf einmal da steht, er schaut sie nicht an, weiß nur, sie ist da, und daran ist nichts Überraschendes. Wir haben uns Sorgen gemacht, sagt sie nach einer Weile, und erst dieses *wir* und der entschuldigende Ton, der in ihren Worten liegt, lassen Rohrbach den Blick heben und sie ansehen. Sie trägt enge, ausgewaschene Jeans und einen weiten Pullover, der ihre Figur versteckt. Du siehst gut aus, sagt er und ärgert sich sofort über die Hilflosigkeit dieser Bemerkung, doch sie lächelt wie eine Frau, die sich dessen bewusst ist, vielleicht aber auch nur über seine Unbeholfenheit, doch als ihr gleich darauf Qualm ins Gesicht steigt und sie eine Grimasse schneidet, müssen sie beide lachen. Obwohl es nicht kalt ist, hält sie ihre Hände in die noch immer aufsteigende Wärme. Sie hatte immer kalte Finger, auch im Sommer, denkt er und würde gern nach ihnen greifen, doch ihr ist es nun zu heiß, sie zieht ihre ausgestreckten Arme zurück und hält sie so vor ihre Brust, dass er die Innenflächen ihrer Hände sehen kann. Es sieht aus wie eine Geste der Abwehr, und er möchte jetzt etwas Unverfängliches sagen. Gestern war ich drüben bei den Ställen, sagt er, Wahnsinn, wie groß die Pappeln inzwischen geworden sind. Sie lächelt wieder und scheint doch ein wenig enttäuscht.

In der Nähe der Ställe haben sie als Kinder gespielt, auf einem langgestreckten Erdwall standen damals die jungen Bäume, die man zum Schutz vor dem Wind gepflanzt hatte. Der Schutz war notwendig, weil es neben der riesigen Schweinemastanlage einen nach sowjetischem Vorbild angelegten Rinderoffenstall gab. Dort haben sie den Zirkus Pappelberg gegründet, Wassili, Linda und er. Gregor hatte abgelehnt, weil für den Zirkus Pappelberg kein Direktor vorgesehen war, er hat ihr Spiel als kindisch bezeichnet. Wassili hat eher widerwillig Steine und mit Wasser gefüllte Milchkannen gestemmt, viel lieber hätte er seine Tiere vorgeführt, so wie Linda, die ihren Hund dressiert, einem Huhn einen Balanceakt beigebracht und stolz ihr neues Sommerkleid vorgeführt hat, doch Wassilis Fische, die er als

Mitglied einer Arbeitsgemeinschaft in der *Produktionsgenossenschaft der werktätigen Zierfischzüchter Fortschritt* betreute, erwiesen sich als zirzensisch ungeeignet. Rohrbach selbst hatte einige kleine artistische Kunststücke eingeübt, mit denen er das zukünftige Publikum, vor allem aber Linda zu beeindrucken hoffte.

Wir wollten damals auf Welttournee gehen, sagt Linda und lächelt jetzt nicht mehr. Sie stößt mit dem Fuß einen kleinen, abseits liegenden Stoß halbverkohlter Blätter in die Glut, der sich sofort entzündet. Und später bist du allein gegangen, sagt sie. Du weißt genau warum, sagt er und ahnt, dass es vorerst kein unverfängliches Thema geben wird. Ich weiß, sagt sie nach einer langen Pause und zwängt die Hände in die Taschen ihrer engen Jeans. Wassili arbeitet jetzt auf der Müllkippe, du solltest ihn mal besuchen, ich glaube, es geht ihm nicht gut, zu viel Alkohol, du weißt schon. Er nickt und will ihr nicht erzählen, dass er gestern an der Trinkhalle war. Und dir geht es also gut, stellt sie fest, den Blick noch immer auf das Feuer gerichtet. Es geht, sagt er, ich wollte nur den ganzen alten Mist loswerden, das braucht doch kein Mensch mehr, kein Grund zur Sorge also. In der Stadt, denkt er, würde man sich jetzt vielleicht auf einen Kaffee verabreden, hier aber gibt es nur Gregors Trinkhalle, und Gregors Trinkhalle scheidet als Treffpunkt selbstverständlich aus. Man sieht sich, will er schon sagen, doch Linda kommt ihm zuvor. Ich gehe dann mal, wenn du nichts dagegen hast, schaue ich wieder vorbei. Warum sollte ich?, murmelt er und kann sich nicht dazu durchringen, sie in die Arme zu nehmen. Grüß Paul von mir!, ruft er ihr hinterher, als sie schon das Gartentor öffnet.

Er schaut ihr lange nach, sieht sie zwischen den Feldern immer kleiner werden, hinter der Böschung des Hohlwegs verschwinden und kann sie, als sie wieder auftaucht, nur noch am Gang von ihrem Vater unterscheiden. Der Wind hat die weißen flauschigen Samen der Pappeln zusammengeweht, sie liegen am Wegrand wie Schnee. Er denkt an den Zirkus Pappelberg und daran, dass die meisten Rinder des Offenstalls trotz der Pappeln schon im zweiten Winter erfroren waren und die Leute auch damals schon über den Wind geschimpft haben, besonders sein Großvater, der den Bau des Offenstalls gegen die Einwände der Bauern durchgesetzt hatte, obwohl er es als ehemaliger Stallknecht hätte besser wissen müssen. Der verfluchte Wind, hat er gesagt, an allem sei nur dieser eisige Nordostwind Schuld.

Gregor sieht Linda schon, als sie noch auf dem Feldweg ist. Er nimmt sich vor, ihr keine Vorwürfe zu machen, er wird nicht einmal fragen, wo sie herkommt. Er wartet hinter dem Rhododendronstrauch, bis sie den kleinen Platz vor der Gemeindebibliothek erreicht hat. Es geht mich nichts mehr an, sagt er sich, außerdem ist es ja klar, wo sie herkommt. Doch jetzt, als sie den Granitsockel am Fuß der Eiche erreicht, auf dem das Emblem der deutsch-sowjetischen Freundschaft vor Jahren gegen eine Bronzetafel zum Gedenken an die deutsche Einheit ausgetauscht worden ist, er aus der Deckung tritt und ihr verträumtes Lächeln sieht, und sie ihn nicht einmal wahrnimmt, kann er nicht anders. Du warst also schon bei ihm, hört er sich sagen. Linda erschrickt. Als sie Gregor erkennt, ist sie im ersten Moment erleichtert, ärgert sich dann aber, dass er ihr wie ein Strauchdieb auflauert. Was heißt *schon*, denkt sie und sagt es nicht. Es ist nur wegen Vater, sagt sie, breitet die Arme leicht aus und sieht an sich herunter auf ihren formlosen Pullover, als ließe sich damit beweisen, dass ihr Besuch bei Martin völlig harmlos war. Dieser plötzliche Impuls, sich vor ihm verteidigen zu müssen, verärgert sie noch mehr. Sie schaut an ihm vorbei auf die Bibliotheksbaracke, deren Fenster vergittert sind, als fürchte man einen bewaffneten Überfall. Die grauen Gitterstäbe sind angeordnet wie die Strahlen der aufgehenden Sonne. Außerdem sind die Jalousien heruntergelassen, mit Ausnahme eines Fensters, in dem ein Plakat mit der Aufschrift *Männer in die Bibliothek!* hängt. Bücher über Fußball und die Formel 1, ein Ratgeber mit tausend Handwerkertipps, eine Geschichte des Bieres und die Erfahrungsberichte eines Bergsteigers und eines prominenten Pilgers auf dem Jakobsweg bilden, drapiert zwischen Modellautos, die Auslage. Ein Buch über Hahnenkämpfe fehlt noch, denkt sie, und dieser Gedanke gibt ihr ihre Sicherheit zurück. Sie lächelt gelassen, als Gregor ihre Worte mit einem provokanten Unterton in der Stimme wiederholt: Wegen deines Vaters, natürlich, das dachte ich mir, der Alte hat sicher schon lange auf Martins Rückkehr gewartet. Auch er ärgert sich über seine Worte und deren schroffen Ton, es klingt wenig überzeugend, als er ihr versichert, sie müsse sich nicht vor ihm rechtfertigen, das habe er auch früher nicht von ihr verlangt. Linda sieht weiter an ihm vorbei und lächelt. Er war übrigens bei mir, gestern an der Trinkhalle, Wassili und die Müllers waren auch da, er hat sogar einen ausgegeben, du kennst ja die Truppe, aber viel scheint dein Martin nicht mehr zu vertragen, sagt Gregor und weiß nicht, warum er das sagt. Hauptsache du verträgst noch was, spottet sie, solange du noch was verträgst, ist ja alles in Ordnung. Nichts ist in Ordnung, platzt er plötzlich heraus und packt sie am Oberarm, nicht sonderlich fest, aber doch entschlossen. Er spürt, wie ihn diese Berührung sofort erregt. Lass das, sagt sie abweisend, obwohl ihr sein Griff für einen kurzen Moment angenehm ist, was sie verwirrt, weil sie in den letzten Monaten ihrer Ehe vergeblich auf dieses Gefühl gewartet hatte. Doch genau in diesem Augenblick werden die Lamellen der Jalousie in einem Fenster der Bibliothek von zwei Fingern einen Spalt breit auseinandergebogen und das, obwohl die Bibliothek heute geschlossen ist. Wahrscheinlich hat Fräulein Kurbjuweit ihren freien Tag dazu genutzt, das Schaufenster neu zu gestalten. Sie ist einmal Lindas Grundschullehrerin für Deutsch und Handarbeiten gewesen und hat nach ihrer Pensionierung die Bibliothek übernommen. Die alberne Auswahl der Bücher, mit der Fräulein Kurbjuweit die Ahornsteiner Männer zum Lesen verführen will, versetzt Linda angesichts des Spaltes in der Jalousie plötzlich in Wut. Sicher, denkt sie, hätte auch ein Ratgeber über die sexuellen Geheimnisse der Frau zur Verfügung gestanden, doch Fräulein Kurbjuweit hat sich gescheut, ein solches Buch ins Fenster zu stellen, vielleicht hat sie das von ihr inkriminierte Buch jetzt noch in der einen Hand, während die Finger der anderen die Lamellen immer weiter auseinanderbiegen. Linda spürt eine plötzliche Lust auf Provokation, und so wendet sie sich Gregor, dem sie gerade noch ihren Arm entzogen hat, zu und fällt ihm um den Hals, was Fräulein Kurbjuweit offenbar dermaßen erschreckt, dass die Lamellen in ihre Position zurückschnellen und die ganze Jalousie zu wackeln beginnt. Gregor ist von der Umarmung, die ihm wie ein Angriff erscheinen muss, zu überwältigt, um sich ihrer zu erwehren oder sie erwidern zu können. Mit hängenden Armen steht er vor der Frau, mit der er bis vor kurzem verheiratet war, und muss sich sagen, dass er sie wohl nie ganz verstehen wird. Erst als Linda ihm ins Ohr flüstert, Fräulein Kurbjuweit lauere hinter dem Fenster, er solle doch bitte mitspielen, wagt er es, seine Arme um sie zu legen. Es ist eher eine Geste der Resignation, Linda spürt es und entschuldigt sich bei ihm. Es war wirklich nur wegen Vater, flüstert sie ihm ins Ohr und gibt ihn wieder frei.

3

Gestern ist Rohrbach in der Stadt gewesen. Nach Hause fahren, hat er gedacht und war schon nicht mehr sicher, ob das noch der richtige Ausdruck war. Die Nachbarin hat ihn gegrüßt, als sei er nie weg gewesen. Was er abholen wollte, hatte er auf einen Zettel geschrieben und noch auf der Fahrt gedacht, es könnte ein Fehler gewesen sein, die Pappkoffer zu verbrennen, dann stand er in seiner Wohnung und wusste nicht weiter. Die Wohnung war erträglich, solange er abends müde aus dem Institut nach Hause kam, jetzt fragte er sich, wie er es hier so lange ausgehalten hatte. Was er bis vor einigen Wochen zweckmäßig genannt hatte, erschien ihm nun wie eine Durchgangsstation. Er schaute nicht einmal auf seinen Zettel, warf nur ein paar Kleidungsstücke in einen Karton und war sich plötzlich sicher, die letzten Jahre vergeudet zu haben. Als er den Aschenbecher mit dem Aufdruck *Gasthof zur Eiche* in die Hand nahm und betrachtete, überkam ihn das Gefühl, ihn nach Hause bringen zu müssen. Der Anrufbeantworter war voll, er hörte ihn nicht ab und war sich nicht mehr sicher, ob er je Freunde gehabt hatte. Herr Mayer, den er gebeten hatte, den Briefkasten zu leeren, brachte einen Packen Post, es waren Rechnungen und Werbesendungen, Rohrbach bedankte sich und bat ihn, den Schlüssel noch eine Weile zu behalten. Die wenigen Zimmerpflanzen, die er besaß, waren vertrocknet, außer zwei Kakteen, die er ins Auto trug, ohne zu wissen warum. Sein Handy nahm er auch diesmal nicht mit. Einige verdorbene Lebensmittel warf er in die Mülltonne und fuhr schon nach einer halben Stunde zurück. Er hatte noch kurz im Institut vorbeischauen wollen, nahm aber dann doch den kürzesten Weg zur Autobahn. In der Ferne leuchtete ein Sonnenblumenfeld.

Die Mülldeponie ist eine klaffende Wunde in der Landschaft. Den hohen Zaun, der das Gelände wie einen Hochsicherheitstrakt umspannt, hatte es, als die Mülldeponie noch Schuttabladeplatz hieß, nicht gegeben. Die Männer des Dorfes waren damals von allen Seiten gekommen, mit Autos oder mit dem Handwagen, manche auch noch mit einer geflochtenen Rückentrage, über Feldwege oder eigens zu diesem Zweck angelegte Trampelpfade waren sie gekommen und hatten den Müll einfach über die Böschungen der aufgelassenen Sandgrube gekippt. Manchmal waren die Autos steckengeblieben, die Fahrer hatten sich ihrer Fracht an Ort und Stelle entledigt oder mit ihr kurzerhand die Löcher im Weg gestopft. Die ehemalige Sandgrube galt als gefährlich, Geschichten von Abbrüchen und von Verschütteten wurden erzählt, die Mütter hatten die Kinder gewarnt und ihnen verboten, sich den Böschungen zu nähern, also waren auch die Kinder gekommen und hatten die Halde nach Brauchbarem durchsucht. Der Großvater, Gustav Rohrbach, der sein Unterhemd und die Hosenträger stolz über der Brust trug, als sei es eine Uniform, hatte für den Weg zur Schutthalde immer den Handwagen genommen, der bei seiner

Rückkehr meist voller war als bei seiner Abfahrt. Etwas Brauchbares gab es immer, verrostete Schaufelblätter oder einen Sensendengel, Dachziegel und Zaunlatten, einmal sogar einen Dolch, an dessen Klinge sich offenbar jemand mit einer Feile zu schaffen gemacht hatte, trotzdem war das Wort Treue noch zu erahnen und das Messer noch brauchbar. Anderes musste erst wieder brauchbar gemacht werden, noch aus den lückenhaften Zahnreihen hölzerner Laubharken hatte Gustav mit viel Umsicht die geschnitzten Zinken gelöst, um sie bei Bedarf dem eigenen Exemplar wieder einzupflanzen. Wenn nichts anderes zu finden war, hatte er die Wurzelstöcke gerodeter Bäume auf den Hügel gezerrt und die Stubben unter lautem Fluchen zu Feuerholz verarbeitet. Manche der Stöcke waren so widerspenstig, dass sie sich selbst mit der schärfsten Axt und einem kräftigen Gottverfluchtescheiße nicht zerkleinern ließen, und er hatte sie im Hof verbrannt. Die Glut hielt sich die ganze Nacht, es zischte, wenn der Enkel am Morgen in die hellgraue Asche pisste. Der Handwagen, das ahnte wohl selbst Gustav Rohrbach, war ein aussterbendes Modell, und so zählten Wagenräder, Deichseln und Achsen für zukünftige Reparaturen zu den begehrtesten Fundstücken, selbst verrostete Radreifen nahm er mit. In einem der zahlreichen Schuppen lagerten Ersatzteile für eine ganze Handwagenflotte, doch der Handwagen erwies sich trotz seines Alters als ausgesprochen robust und noch rüstig genug, um mit ihm das Material für immer neue Schuppenanbauten heranfahren zu können, die wegen der vielen Fundstücke notwendig wurden. Für den alten Rohrbach stand freilich fest, dass dies gerade wegen seines Alters so war. Echte deutsche

Wertarbeit, hatte der Großvater gesagt, Vorkriegsware. Er war ständig auf Achse, da konnten die Direktiven der Partei von einer besseren Zukunft tönen und das Zentralorgan mit der Übererfüllung der Fünfjahrpläne prahlen, die sogenannte schlechte Zeit war in Gustavs Kopf eingebrannt, dort ging die Nachkriegszeit nie zu Ende.

Auch die feuerverzinkten Stahlpfosten des Zaunes sind Wertarbeit. An jedem dritten Segment hängt ein Schild, auf dem ein Totenkopf die Rolle der mütterlichen Warnungen übernommen hat. Rohrbach muss an vielen Totenköpfen vorbei, bis er das Tor erreicht, er watet durch giftgrüne Melde und stinkenden Raps, dessen fette Stängel unter seinen Füßen quietschen. Der Wind mag die Samen angeweht haben, vielleicht kamen sie mit den Möwen, die auch jetzt über der Kippe kreisen. Es überrascht ihn nicht, dass das Tor geschlossen ist. Einen Moment überlegt er, ob er nicht wieder gehen soll, dann folgt er der Anweisung eines weiteren Schildes, drückt den vorgesehenen Knopf, der einen lauten und schrillen Ton auslöst. Lautlos rollt das Tor an ihm vorüber, geführt von einer Metallschiene, wobei das Innere der auf den Torpfosten montierten Rundumleuchte zu kreisen beginnt und seinen Widerwillen, das Gelände zu betreten, noch steigert. Die Einfahrt zum Mitarbeiterparkplatz des Instituts sieht nicht viel anders aus. Er denkt an das Institut, an die Kollegen und fragt sich, was ihm fehlen würde. Nichts würde ihm fehlen! Es wäre eine Befreiung. Nach seinem Beruf gefragt, hätte er noch vor drei Wochen ohne Zögern geantwortet, am Institut für Kommunikationswissenschaften beschäftigt zu sein, ein bisschen war er sogar stolz auf dieses Wort, jetzt aber hätte er eine Weile überlegen müssen, Kommunikations-

wissenschaft wäre ihm hier nie über die Lippen gekommen, es würde ihm schwerfallen, seinen Beruf als Tätigkeit zu erklären. Etwas mit Medien, würde er sagen, und das Vage dieser Antwort scheint ihm sein Tun auch am besten zu beschreiben. Sein Vater, dem er einmal seine Arbeit zu beschreiben versuchte, hatte ungläubig den Kopf geschüttelt und sich gewundert, wie man mit so etwas Geld verdienen könne, etwas mit Medien, das hatte ihm allerdings imponiert,
und wenn ihn jemand gefragt hatte, sagte er, sein Sohn arbeite beim Fernsehen.

Rohrbach ist erleichtert, als er Wassilis Auto entdeckt, einen alten VW Kombi, über dessen Anhängerkupplung der Kopf einer Gummipuppe gestülpt ist, wie früher an seinem Trabant. Nur der Kopf einer Barbie auf der Spitze der Antenne ist neu, obwohl das Auto steht, flattert ihr Haar im Wind. Dann sieht er Wassili, der mitten im Müll auf einer gelben Raupe sitzt, die gerade langsam das Schiebeschild hebt. So ähnlich wie die Maschine hatte Wassili früher seinen Arm angewinkelt, um mit seinen Muskeln zu prahlen. Gleich darauf wendet die Raupe, offenbar hat Wassili die Rundumleuchte bemerkt, denn den Signalton kann er wegen der Ohrenschützer nicht gehört haben. Die Ohrenschützer sind groß und orange wie Wassilis Jacke, er sieht aus wie ein riesiger oranger Teddybär. Langsam malmt die Raupe durch den Müll in Richtung des Eingangs, als sei auch sie ein großes behäbiges Tier. Einige Krähen weichen der Raupe mit kleinen federnden Sprüngen aus, als hätten sie vergessen, dass sie fliegen können. Wassili sitzt nicht, denkt Rohrbach, er thront. Solche Bilder hatten sie als Kinder immer gemalt. Der Bauer beim Pflügen des Feldes.

Als die Deponie noch Schuttabladeplatz hieß, hatte es keine Möwen gegeben, und auch jetzt kommt Rohrbach die Anwesenheit dieser Vögel so fern des Meeres unwirklich vor. Er hat für einen Moment den Verdacht, die Möwen könnten mit den Plastiksäcken angeliefert worden sein, vielleicht selbst aus Kunststoff bestehen und würden allein vom Wind in der Luft gehalten. Durch die Wendung des Fahrzeugs ist im Schwarm eine kurzzeitige Verwirrung entstanden, die Vögel wissen nicht, ob sie aus Gewohnheit der Raupe folgen oder ihre Abwesenheit zu einer Landung nutzen sollen. Ihr Kreischen kämpft gegen das Tuckern der Raupe, schließlich, wie auf ein geheimes Zeichen, lassen sie sich auf dem Müll nieder und verstummen.
Wassili hievt sich aus dem Sitz der Raupe, klettert mühsam bis zum Trittbrett und springt von dort zu Boden. Es ist eher ein Fallen, in dem die ganze Schwere seines Körpers liegt, erleichtert atmet er auf und strahlt, als sei ihm gerade etwas Großes geglückt. Diese Erleichterung liegt noch in seiner Stimme, als er Rohrbach begrüßt und sich dabei den Hörschutz vom Kopf reißt. Mensch Martin, schön, dass du mal vorbeikommst! Ich war gerade in der Nähe, versucht der jede Erwartung zu dämpfen und weiß im Moment wirklich nicht, warum er gekommen ist. Es war Lindas Idee, würde er am liebsten sagen und stammelt dann etwas von alter Freundschaft und dass es ihn selbstverständlich interessiere, was Wassili hier so mache. Was?, schreit Wassili, der die Raupe nicht abgeschaltet hat, weshalb auch Rohrbach alles noch einmal lauter wiederholen muss. In der Lautstärke kommt ihm der Satz noch verlogener vor. Es interessiere ihn, was Wassili hier so mache. Wenn er in der Großstadt

einen seiner ehemaligen Kommilitonen zufällig auf der Straße traf, hatte dieses Stichwort genügt, sie erzählten dann von ihren tollen Projekten und den Steinen, die man ihnen dabei in den Weg legte, die Chefs waren meist Idioten, die Neuen hatten keine Ahnung, die Bürokratie war ein einziges Hemmnis und natürlich fehlte es immer an Geld, dabei wäre, wie sie beteuerten, das jeweilige Projekt gerade in der gegenwärtigen politischen und wirtschaftlichen Lage die Rettung. Er konnte schweigen und wissend nicken, er musste nur warten, bis alles vorbei war, denn irgendwann waren sie wegen ihrer tollen Projekte oder der Idiotie ihrer Chefs in Eile, meist klingelte wie bestellt das Handy, sie hatten dringende Termine, mussten zurück zu ihren Bürosesseln und Lehrstühlen, sie redeten, als hätten sie die Arbeit erfunden und versprachen, sich zeitnah zu melden. Natürlich meldeten sie sich nie.

Der laufende Motor lässt die Scheibe leicht zittern, auch die Kühlerhaube vibriert. Du siehst ja selbst, sagt Wassili und weist mit dem Kopf auf die Müllkippe, Drecksarbeit eben. Aber wenigstens Arbeit, glaubt Rohrbach sagen zu müssen. Wassili zuckt mit den Schultern. Deponieverbot, sagt er, den Politikern falle immer wieder was Neues ein, Müll sei heute viel mehr wert als Getreide, und wer schmeiße schon Geld auf die Kippe. Er mache hier nur noch das Licht aus. Wie auf Kommando beginnt die Raupe zu röcheln, sie scheint sich noch einmal zu schütteln und verstummt schließlich ganz. Scheiße, flucht Wassili, die verdammte Karre kann ich auch gleich hier stehen lassen. Er spricht noch immer so laut, als müsse er das Tuckern des Fahrzeugs übertönen. Und dann?, fragt Rohrbach. Was soll sein, dann kommt hier ein

Deckel drauf, es gibt blühende Landschaften, und ich muss zum Arbeitsamt, los komm schon. Wassili geht zu seinem Auto, öffnet den Kofferraum und nimmt zwei Flaschen Bier aus einer Kiste: Setz dich! Das Auto federt, als Rohrbach sich auf der Kante des Kofferraums niederlässt, erst als Wassili sich neben ihn zwängt, sitzt die Karosse auf. Zwischen ihren Knien klemmt der Puppenkopf, Rohrbach starrt auf die Kopfhaut, die wie ein Sieb aussieht, ein Sieb, aus dessen Löchern Haarbüschel wachsen.

Als Wassili nach einer Weile fragt, ob Martin wirklich bleiben wolle, ist es selbst für ein Schulterzucken zu eng. Man hätte gleich gehen müssen, sagt Wassili ohne Rohrbachs Antwort abzuwarten, vor zwanzig Jahren hätte man gehen müssen, aber du weißt ja selber wie das ist, die Eltern, das Haus, die Kumpels, man findet immer einen Grund zu bleiben. Als er die Flasche ansetzt, wird es für Rohrbach noch enger. Ich hab es versucht, Martin, ich habe es wirklich versucht, noch bevor die Kolchose damals dichtmachte, du hast zwei gesunde Hände und ein breites Kreuz, habe ich mir gesagt, einen wie dich brauchen sie überall. Fast zwei Jahre lang Fließbandarbeit in der Nähe von Hannover, aber ich sage dir, das ist nichts für uns, Martin, wir sind hier geboren, wir gehören hierher. Die Leute dort haben die Nase gerümpft, als hätten sie meine Herkunft gerochen. Fast zwei Jahre war ich dort, und fast jedes Wochenende hin und her, das hältst du nicht aus, und weißt du, was mir am meisten gefehlt hat? Ich werde es dir sagen, euer Hügel hat mir gefehlt, dieser kleine Scheißhaufen von Hügel. Du guckst aus deinem Fenster in diesem Hannover und kennst nichts. Als dann der junge von Schlickenstett kam, das Gutshaus zurückkaufte und große Reden hielt von wegen Aufschwung und so, da hab ich wirklich gedacht, jetzt wird alles anders, jetzt geht es hier vorwärts, habe ich gedacht, jetzt können sie dich in Hannover mal. Dein Vater hat mich gewarnt, ein Herrensöhnchen, hat er gesagt, ein Junkerspross, der das Rad der Geschichte zurückdrehen wolle, wie dein Vater eben so geredet hat, aber weißt du was, mir ist das egal gewesen, scheißegal, ich wollte ja sowieso zurück, von Freiheit hatte ich erst mal die Nase voll. Klar, sagt Rohrbach und versucht, sich aus seiner Klemme zu befreien. Als er neben dem Auto steht, gibt er der Antenne einen Stoß, der Barbiekopf schwingt hin und her. Hast du deine Fische noch? Wassili schüttelt nur den Kopf. Schlickenstett ist dann bald wieder abgetaucht, sagt er, mit Landwirtschaft hat der nichts am Hut gehabt und alles wieder verkauft, heute residieren irgendwelche Schlipsträger im Schloss und machen in Immobilien und Investment, weiß der Teufel, was die da wirklich machen, aber wahrscheinlich machen sie damit ein Schweinegeld. Mein Vater, sagst du, hat dich gewarnt? Du kennst doch deinen Alten, dem war das damals alles ein Graus, aber als dieser von Schlickenstett kam, hat er das persönlich genommen, kann man ja irgendwie auch verstehen, kommt hierher, dieser geschniegelte Lackaffe, und kauft sich sein Herrenhaus zurück. Dein Großvater ist daran zerbrochen, den hättest du sehen sollen, der war nicht mehr wiederzuerkennen, wie einen Verbrecher haben den manche behandelt, die früher in der LPG noch große Reden geschwungen haben. Vielleicht hat dein Vater auch nur so geschimpft, weil der alte Lindner so begeistert war und überall rumerzählt hat, wie lange er schon auf diesen Tag gewartet habe, du glaubst gar nicht, wie schnell der plötzlich laufen konnte. Rohrbach nickt, als wisse er Bescheid, dabei hat er von diesen alten Geschichten keine Ahnung, er möchte davon eigentlich nichts wissen und ahnt doch, dass er ihnen nicht entkommen kann. Hier auf dem Dorf hat alles ein Gesicht. Wenn er an seiner Arbeit im Institut etwas geschätzt hat, dann war es die Anonymität der Probleme, mit denen er befasst war. Es waren nicht seine Probleme, er war nur deren Buchhalter. Es ging um Zahlen, und mit der Zeit war es ihm immer besser gelungen, sie nur als solche zu sehen. Anfangs hatte es ihn noch beschäftigt, wenn die Ergebnisse einer Umfrage seinen eigenen Ansichten widersprachen, später gelang es ihm je nach Stimmung, aus seiner Zugehörigkeit zur Mehrheit oder zur Minderheit Trost zu ziehen. Er hat sogar manchmal versucht, die Menschen, denen er auf der Straße begegnete, den Zahlen zuzuordnen, oder er hat sich einen Spaß daraus gemacht, die Passanten abzuzählen, jeder Fünfte wünschte sich die Mauer zurück, bis sechzehn musste er zählen, um jemanden zu finden, der noch Achtung vor Politikern hatte. Es hat ihn nicht mehr aufgeregt, wenn seine Ergebnisse in Zeitungen vereinfacht, verdreht und missbraucht wurden. Und sie hatten immer seltener Schwierigkeiten, ihre Zahlen und Diagramme in der Zeitung zu platzieren, seit es das Institut gab, versteckten sich die Journalisten einfach hinter den Zahlen, die der Institutsleiter meist selbst kommentierte, fast immer wurde dabei sein Foto gezeigt, Dr. Lohmeyer war das Orakel, das man bei jeder Gelegenheit befragte. Jetzt merkt er verwundert, dass er daran in der Vergangenheit denkt, so, als habe er mit seiner Arbeit im Institut längst abgeschlossen, dabei hat er nur seinen Jahresurlaub genommen und erst heute Morgen seinen Chef um eine mehrwöchige, unbezahlte Freistellung gebeten. Bald würde er, wenn er an das Institut denkt, an seine Zeit im Institut denken, so wie er jetzt an die Vergangenheit als seine Zeit in Ahornstein denkt. Dass ihm die Freistellung problemlos bewilligt wurde, sogar mit einer gewissen Erleichterung, wie ihm schien, hat ihn dann doch gekränkt, er hätte sich gern für unverzichtbar gehalten. Dabei war Dr. Lohmeyer zuletzt nicht gut auf ihn zu sprechen, denn als sie über den Vorwurf diskutiert hatten, die Demoskopie würde mit ihren ständigen Prognosen die Wahlen beeinflussen, hatte Martin den Kritikern Recht gegeben. Er hatte Lohmeyer provozieren wollen, und tatsächlich war Lohmeyer entsetzt gewesen. Er hatte diese Beeinflussung vehement bestritten, weshalb Rohrbach den Verdacht hatte, der Chef sei in Wahrheit von ihr überzeugt und glaube zudem an eine verstärkende Wirkung durch sein Foto, so wie jeder Politiker oder Verkäufer an sein gewinnendes Lächeln glaubt.

Du musst sicher wieder, sagt er zu Wassili, doch der zuckt nur mit den Schultern. Er habe Zeit, der Müll sei geduldig. Willst du noch ein Bier? Nein? Dann komm wenigstens heute Abend zu Gregor, Mensch Martin, ich freu mich, dass du wieder da bist. Du kommst doch? Ja, sagt Rohrbach und beeilt sich zu gehen.

Die Luftbildaufnahme, die an der Wand neben dem Foto der Mutter hängt, ist ein Geschenk von Lindner. Es muss an einem der letzten Geburtstage von Martins Vater gewesen sein, als er das Bild mitbrachte, seinen Blick erwartungsfroh auf das Gesicht des Jubilars heftete und ihn nicht mehr aus den Augen ließ, während der es in aller Ruhe auszupacken begann. Zuerst löste der Vater den Knoten der dünnen Kordel, wobei er vor Konzentration die Zunge herausstreckte, deren Spitze fast die Nase berührte, wickelte die Kordel anschließend auf und legte sie zu den anderen Bändern in einen Karton. Rohrbach erinnert sich noch genau, wie der Vater dann eine Pause machte, das flache Päckchen wieder auf den Tisch legte, um ein durch den Neuankömmling unterbrochenes Gespräch fortzusetzen, das Lindner dann erneut durch einen ungeduldigen Zwischenruf unterbrach: Nun mach schon, Rudolf, pack es aus! Erst dann löste der Vater die Klebestreifen, vorsichtig, um das Geschenkpapier nicht zu beschädigen, das er dann unter dem Rahmen hervorzog, sorgfältig glatt strich und umständlich zusammenlegte, während das Bild, die Rückseite noch immer nach oben, auf dem Tisch lag. Lindner war es, der es endlich umdrehte und dem Vater hinhielt wie einen Spiegel. Das Bild zeigte Ahornstein aus der Vogelperspektive, sofort drängten sich alle Anwesenden, es zu betrachten, und obwohl sie das Dorf ja kannten, versetzte es alle in Erstaunen. So hatten sie ihr Ahornstein noch nie gesehen. Auf dem Foto waren die Ochsenaugen auf den Dächern geschlossen, hatte das Dorf keinen Horizont, eine merkwürdige geometrische Figur war zu sehen, eine Art Dreieck, in dessen Zentrum sich die Dächer um die Kirche und den Feuerlöschteich aneinanderdrängten und dessen Seiten nur an einer Stelle vom Asbestdach der Zwanzigtausender-Anlage durchbrochen war, während die Ecken der Figur von drei fast kreisrunden Flecken gebildet wurden. Die Autobahn lief wie ein Riss quer durchs Bild, der Bach, der sich dem Dorf vom rechten oberen Rand des Fotos aus mäandernd näherte und dann in einer Rohrleitung verschwand, war auf dem Foto grau, auch wo er am Dorfrand wieder auftauchte, um, nun kanalisiert, das Bild am linken unteren Rand zu verlassen. Früher hatte dieses Stück die Farbe fast täglich gewechselt, war mal blau oder grün, gelb oder sogar rot gewesen, je nachdem, welche Farbe man in der Etikettenfabrik mitten im Dorf gerade verwendet hatte, um die Bänder mit Firmennamen, Pflegehinweisen oder Größennummern zu bedrucken. Die Fabrik war noch immer leicht zu erkennen, um sie herum aber klebten die winzigen Dächer der Häuser, Schuppen und Garagen eng aneinander. Sofort begann jeder, das eigene Haus zu suchen und es den anderen zu zeigen, da schaut!, riefen sie, als kreisten sie nun selbst über dem Dorf, redeten dabei aufgeregt durcheinander, als gelte es, sich das eigene Grundstück durch ein schnelles Auffinden und einen entschiedenen Fingerzeig erst zu sichern und in Besitz zu nehmen, keiner hörte auf Lindner, der mit dem unvermeidlichen Klappern im Mund etwas vom Netz der Grundstücksgrenzen faselte, die aus der Luft besonders gut zu erkennen seien, und vom Katasteramt, das jetzt irgendwann wieder tätig werden müsse. Alles hat schließlich seine Grenzen, rief er aus, was keiner verstand. Sie sahen nur die Häuser und Grundstücke, die einander ähnlich waren und sich nicht immer gleich zuordnen ließen, sodass manchmal ein Streit entbrannte, wer der jeweilige Besitzer sei oder wer den Besitzer kennen könnte. Zeugen wurden angerufen und deren Zuverlässigkeit sofort wieder bezweifelt, mal bürgte das hohe Alter für die Zuverlässigkeit eines Befragten, mal war gerade dies der Anlass für Skepsis. Rasch einig dagegen wurde man sich über die drei Flecken, die ein wenig abseits des Dorfes lagen. Der Hügel!, rief jemand und klopfte dem Vater anerkennend auf die Schulter, obwohl der Hügel aus der Luft als solcher gar nicht zu erkennen war, zum Zeitpunkt der Aufnahme hatte der Raps geblüht und der Hügel war eine leuchtend gelbe Scheibe, in deren Mitte das Haus und die Bäume standen. Eine Weile wurde geschwiegen, als wolle man dem Jubilar Gelegenheit geben, sich zu seinem Besitz zu äußern, der Vater aber sagte nichts. Durch seine abseitige Lage war das Haus leicht zu erkennen, während die Deponie durch ihre merkwürdige Farbe und den Zaun auffiel. Der dritte Fleck war eine Ansammlung von Bäumen, die wiederum von einem Zaun umschlossen und scheinbar zusammengehalten wurden, nur war er viel größer als das Rohrbach'sche Grundstück. Das Rittergut, sagte jemand, und niemand widersprach. Irgendwann waren sich alle einig und betrachteten das Bild stumm, bis Lindner noch einmal bestätigte, das also sei Ahornstein. Ein scheinbar friedliches Dorf, sagte er und schaute den Vater herausfordernd an, doch niemand außer Martin schien diesen Blick zu bemerken, sie pflichteten Lindner bei und verloren bald das Interesse an ihrem friedlichen Dorf, jemand nannte das Bild ein schönes Geschenk und schlug vor, auf Ahornstein und seine Friedlichkeit zu trinken. Und also tranken sie, denn deshalb waren sie schließlich gekommen.

Das alles fällt Rohrbach jetzt ein, da er vor dem Zaun des Parks steht und nach einem Eingang sucht. In seiner Kindheit hatte es diesen Zaun nicht gegeben, aber auch damals schon war das Herrenhaus hinter dem Unterholz kaum zu erkennen gewesen. Der Eingang ist auf den ersten Blick unverändert, zwei mächtige Säulen, jeweils von einer bemoosten Sandsteinkugel gekrönt. Die Säulen lehnen sich an die Reste der alten Schlossmauer, doch auch vor der Mauer steht nun der neue Metallzaun. Dessen Tor ist geschlossen, *Kulick & Partner* steht auf einem goldenen Schild. Die alte, schmiedeeiserne Pforte dagegen steht offen, wahrscheinlich seit Jahren, die Unterkanten der Flügel sind von Gras und Efeu überwuchert. Rohrbach hätte das Eisen gern berührt, doch wegen des neuen Zauns ist es nicht zu erreichen. Vielleicht ist es besser so, denkt er, vielleicht sollte man mit all dem nichts mehr zu tun haben. Er könnte das Haus verkaufen, an Lindner oder an Kulick & Partner, er könnte wieder verschwinden und über alles einen Deckel stülpen, wie Wassili über die Deponie. Ein paar Jahre würden die Leute vielleicht noch vom Rohrbach'schen Haus auf dem Hügel reden, dann wäre auch das vergessen, so wie die Windmühle irgendwann vergessen wurde. Die Leute sind dabei, die Vergangenheit auszumerzen, sie sitzen auf weißen Kunststoffstühlen in ihren betonierten Höfen, vor den geöffneten Toren der ehemaligen Scheunen und Ställe oder den Carports, in denen die neuesten Modelle ihrer Kleinwagen glänzen, während die Räder der alten Heuwagen an den gepflasterten Einfahrten im Wechsel mit immergrünen Koniferen Spalier stehen. Sie haben einen kaum zu stillenden Verschönerungsdrang, dem sie wie einer Beschäftigungstherapie folgen und der nur von ihrem schlechten Geschmack übertroffen wird. Eines der Häuser ganz in der Nähe hat ein Dach aus blauen glasierten Steinen, die fettig

glänzen, auf dem First hält eine Keramikkatze Ausschau. Vor dem weiß getünchten Haus ist eine grüne Regentonne im Vorgarten vergraben und soll mit der sie überdachenden Laubsägearbeit einen Schöpfbrunnen imitieren, der gelbe Plasteeimer schaukelt gelangweilt im Wind, am Gartentor warnt das Konterfei eines deutschen Schäferhundes: *Hier wache ich!* Wahrscheinlich, denkt Rohrbach, werden die Besitzer solcher Grundstücke regelmäßig vom Institut angerufen, und deren Meinung ist dann in den Zeitungen neben Dr. Lohmeyers lächelndem Gesicht zu lesen. Die Sicherheit, hatten sie kürzlich herausgefunden, habe in den letzten Jahren immer mehr nachgelassen, die Leute fühlen sich von Kriminellen bedroht, und das Verbrechen sei unaufhaltsam auf dem Vormarsch. Ein paar Jahre im Institut haben ausgereicht, auch seine Angst zu steigern, seine Angst vor diesen Leuten und ihrem sogenannten Volksempfinden, er hat den Verdacht, diese Leute würden selbst gern etwas Verbotenes tun, wagen es aber nicht oder warten in ihren gepflegten Vorgärten, bis andere ihnen vorangehen.
Das Herrenhaus steht am Ende eines von mächtigen Buchen gesäumten Weges, sein Portal sieht nicht viel anders als die Trinkhalle aus, nur größer und protziger. Das Laub vom Vorjahr liegt als dicker roter Schorf auf dem Kies. Über diesen Kiesweg, denkt er, muss damals der Polizeiwagen mit Gregor davongefahren sein.

Bis zum Ende der zwanziger Jahre hatte es in den Glashäusern der Rittergutsgärtnerei eine Kakteenzucht gegeben, von der es in den heimatkundlichen Veröffentlichungen heißt, es sei eine Kakteenzucht von Weltruhm gewesen, obwohl das Wort *Welt* in den heimatkundlichen Veröffentlichungen sonst nicht vorkommt, stattdessen immer nur von *unserer* freiwilligen Feuerwehr, *unserer* Schule oder *unserem* Komitee für Zivilverteidigung die Rede ist. Die Zucht, so heißt es, sei eine Passion des Gärtners gewesen und nach dessen Weggang aufgegeben worden, einen Teil der Pflanzen habe man verkauft, die Reste der Anlage seien verfallen. Schon als Rohrbach noch im Dorf lebte, wusste niemand mehr, wann genau und warum der Gärtner Ahornstein verlassen und seine weltbekannte Kakteenzucht im Stich gelassen hatte, es fragte auch keiner danach. Der plötzliche Weggang des Schlossgärtners war geheimnisvoll, mal hat Martin geglaubt, der Gärtner sei ausgewandert, nach Amerika vielleicht oder in ein anderes Land, in dem seine geliebten Kakteen unter freiem Himmel wuchsen, dann wieder war er sicher, der Weltruf seiner Zucht habe beim Gärtner einen Überdruss hervorgerufen, dem er sich nur durch Flucht entziehen konnte, möglich, dass er bis zu seinem Tod unerkannt in der näheren Umgebung gelebt hatte. Das Verschwinden des Gärtners konnte einem erzwungenen Verzicht gleichkommen oder dem Gang in die Freiheit, keiner wusste es, der Gärtner wurde verschwiegen wie ein Verräter. Vielleicht hatten die Kakteen sein Leben erleichtert, aber es nicht vermocht, gegen seine Schwermut anzukommen, irgendwann musste er das erkannt haben, dieses falsche Leben. Rohrbach kennt Fotos aus jener Zeit, sepiafarbene Aufnahmen von Sängerbund und Turnerriege, den Kameraden der Feuerwehr, sie zeigen Gesichter, denen das Bemühen anzumerken ist, einen ernsthaften und bedeutungsvollen Eindruck zu machen, er hat geglaubt, dass es unter diesen Gesichtern eines geben müsse, dem man die plötzliche Aufgabe einer Kakteenzucht von Weltruf zutrauen konnte, als müsse sich solche Extravaganz in der Mimik niederschlagen, doch er konnte keinem etwas ansehen. Vielleicht hätten die Fotografierten erklärt, gut getroffen zu sein, sie standen da in steifen, einstudierten, theatralischen Posen, die sie sich irgendwo abgeschaut haben mussten und die doch ungelenk wirkten, sie blickten direkt in die Kamera, wie man es ihnen gesagt haben mochte, ihr Blick war hart und jovial zugleich, manchmal war der Anflug eines verwirrten Lächelns zu erkennen, vielleicht eine plötzliche Ahnung von der Vergänglichkeit. Die Männer trugen die Haare kurz, es war nicht zu erkennen, woher der Wind wehte. Die meisten waren im Ersten Weltkrieg Soldaten gewesen, viele würden es im nächsten Krieg wieder sein. Die Kriege glichen dem Wind, sie kamen mal aus der einen, mal aus der anderen Richtung, man war ihnen ausgeliefert und redete über die Folgen. Manche Männer liegen auf den Schlachtfeldern begraben, in Frankreich oder Russland, nur ihre Namen sind eingemeißelt auf dem Denkmal im sogenannten Heldenhain. Auf dem Stein heißt es, sie seien für *uns* gefallen. Andere hatten die Kriege überlebt, sie waren keine Helden, sie liegen neben ihren Frauen unter einem richtigen Grabstein auf dem Friedhof hinter der Kirche. Manche Wiese und manches Waldstück trägt noch immer einen ihrer Namen. Wer aber das Dorf freiwillig verlässt, bleibt namenlos wie der Schlossgärtner. In der Stadt hat Rohrbach manchmal geglaubt, dem Gärtner zu begegnen, im Vorbeigehen auf der Straße, ein wettergegerbtes, unrasiertes Gesicht hat ausgereicht, vor allem aber einer dieser seltsam abwesenden und doch konzentrierten, in die Ferne weisenden Blicke. Da, der Gärtner, hat er gedacht und einem Fremden nachgeschaut, und manchmal hat er sogar gegrüßt und sich gewünscht, der Schlossgärtner würde in ihm einen Ahornsteiner erkennen, obwohl der Schlossgärtner ja längst tot sein musste.

Bald nach dem letzten Krieg war aus dem Schloss eine Parteischule geworden, in der auch Gustav Rohrbach für die Zukunft lernte, während die anderen Ahornsteiner die Gunst der Stunde genutzt und begonnen hatten, die Gewächshäuser der Gärtnerei zu demontieren und sich aus den Fenstern Frühbeete zu bauen. Nur das alte Heizhaus war stehengeblieben und stand noch, als die Parteischule längst einem Pflegeheim gewichen war, als sei auch das eine logische Konsequenz. Gregor hatte dieses Heizhaus damals schon in Besitz genommen, bevor Martin es das erste Mal betrat. Gregor hatte den herabgefallenen Putz und das Ziegelmehl der sich zersetzenden Steine zusammengekehrt, auch den Kohlendreck, der nur noch in den Poren des Betons steckte. Man konnte die Kohle riechen, und dieser Geruch war in all den Jahren, in denen sie sich im alten Heizhaus trafen, nicht verflogen, besonders nach jedem Regen war er zu merken, wenn die Feuchtigkeit durch das poröse Mauerwerk drang und den Beton des Fußbodens noch dunkler färbte, wenn sie die Vergangenheit aus den Ritzen und Öffnungen drückte und der Kohlegeruch sich mit dem nach feuchtem Eisen und vermoderndem Holz mischte. An solchen Tagen war die Luft von einer eigenartigen Schwere. Obwohl die Kühle im Inneren des Heizhauses nie wich, hatte man das Gefühl, die Moospolster in den Mauerspalten könnten jeden Moment platzen und eine Vegetation, vielleicht sogar die Pflanzen des verschwundenen Gärtners, würde plötzlich hervorbrechen und alles überwuchern. Der Kessel, der in der Mitte des Raumes stand, machte immer den Eindruck, zum Bersten gefüllt zu sein, die Türen schienen sich unter einem geheimnisvollen Druck zu wölben, nie, denkt Rohrbach, als er nun wieder am Zaun entlangläuft, um nach dem alten Heizhaus zu suchen, nie hat jemand versucht, diese Türen zu öffnen, auch Gregor nicht, den damals nichts erschüttern konnte und der auch als Erster die in den Boden eingelassene Metallplatte beiseitegewuchtet hatte. In der so freigelegten Öffnung führten einige Stufen in die Tiefe, sie mündeten in einen Gang, in dem die Heizungsrohre zu den Gewächshäusern geführt wurden und in dem man sich nur kriechend fortbewegen konnte. Nach einer schwer abzuschätzenden Entfernung, es mochten zwanzig oder dreißig Meter sein, erweiterte sich der Gang zu einem kleinen Raum, der nach der Enge groß wirkte, in dem man sich aber auch nicht aufrichten konnte. Immerhin, dachten sie damals, wäre dieser bunkerartige Raum ein gutes Versteck gewesen, für einen entflohenen polnischen Zwangsarbeiter der Getriebefabrik vielleicht oder einen desertierten Wehrmachtssoldaten, hätte einer der Männer das Versteck gekannt, läge er vielleicht nicht in Frankreich oder Russland begraben, sondern neben seiner Frau auf dem Friedhof. Obwohl die Gewächshäuser längst abgerissen waren, war dieser Gang damals noch vollkommen intakt und wäre also immer noch ein gutes Versteck. Und da sie um dieses Versteck wussten, als einzige, wie sie sicher glaubten, überlegten sie, bei welcher Gelegenheit ein solches unterirdisches Versteck aufzusuchen sei und wie lange ein Leben darin möglich wäre. All ihre Heldenträume hatten mit diesem Versteck zu tun, nur dank seiner scheinbaren Sicherheit hatten sie sich in ihrer Phantasie getraut, Widerstands- oder Befreiungskämpfer zu werden und was sonst noch zu Heldenträumen taugte, ein paar Jahre früher waren es Indianer gewesen, die Mannen von Robin Hood oder des Kapitäns vom Tenkesberg. Freilich hatte es keiner gewagt, sich lange in dem Versteck aufzuhalten, war es doch auch wie ein Verlies, der ideale Ort für ihre pubertäre Todessehnsucht. Später wollten sie keine Partisanen mehr sein, was vielleicht an der Schule lag, die nach einem kommunistischen Widerstandskämpfer benannt war, oder vielleicht am alten Mager, der direkt neben dem Sportplatz wohnte und dessen Hühner keine Eier mehr legten, weil ihre Fußbälle immer über den Zaun geflogen waren und die Hühner aufgescheucht hatten, weshalb der alte Mager die Bälle zerstach und ihnen drohte mit erhobener Faust, sodass man die eintätowierte Zahl am Unterarm sehen konnte, und sie sich schämten, weil man so einen Mann nun mal nicht ärgerte und auch seine Hühner nicht. Ihre Helden trugen nun lange Haare und spielten Gitarre, und einer von ihnen, so wurde erzählt, sollte auf der Bühne Hühner schlachten nur so zum Spaß. Eine Weile kamen sie noch, um zu trinken und zu rauchen und Musik zu hören. Später hat Rohrbach manchmal von diesem Keller geträumt, von einem unterirdischen Labyrinth von Gängen, das in seinen Träumen ganz Ahornstein unterhöhlte wie ein riesiger Kaninchenbau, immer wieder war er durch einen dieser Gänge gekrochen, die sich plötzlich weiteten und in wunderbare Kammern und Vorratslager mündeten, in denen er sich geborgen fühlte. In anderen Nächten aber wurden die Gänge enger, immer enger, in diesen Träumen endeten sie in einem Grab, in dem er steckenblieb, sich nicht rühren konnte, nicht einmal schreien, sein Mund war voller Sand, wie es die Mütter vorausgesehen hatten, als sie vor den ins Rutschen kommenden Böschungen der Sandgrube warnten. Damals waren sie auf allen Vieren durch diese Enge gekrochen und hatten vom aufrechten Gang und von der Freiheit geträumt, unbemerkt von den Insassen des Pflegeheims, die wie Schatten durch den Schlosspark schlurften. Als Gregor und Martin dann aber ihre Einberufungen bekommen und sich zum letzten Mal im Heizhaus getroffen hatten, war von einem Versteck nicht einmal mehr die Rede gewesen. Bisher hatten sie geglaubt, die Zukunft werde etwas Großes für sie bereithalten, nun merkten sie, die Zukunft war bloß das eigene Leben und dessen nächste Station das Militär. Und bald hatten sie sich aus den Augen verloren.

Gregor aber war später noch einmal dahin zurückgekehrt, er musste begreifen, dass es ein sicheres Versteck nicht gab, der Keller eine Falle war. Rohrbach hat es sich immer wieder vorgestellt, Gregor in diesem Loch, ein paar Tage vielleicht, er wusste nicht wie lange, ringsum Grabesstille und Modergeruch, tagelang Friedhofsruhe, nur der eigene Atem war zu hören, bis plötzlich die Decke über ihm zusammenstürzte, ein Lärm losbrach, als berste der Heizkessel, als fliege ihm das alte Eisen um die Ohren, aber es war die Polizei, die den Keller stürmte und Gregor verhaftete. Der Vorwurf lautete Verdacht auf Vorbereitung von Republikflucht. Rohrbach hat nie erfahren, ob Gregor damals wirklich seine

Flucht vorbereitet hatte, manchmal hatte Gregor von Kanada geredet, von Kanada als dem Land seiner Träume, aber über was hatten sie damals nicht alles geredet, als Reden noch keine Konsequenz verlangte. Fest stand nur, Gregor hatte Martin im Verdacht, das Versteck verraten zu haben. Dabei lebte Rohrbach damals schon in der Stadt, die Kontakte waren abgebrochen, weder Linda noch die Familie hätten Gregor dort vermutet, nicht einmal die Staatssicherheit war auf den Gedanken gekommen, Rohrbach nach seinem ehemaligen Schulfreund zu fragen, doch dessen Verdacht war trotz Rohrbachs gegenteiliger Beteuerungen nie ausgeräumt worden. In den ersten Jahren hatte Martin in Gedanken lange Briefe entworfen, die nie geschrieben wurden, die kurzen aber, die er tatsächlich abgeschickt hatte, waren unbeantwortet geblieben, auch am Telefon war Gregor einsilbig gewesen und hatte meist sofort aufgelegt. Später ließ Martin es auch nur noch ein, zwei Mal klingen und legte dann auf, was sollte er auch sagen, irgendwann hatte er die Sache vergessen, er wusste ja, dass er kein schlechtes Gewissen zu haben brauchte, das musste genügen. Jetzt würde Rohrbach gern nach dem Heizhaus sehen, aber der neue Zaun hat keine Lücke.

Die Straße vom Rittergut ins Dorf ist neu asphaltiert und von einem Fußweg aus ziegelroten Betonsteinen gesäumt. Die knorrigen Obstbäume sind verschwunden, man hat junge Setzlinge gepflanzt, deren Stammdurchmesser den der Pflanzpfähle noch lange nicht erreicht haben. Auch der Sparkassen-Container am Kirchplatz ist neu. Als Rohrbach den Platz betritt und an dem weiß getünchten Flachbau vorbeigehen will, öffnet sich die gläserne Schiebetür mit einem leisen Fauchen. Einen Augenblick zögert er, viel zu kurz für einen wirklichen Entschluss, dann tritt er ein. Der Raum ist leer, auf den Fußboden ist ein gelber Punkt gemalt, den ein von der Decke hängendes Schild als Service-Wartepunkt ausweist. Auch als die hinter einer Glasscheibe sitzende Angestellte ihn nach seinen Wünschen fragt, weiß er nicht gleich eine Antwort. Erst nachdem sie ihm einen besonders günstigen Handyvertrag anbietet und nach seinem Stromanbieter fragt, unterbricht er sie ungeduldig und erklärt, ein Konto eröffnen zu wollen. Es könnte praktisch sein, vor Ort ein Konto zu haben, denkt er, während die Frau nach den nötigen Formularen sucht und ihn dabei mustert, als sei sein Anliegen in einer Sparkasse etwas Ungewöhnliches. Sie ist zu jung, als dass er sie kennen könnte, ihre Routine erstaunt ihn, gleichzeitig hat jede ihrer Bewegungen etwas Unbeholfenes. Er starrt auf ihre Fingernägel, die aufwändig gestaltet sind, mit mehrfarbigen Ornamenten und Glitzersteinen, zudem von einer Länge, die jeden Handgriff zu einem schwierigen Manöver werden lässt. Als sie die Tastatur des Computers berühren, muss er sich abwenden, er versucht die Verheißungen einer gesicherten Zukunft auf den ausgestellten Werbebroschüren zu lesen, kann aber seine Gedanken nicht überlisten. Immer wieder stellt er sich diese Finger bei verschiedenen alltäglichen Verrichtungen vor, beim Abwaschen, beim Kochen, beim Öffnen der Bluse, Geldkarte?, fragen die Lippen, doch er sieht nur die Fingernägel, sieht die Finger auf fremder Haut, auf seiner Haut, ja, sagt er und glaubt, sie müsse die Abneigung in seiner Stimme hören, den Ekel, doch sie legt ihre Hand flach auf das Formular, das sie ihm zur Unterschrift über den Tisch schiebt, und tippt dann mit einem der Nägel auf die für die Unterschrift vorgesehene Stelle, ohne mit der Haut das Papier zu berühren. Schnell setzt er seinen Namenszug, der eher zur Andeutung gerät, und ist froh, den Kontrakt nicht per Handschlag besiegeln zu müssen.

4

Du bleibst also doch, sagt Gregor, während er ihm ein Bier über den Tresen schiebt. Aus dem Radio dudelt Schlagermusik. Rohrbach sieht ihn fragend an, er ist erstaunt, als Gregor das Konto erwähnt und es ein Indiz nennt. Du brauchst uns nichts vorzumachen, wir sind hier auf dem Dorf, da weiß man Bescheid, Peters Tochter arbeitet in der Sparkasse. Peter grinst, sein Grinsen wird noch breiter, als Rohrbach die Tochter ein hübsches Ding nennt. Ganz der Vater, stellt Jürgen fest, zwinkert seinem Bruder zu und faselt etwas von den Müller'schen Genen. Ihm sei noch gar nicht aufgefallen, dass Vivienne Haarausfall habe, meldet sich nun Wassili aus der Tiefe der Trinkhalle, wo er vor dem Spielautomaten sitzt, auf einem Barhocker, dessen Sitzfläche unter seinem breiten Gesäß verschwindet. Jürgen kratzt sich verlegen am Kopf, wo das Haar tatsächlich licht ist, und ein Gummiband die letzte dünne, längst ergraute Strähne zusammenhält, während Peter ruft: Halt dein Maul, Fettsack! In Jürgens Husten hinein ruft er es, laut und deutlich, wie es der Musiklehrer Fritsche einst von allen, die nicht richtig singen konnten, verlangt hatte: Wenn ihr schon nicht richtig singen könnt, dann wenigstens laut und deutlich! Erst wenn sie das *Am Brunnen vor dem Tore* gebrüllt hatten, bis es nach *Brüder, zur Sonne, zur Freiheit* oder *Spaniens Himmel* klang, war er zufrieden und schrieb ein Genügend ins Klassenbuch. Dabei war Fritsche ein scheuer und zurückhaltender Mann, der immer etwas verloren vor der Klasse stand, er hatte seine Karriere als Violinist in einem großen Orchester abbrechen müssen, keiner wusste warum, unter den Kollegen galt er als Künstler, weshalb man ihm einen gewissen Mangel an Autorität und einige Extravaganzen in der Kleidung und im Aussehen nachsah. Lange Haare galten Anfang der siebziger Jahre noch als Affront, zumindest für einen Lehrer. Fritsche trug bunte Seidentücher, und einmal hatte der Sportlehrer ihn *unseren* Paganini genannt, im Beisein von Schülern, die mit dem Namen zwar nicht viel anzufangen wussten, aber schnell begriffen, wie leicht sich der scheue und zurückhaltende Mann damit zu Wutausbrüchen provozieren ließ, denen eine minutenlange tiefe Niedergeschlagenheit folgte, weshalb an Unterricht nicht mehr zu denken war.

Vivienne heißt sie also, Vivienne Müller, das passt ja wie die Faust aufs Auge, murmelt Rohrbach und muss an die bunt glitzernden Fingernägel denken. Was ihn daran störe, fragt Peter aufbrausend, Vivienne sei ein schöner Name und was ihn das überhaupt angehe, er solle sich um seine eigenen Angelegenheiten kümmern, da gebe es schließlich genug zu tun. Obwohl Peter laut und deutlich weiterspricht, gehen seine Worte in einem noch lauteren Geräusch unter, das sich drohend nähert. Ein VW Golf kommt auf den Dorfplatz geschossen, bremst vor der Trinkhalle abrupt, dreht dann mit quietschenden Reifen aber noch eine Runde um den Platz, sodass erst die über die gesamte Breite der Heckscheibe in Fraktur stehende Aufschrift *Böhse Onkelz* zu lesen, dann die sich auf dem Kühlergrill spreizende Gummiattrappe eines gerupften Huhns zu sehen ist. Endlich kommt das Auto vor ihnen zum Stehen, der Fahrer lässt den Motor noch einmal aufheulen. Die Müllerbrüder drehen sich nicht um, nicken sich aber anerkennend zu und hören gespannt auf den noch immer laut tuckernden Motor. Das Auto hat eine violette Rennverkleidung, breite Reifen und zwei dicke, verchromte Auspuffrohre, der Motor droht immer wieder zu verröcheln, weshalb der Fahrer ihn jedes Mal erneut kurz aufheulen lässt. Der Vergaser!, ruft Wassili und erntet einen abschätzigen Blick von Peter. Das sei Musik vom Feinsten, brüllt Jürgen, sie hätten lange daran gebastelt. Es stinkt nach Benzin, verbranntem Gummi und Ruß. In der verspiegelten Scheibe der Beifahrerseite sieht Rohrbach sein Gesicht, das verschwindet, als die Scheibe sich senkt und statt eines bösen Onkels Viviennes Lächeln, begleitet von einem Schwall dröhnender Bässe, erscheint. Jürgen verzieht ob dieser Misstöne angewidert das Gesicht, Wassili hämmert mit der Faust rhythmisch in die Luft. Was Viviennes schnell flatternde Lippen verkünden, ist nicht zu verstehen, wahrscheinlich wollen sie in die Stadt, denn Gregor weist plötzlich mit dem Kopf in Martins Richtung, da wolle jemand mitfahren, ruft er, sie hätten doch sicher noch Platz. Auch Peter hat seine Tochter verstanden, er geht zum geöffneten Fenster, aus dem ihm Vivienne mit lässiger Geste einen Geldschein reicht. Ihre Fingernägel glitzern. Vielleicht war das mit dem Konto doch ein Fehler, denkt Rohrbach, als Peter den Schein in seinem Blaumann verschwinden lässt, während er bei Gregor lauthals Bier bestellt. Dann heult der Motor wieder auf, und noch bevor Rohrbachs Gesicht wieder vollständig

in der Scheibe erscheinen kann, beginnen die Räder durchzudrehen, Staub wird aufgewirbelt, dann ist das Auto verschwunden, nur der Motor ist noch eine Weile zu hören.
Das Ganze hat kaum länger als eine Minute gedauert. Als müssten sie sich von einem Schreck erholen, herrscht eine Weile Stille, nur das Rauschen der Pappeln ist zu hören, oder ist es die Autobahn? Peter hält sich an seiner Bierflasche fest und starrt auf das Etikett. Wir waren doch auch mal jung, sagt er schließlich, als müsse er sich für seine Tochter entschuldigen, sollen sie doch ihren Spaß haben. Klar waren wir jung, aber wir haben den Eltern nichts zugesteckt, sondern sie uns, wenn ich mich richtig erinnere. Wassili ist von seinem Barhocker gerutscht und hat sich neben sie gestellt, er lässt Peter nicht aus den Augen, als erwarte er einen Angriff. Der aber starrt weiter auf seine Bierflasche und schweigt, nur sein Bruder versucht ihm beizuspringen. Peter könne doch nichts dafür, dass sie die Kolchose aufgelöst haben und in der Treuhandanstalt nur Verbrecher sitzen, der Peter habe goldene Hände, das wüssten alle, bloß wenn er aufs Amt komme, würden sie nach Computerkenntnissen und Fremdsprachen und all dem Scheiß fragen, aber einen wie Peter könnten diese Idioten doch nicht zum Sesselfurzer machen!
Peter Müller hatte nach der Schule eine Lehre im Kreisbetrieb für Landtechnik gemacht, der Anfang der sechziger Jahre aus der Maschinen- und Traktorenstation hervorgegangen war, die wiederum nach dem Krieg Maschinenausleihstation geheißen hatte. Auf der Karte von Rohrbachs Großvater war die MTS mit dem Rotstift eingetragen. Peter hatte bis zur Auflösung der Genossenschaft dort gearbeitet,

jetzt sind die Garagen und Werkstätten ebenso verwaist wie die Hallen der Zwanzigtausender-Anlage. Auf den Freiflächen rosten die alten Mähdrescher genauso vor sich hin wie die neueren Gebrauchtwagen, die unter bunten Wimpelketten stehen. Auch das Kulturhaus der MTS gibt es nicht mehr, denkt Rohrbach, das Kulturhaus, in dem, wie vom Großvater stolz berichtet, das erste Ahornsteiner Fernsehgerät gestanden hatte. Damals kam, hatte der Großvater gesagt, der Fortschritt auch nach Ahornstein, in *unser* Kulturhaus, in dem zweimal in der Woche ein Film gezeigt wurde, und zweimal im Jahr ein Marionettentheater gastierte mit der Legende vom Stülpner-Karl und dem Wirtshaus im Spessart.

Nur die Erinnerungen daran sind geblieben, an Rassegeflügel- und Rassekaninchenschauen und die Leistungswettbewerbe der Obstbaugemeinschaft mit ihren Reihen von Hühnerkäfigen und Apfelstiegen und den Tombolas, bei denen Martin einmal den Hauptgewinn gezogen hatte, einen Hasen, und einmal einen Satz gehäkelter Topflappen, den der *Treffpunkt Frau* gestiftet hatte. Dieselben Frauen, die unter Anleitung von Fräulein Kurbjuweit Topflappen häkelten und Socken strickten, standen einmal im Jahr auf dem Vorplatz des Kulturhauses Schlange, vor dem blassgelben Röntgenbus mit den Milchglasscheiben, dessen Stufen sie eine nach der anderen hinaufstiegen, um hinter einem Vorhang ihre Brüste zu entblößen, was Martin sich wie alle anderen Jungen vorzustellen versucht hatte und sich nicht vorstellen konnte. Linda war dafür noch zu jung, aber seine Mutter war viele Jahre diese Stufen zur Reihenuntersuchung hinaufgestiegen, hatte ihre Brüste entblößt, um sich, wie sie es nannte, durchleuchten zu lassen, und hatte doch nicht gerettet werden können. Der Bus kam auch danach pünktlich, die Frauen standen weiter Schlange, für die Mutter aber war es zu spät, sie war gestorben an dieser Krankheit, die er sich lange als ein gefräßiges Tier vorgestellt hatte, aber als sie starb, wusste er schon, was Metastasen sind und dass Morphium im ersten sozialistischen Arbeiter- und Bauernstaat auf deutschem Boden Mangelware war. Obwohl im Dorf geboren, hatte die Mutter gegenüber Tieren immer eine Abneigung gehabt, sie ekelte sich vor Hundehaaren und Vogelfedern, an Katzen hasste sie das Schleichen, das sie falsch und hinterhältig nannte. Tiere kamen ihr nicht ins Haus, weshalb auch der Tombola-Hase, der eigentlich ein Kaninchen war, ein Deutscher Riese sogar, geschlachtet wurde, noch bevor Martin ihm einen Namen hatte geben können. Gregor, noch ein Bier, ruft Rohrbach, so laut und deutlich, dass die anderen ihn erschrocken anschauen, während er noch den Balg des Tombola-Hasen sieht, der kopflos auf ein Gestell gespannt unterm Schuppendach baumelt, die bunt schillernde Haut der Innenseite sieht er und das über die Ränder quellende Fell, die schlaff herabhängenden Läufe. Ein Bekannter des Großvaters, ein vierschrötiger Kerl mit braunem Kittel und Glatzkopf, von dem es hieß, er habe alles, was er konnte, im Krieg gelernt, sogar das leichte Hinken, das von einem Granatsplitter herrührte, hatte mit geübter Hand die Messer gewetzt, dem Hasen das Fell über die Ohren gezogen und dann den Kopf und die Innereien mitgenommen, vielleicht für seinen Hund. Er war am nächsten Tag wiedergekommen, in einem weißen Kittel diesmal, so wie alle vierzehn Tage, um den

Männern die Haare zu schneiden, während der Hund ihm trotz Mutters Protest zu Füßen lag und mit schräggelegtem Kopf und tropfenden Lefzen zusah, bereit, wenn nötig einzugreifen. Auch das Haareschneiden hatte der Mann im Krieg gelernt, er schnitt einfach alles ab, was ihm verzichtbar vorkam, und hatte auch für die Nörgler an seiner Kunst ein passendes Wort aus dem Krieg mitgebracht: das alles sei *schiskojenno.* Martin sei kein Hasenfuß, sagte er, als auch der Junge seinen Kopf schräglegte, um dem Fauchen der Schere am Ohr zu entkommen und dem mit schnellen Bewegungen auf einem Lederriemen abgezogenen Rasiermesser, dann griff die kalte, schwielige Hand ins Genick und rückte den Kopf zurecht für den Topfschnitt zu fünfzig Pfennig, die er dem Mann, da sich die Mutter wegen des Hundes nicht sehen ließ, anschließend in die Jackentasche stecken musste und ihn dabei vor Scham nicht ansehen wollte und diesmal auch vor Wut. Der Mann schlachtete im Dorf auch die Hühner, er packte sie bei den Flügeln und schleuderte sie durch die Luft, bis sie den Verstand verloren und er sie auf den Hackstock legen konnte und ihnen mit einem Beil den Kopf abschlug. Die Hühner schienen sich dadurch noch einmal ihres Lebens zu besinnen und rannten kopflos einige Runden über den Hof, einmal schaffte es ein Hahn bis zur Stalltür, dort kippte er um und schlug noch ein letztes Mal mit den Flügeln, zum Spaß des Glatzkopfes, dem das alles *schiskojenno* war und der anschließend auch den Kopf mit dem schlaff wippenden roten Kamm mitnahm.

Rohrbach hat seine Flasche in einem Zug ausgetrunken, Peter die seine endlich durchschaut, nun hebt er sie an, doch bevor sie den Mund erreicht hat, sagt er, dass er vielleicht bald weggehen werde. Die anderen setzen ihre Flaschen sofort ab und starren ihn erstaunt an. Nach Norwegen, sagt Peter zwischen zwei Schlucken, dort sollen sie noch Leute brauchen. Norwegen oder Schweden, so genau weiß er es nicht, aber eigentlich ist es ja egal. Und dann erzählt er, was ihm andere über Norwegen oder Schweden erzählt haben, diese Anzugträger im Amt, Leute jedenfalls, die aus ihren Schulungen alles wissen, was man wissen kann, ohne je in Norwegen oder Schweden gewesen zu sein. Wassili war immerhin schon in Hannover, wo es wahrscheinlich auch nicht viel anders ist, als es in Norwegen und Schweden sein kann, also nicht viel anders als hier, nur eben anders, vor allem fremd. Wassili rät ab, wegen der Fremde, wegen des Alters und überhaupt, es gibt auch Prinzipien. Jürgen muss ihm da zustimmen, obwohl er lieber seinem Bruder zustimmen würde und das von Norwegen und Schweden auch schon gehört hat: Diese Klugscheißer sitzen in ihren warmen Stuben und reden, denen kann man doch nichts glauben! Martin, sag du doch mal was! Ausland, das klingt spannend, sagt Rohrbach wie immer, wenn er keine Meinung hat oder sich nicht festlegen will. Die anderen schweigen. Was soll ich denn sagen?, fragt er also noch und sieht hilfesuchend zu Gregor, dem zu Norwegen oder Schweden ja etwas einfallen müsste, er hatte schließlich mal von Kanada geschwärmt, doch Gregor schweigt. Was sagt denn deine Frau? Seine Frau wisse noch nichts, sie wüssten doch, wie die Frauen so sind, er wisse es ja selber noch nicht genau, aber eine Idee sei es immerhin. Gregor fällt nun doch etwas ein, am besten sei es, man erzähle solche Ideen nicht herum, man behalte alles für sich, sagt er, denn einer schmeiße einem im letzten Moment immer Knüppel zwischen die Beine, und dann sei es aus mit der schönen Idee. Scheißidee, sagt Wassili. Rohrbach versucht Gregors Bemerkung zu ignorieren, zum Glück fällt ihm das Wort Exportweltmeister ein, es amüsiert ihn, dass auch Peter Müller, wenn er ins Ausland ginge, mit seinen goldenen Händen ein Mitglied jener Exportweltmeistermannschaft wäre. Natürlich sagt er das nicht laut, steht nur da und schweigt wie einer, der seinen Weg schon gegangen ist, der weiß, wie solche Geschichten enden und also schweigen kann. Ein wenig beneidet er Peter um seine Idee, er würde sich das nicht trauen und muss den Plan deshalb in Zweifel ziehen, er glaube nicht, sagt er, dass das für Peter das Richtige sei. Schnapsidee, stellt Jürgen sofort fest und ist jetzt schon ein bisschen erleichtert. Sag ich doch, Schnapsidee, bestätigt Wassili und zeigt Gregor die fünf Finger seiner rechten Hand, was der sofort vernünftig nennt und fünf Gläser in einer Reihe auf den Tresen stellt, immerhin, er kenne die Alkoholpreise in Schweden und Norwegen vom Hörensagen, für ihn wär das nichts. Sie sehen zu, wie der Schnapsgießer von Glas zu Glas wandert, ihre Augen zählen die Gläser ab. Fünf, meint Wassili, sei eine gute Zahl, jedenfalls besser als vier, Peter solle keine Zicken machen, gerade jetzt, wo Martin wieder da sei und sie wieder komplett. Also Prost! Es ist wie der Startschuss zu einem Wettkampf, sie reißen die Gläser in die Höhe, werfen die Köpfe in den Nacken, Jürgen ist der Erste, der ausgetrunken hat, er stellt sein Schnapsglas ab, als wolle er es in den Tresen rammen. Er will keine Zeit verlieren, er will jetzt einfach nur reden, etwas erzählen, von der Arbeit in der Asbestfabrik zum Beispiel, von der ihm nichts geblie-

ben ist außer dem Husten, doch die anderen sind froh, weil Jürgen etwas erzählt, dem sie nicht folgen müssen, sie sind froh, dass Norwegen oder Schweden in Jürgens Erzählung nicht vorkommt und keiner sie fragt, nach Norwegen oder Schweden nicht und auch nicht nach ihren Plänen. Auch Gregor ist erleichtert: Die nächste Runde geht aufs Haus! Rohrbach weiß, wie solche Abende enden, er weiß, jetzt sollte er gehen. Er wirft ein paar Münzen aufs Tresenbrett und wendet sich ab, ohne große Worte muss man gehen, sich davonstehlen, denkt er, am besten grußlos, sonst wickeln sie einen ein mit ihren Geschichten, mit ihrem ewigen weißt du noch, mit ihren süßlichen Erinnerungen, die ihm plötzlich so klebrig erscheinen wie die Bonbons aus der Tasche von Lindners brauner Manchesterjacke, an denen die Fusseln hingen oder manchmal ein Sandkorn, und die Martin dennoch nicht abgelehnt, sondern sich von Lindas Vater hatte in den Mund schieben lassen: Dreck reinigt den Magen.
Das Dorf hatte im Dunkel gelegen, doch jetzt, da Rohrbach aus dem Lichtkegel tritt, den die alte Peitschenlampe wie einen Trichter über die Trinkhalle gestülpt hat, ist die Dämmerung noch einmal zurückgekehrt. Nur der alte Gasthof ist schwarz, er wirkt jetzt noch größer als am Tag, ein mächtiges Riff in der Brandung, doch inzwischen hat der Wind sich gelegt und selbst die Pappeln verstummen lassen. Ein paar Fledermäuse flattern lautlos durch die Luft, ihr Flug hat etwas Unbeholfenes, gleicht eher einem Taumeln. In den Häusern rund um den Dorfplatz brennt schon Licht. Plötzlich, noch ist das Lachen der anderen hörbar, befällt ihn eine tiefe Traurigkeit und mit ihr der Verdacht, dem Schicksal der alten, verfallenden Mauern näher zu sein als jenem seiner

ehemaligen Freunde, und dass seine eigene, gesicherte Situation diese Melancholie erst ermöglicht, während sie sich mit einem Lachen zu retten versuchen und jetzt schon wieder nach Bier rufen. Soll er das wirklich aufgeben, seine gesicherte Position im Institut für eine Idee, die nicht einmal eine Idee ist, sondern nur eine vorübergehende Mischung aus Überdruss und Sehnsucht, ein paar nostalgische Erinnerungen, von denen er seit einer Weile den Rost kratzt? Immer lauter und rhythmischer rufen sie in seinem Rücken nach Bier, klopfen mit den leeren Flaschen nun auf das Tresenbrett, doch niemand scheint ihren Wunsch zu befriedigen. Er hört, wie sein Name gerufen wird und erkennt Gregors Stimme. Warum er schon gehe und wohin, fragt die Stimme, er solle doch noch bleiben, man könne über alles reden, aber Rohrbach will jetzt nicht reden, auch nicht mit Gregor, gerade mit Gregor nicht, er dreht sich nicht um, bleibt nicht stehen, denn erst durch die aus der Dunkelheit kommende Frage weiß er, wohin er jetzt gehen muss.

Auch bei den Lindners brennt schon Licht. Rohrbachs Blick sucht nach dem Fenster von Lindas Jugendzimmer unter dem Dach, doch im Dreieck des Giebels ist alles dunkel. Er überlegt, wie es wäre, jetzt Steinchen gegen die Scheibe zu werfen, so wie damals, als er auch hier stand und hinter dem Fenster ein spärliches Licht brannte, damals, als das leise klirrende Glas nach Linda verlangte und dann doch Gregor das Fenster öffnete. Gregor, den er seinen Freund genannt hatte und der nun an Lindas Fenster stand, sich mit nacktem Oberkörper und zerwühltem Haar aus dem Fenster beugte und in die Dunkelheit starrte, der erst leise, weil er den alten

Lindner nicht wecken wollte, nach dem Ruhestörer fragte, dann aber jede Vorsicht aufgab und laut einen Namen rief. Martin!, rief er, und das war das Schlimmste, Gregor rief seinen Namen, während er selbst hinter den Büschen hockte, sich nicht rührte und nicht antwortete, was Gregors Ahnung nur zu bestätigen schien. Immer wieder rief er nach ihm, längst nicht mehr fragend, sondern sich seiner Sache sicher und mit unverhohlenem Hohn in der Stimme: Martin! Und wie Lindas Hand und Lindas nackter Arm dann hinter dem Fensterbrett auftauchten wie bei einem Puppentheater, wie die Hand nach Gregor tastete und seinen Gürtel fand, wie sie Gregor vom Fenster weg und zu sich herabzog, so fordernd, dass Gregor keine Zeit blieb, das Fenster zu schließen und beider Lachen nun allein für Martin bestimmt schien, den Zeugen, der hinter den Büschen hockte und sich nicht von der Stelle rührte, so lange, bis das Gras in der Kühle der Nacht feucht wurde, bis das Licht hinter Lindas Fenster irgendwann verlosch und er zu zittern begann. Es war eine jener klaren Nächte auf dem Land, in denen der Himmel so weit ist und voller Sterne, dass man sich plötzlich seiner Verlorenheit bewusst ist und gleichzeitig von einer seltsamen Rührung ergriffen wird. Nie wieder ist die Leere so absolut gewesen, hat er später oft gedacht, wenn die Lichter der Großstadt den Sternen die Schau stahlen, die Welt mit ihrer Künstlichkeit klein machten und er die Klarheit jener Nacht längst mehr vermisste als Linda.

Auch jetzt scheint es ratsam, in Deckung zu bleiben. Rohrbach weiß um Lindners Angewohnheit, jeden Abend vor dem Haus eine Zigarette zu rauchen. Jedenfalls war er früher jeden Abend vor die Tür gegangen und hatte geraucht, immer nur eine Zigarette. Seine Frau hatte den Qualm nicht ertragen, und Lindner hatte irgendwann begonnen, sich mit Bonbons über den Tag zu retten, aber wenigstens diese eine Zigarette am Abend, diese Belohnung hatte er sich nicht nehmen lassen. Es war ein Ritual, an dem er auch festhielt, nachdem sie nicht nur den Qualm, sondern auch ihn nicht mehr ausgehalten hatte. Seine Frau hatte ihn im selben Jahr verlassen, in dem Kurt Lindner seine Pferde zum Rossschlachter gebracht hatte, wieder war ein Unglück nicht allein gekommen, danach war nichts mehr wie es war, auf dem Hof nicht und in seinem Leben nicht, außer der einen Zigarette, an der er sich jeden Abend festhielt.

Ich werde jetzt gehen, denkt Rohrbach, der sich seiner albernen Lage längst bewusst ist und schon nicht mehr weiß, warum er gekommen ist. Doch wohl nicht, um wie ein eifersüchtiger Pennäler hinter der Hecke zu stehen! Gerade da aber wird die Haustür geöffnet, und das durch den Spalt dringende Licht fällt auf die Hecke, sodass Rohrbach instinktiv in die Knie geht und auf den feuchten Rasen starrt, wo ihm der Schatten von Lindners Hut einen Moment lang zu Füßen liegt, gleich darauf seitlich in der Dunkelheit verschwindet und sich plötzlich Lindas Kopf abzeichnet. Dann wird die Tür geschlossen, einen Moment ist es dunkel, bis ein Streichholz angerissen wird und Martin im Schein des aufflammenden Lichtes ihre Gesichter sieht. Linda, die sich eine Strickjacke über die Schultern gehängt hat und diese vor der Brust zusammenhält, zittert, als sie sich über die Flamme beugt, sie mit der Hand vor dem Wind schützt und ihre Zigarette entzündet. Dann sind nur zwei kleine Punkte zu erkennen, die in regelmäßigen

Abständen aufglühen. Du musst es noch einmal versuchen, sagt Lindner nach einer Weile, Martin bleibt schließlich nicht wegen des alten Hauses hier. Bleibt er denn?, fragt sie. Er wischt ihre Frage beiseite, alle wüssten doch, dass er beibe, sie solle nur Gregor fragen, und wer Augen im Kopf habe, der wisse auch warum. Ausgerechnet Gregor, sagt sie gereizt, dann glüht nur noch ihre Zigarette. Wenn er ver-

kaufen will, umso besser, aber an den Richtigen muss er verkaufen, das Stück Land gehört mir, schlimm genug, dass ich dafür auch noch bezahlen soll, mach ihm von mir aus ein Angebot, aber tu was! Ich kann dir das Land auch überschreiben, irgendwann erbst du sowieso alles. Dir würde er es vielleicht sogar schenken, was nützen ihm denn die paar Quadratmeter, er darf nur nicht erfahren, warum wir sie brauchen. Also?, fragt er ungeduldig, da sie noch immer schweigt. Ich versuch es, aber jetzt ist mir kalt, sagt sie entnervt und wirft ihre Kippe in die Beete, was der Alte zu Rohrbachs Verwunderung ignoriert. Noch einmal trifft ihn das Licht aus dem Hausflur, dann ist es wieder dunkel und er sieht, wie Lindner nun ein zweites Streichholz entzündet. Auf dem Heimweg hat er plötzlich die Melodie von *Spaniens Himmel* im Ohr.

Die Blätter der Spalierbirne sind befallen. Die winzigen Punkte, die er vor kurzem noch für Flugasche von der Müllkippe hielt, sind zu rotbraunen Flecken angewachsen. Schrotschusskrankheit, denkt Rohrbach, Stachelbeerrost, er denkt an seinen Vater, an seine Verzweiflung, wenn er die kranken Pflanzen zwischen den Fingern hielt, am Mehltau rieb oder gekräuselte Blätter zu entrollen suchte. Der Vater sah in der

Krankheit der Pflanzen einen Angriff auf seine Person, langsam wuchs der Ärger in ihm, die Schläfenadern traten hervor und immer wieder die kranken Blätter betastend züchtete er seine Wut, sie griff den Schutzdamm an, den er gegen seine Verzweiflung aufgebaut hatte, bis sie ihn bersten ließ und alles aus ihm herausbrach, er fluchte auf Gott und die Welt, die sich wieder einmal gegen ihn verschworen hatten, wie sie sich immer gegen ihn verbündeten. Die Befriedigung
in seinem Gesicht, wenn er die mit Holzwolle gefüllten Blumentöpfe von den Holzstöcken der Tomatenpflanzen nahm, die Ohrwürmer auf die Steinplatten schüttelte und die davoneilenden Tiere zertrat, konzentriert bis in die Zungenspitze, die dabei über die Oberlippe glitt. Martin hatte ihn oft belächelt, er hatte nur die welken Pflanzen gesehen und nichts begriffen von der Vergeblichkeit. Jetzt glaubt er ihn zu verstehen, er merkt, dass er ein anderer geworden ist, anders fühlt und anders denkt, seit er, wenn auch zögernd und widerwillig, begonnen hat, von diesem Haus Besitz zu ergreifen. Noch redet er sich ein, sich nicht entschieden zu haben, ich bin nur auf Abruf hier, sagt er sich, aber warum sollte ich deshalb nicht die Spalierbirne spritzen oder den Weg neu befestigen? Vielleicht würde er irgendwann sogar den Steinhaufen abtragen und eine Mauer um das Grundstück bauen, eine Feldsteinmauer, wie Maria sie bewundert hat, wenn sie ihm im Institut Gartenkataloge und Prospekte über südliche Reiseziele zeigte und ihn dabei erwartungsvoll ansah. Früher hat er geglaubt, man müsse immer neue Ideen haben, um das Leben interessant zu machen, jetzt sucht auch er nach Aufgaben, die seine Tage ausfüllen und Zeichen setzen gegen die Vergeblichkeit.

Die Platten des Weges hatte noch sein Großvater verlegt. Es ist ein Flickenteppich, Schieferplatten wechseln mit grauen Beton- oder Pflastersteinen, dazwischen liegen die Bruchstücke brauner Ofenkacheln, wahrscheinlich hatte der Großvater sie von der Müllkippe geholt, sogar ein ausgedienter Grabstein hat hier bäuchlings seine letzte Ruhe gefunden. Doch während auf den umliegenden Äckern die Feldsteine aus der Erde aufstiegen, sind die Platten des Weges mit den Jahren immer mehr in den Boden gesunken. An vielen Stellen hat das Gras die Ränder überwuchert, und in den Senken bilden sich nach jedem Regen kleine Pfützen. Die Erneuerung des Weges war jahrelang ein immer wiederkehrendes Thema bei Vaters Anrufen gewesen, Rohrbach hatte die Hilferufe ignoriert oder den Vater hingehalten, eine Ausrede hatte sich immer gefunden. Nun glaubt er es ihm schuldig zu sein, was wieder nichts anderes als eine Ausrede ist. Mit der Brechstange hebelt er die ersten Steine beiseite, wie Deckenplatten liegen sie auf den Gängen der Ameisen, die nur einen Moment in wildem Chaos die Orientierung zu verlieren drohen, dann aber sofort geschäftig die Eier beiseiteschaffen, die größer sind als sie selbst. Er weiß nicht, ob er ihren Instinkt bewundern oder ihren blinden Eifer lächerlich finden soll. Er denkt an die wöchentlichen Badetage seiner Kindheit, wenn die Ameisen aus der Gastherme gerieselt waren und ihre versengten Leiber in der weißen Wanne gelegen hatten. Obwohl sie sich problemlos wegspülen ließen, hatten ihre versengten Leiber sein Privileg, die Badewanne als Erster benutzen zu dürfen, ein wenig geschmälert. Die Ameisen schleppen noch immer ihre Eier, er denkt an den unterirdischen Gang zu den Gewächshäusern und

fragt sich, ob es nicht besser wäre, alles ruhen zu lassen unter diesen Deckeln aus Stein und Beton. Doch kaum sind die mäandernden Gänge verwaist wie die Schützengräben nach einem geschlagenen Krieg, sieht er zwischen dem feinen weißen Wurzelgeflecht der Gräser etwas aufblitzen, eine Glasscherbe vielleicht oder doch einen Diamanten? Schnell wirft er die Stange beiseite und legt das seltsame Fundstück frei. Es sieht tatsächlich aus wie ein Diamant oder ein Stück
kunstvoll geschliffenes Glas, er weiß nicht, was es ist, dieses tränenförmige Etwas, erst als er weitere Teile aus der Packlage des Weges wühlt, die von dünnen rostigen Drähten zu kleinen Ketten verbunden sind, ist er sich sicher, die Reste eines Kronleuchters gefunden zu haben. Immer schneller, fast hektisch, hebt er nun weitere Platten aus der Erde und hat schon bald einen kleinen Berg angehäuft von Kristallprismen und facettierten Tränen, von geriffelten Tropfen und zu Brillanten geschliffenen Glaskörpern verschiedener Größe. Der Leuchter muss imposante Dimensionen gehabt haben, und sofort ist ihm klar, so ein prächtiger Lüster konnte nie an der niedrigen Decke des Windmühlenhauses gehangen haben, eigentlich kam dafür nur das Schloss in Frage, der große Festsaal mit der Stuckdecke vielleicht oder das riesige Vestibül, von dem aus sich die von Balustraden gesäumten Treppen in die obere Etage schwingen. Hinter vorgehaltener Hand war manchmal von Plünderungen die Rede gewesen, Nachkriegswirren, sagten die Leute, und natürlich hatte man gleich an die Russen gedacht, die ja eigentlich Polen waren, trotzdem war an allem der Russe Schuld. Die sieben Toten am Webstuhl zählten auch zu den Nachkriegswirren. Jeder der Alten hatte zu den Russen-

geschichten seinen Teil beizusteuern, ein Fahrrad oder eine Nähmaschine, ein Radio oder wenigstens das schöne Eingemachte aus dem Keller. Je weiter das Kriegsende zurücklag, desto mehr wuchs ihr Hochmut, und die Verlustlisten wurden länger, auch die Unschuld einiger Frauen war nun auf ihnen verzeichnet. Von Vergewaltigung sprach man erst, als die Russen nicht mehr im Lande waren, vorerst hatten die Frauen ihre Unschuld verloren. Von Schlickenstett hatte die seine schon eher verloren, er machte seine Rechnung nun woanders auf, und seine Verluste verbuchten die Ahornsteiner auf der Habenseite. *Junkerland in Bauernhand!* Da fiel ein Kronleuchter nicht ins Gewicht. Großvater also auch, denkt Rohrbach, erst holte er sich einen Kronleuchter, dann bekam er ein Stück Land. Das Stück Land hatte ihm die Bodenkommission nach Recht und Gesetz zugemessen, den Kronleuchter hatte er wahrscheinlich heimlich mit dem Handwagen geholt. Man hatte den Krieg verloren und stand doch auf der Seite der Sieger. Es muss geklirrt und gerasselt haben, als er mit dem Handwagen über das Kopfsteinpflaster der Dorfstraße fuhr. Es wird der gleiche Handwagen gewesen sein, mit dem er ein paar Tage zuvor seinen Bruder heimgeholt hatte, der zum letzten Aufgebot gegen die anrückenden Russen gehört und dann blutüberströmt, mit einer Volkssturmbinde am Arm auf einem Feld am Dorfrand gelegen hatte und keinen Ton mehr von sich gab. Tot musste er im Wagen gelegen haben, die Füße mit den schweren Stiefeln über dem Kopfsteinpflaster zitternd, wie Tage später der Glasbehang des Kronleuchters. Es wird derselbe Handwagen gewesen sein, mit dem sie sich dann selbst noch auf die Flucht vor den Befreiern begeben hatten, aber schon am nächsten Tag wieder umgekehrt waren und weiße Laken aus den Fenstern gehängt hatten, und ein paar Monate später, beim Umzug in das neue Haus auf dem Hügel, musste sich alles noch einmal wiederholt haben. Das Gewehr seines Bruders hatte der Großvater da schon im Feuerlöschteich versenkt, und der Bruder lag auch schon auf dem Friedhof, später würde es trotzdem heißen, er sei im Feld geblieben, aus solchen Geschichten sollte ein Kind nun schlau werden.

Rohrbach glaubt das Ächzen des Holzes zu hören und das Knirschen der eisenbeschlagenen Räder, als er den Spaten erneut in den Schotter stößt, und diesmal ist es eine Hand, die vom Metallblatt kippt und sofort wieder unter der nachrutschenden Erde verschwindet, sodass er sie nun mit den eigenen Händen freilegen muss. Eine kleine weiße Hand, kaum größer als die Hand einer Puppe, nur schwerer, wahrscheinlich aus Marmor, die Finger sind leicht geöffnet, in den Poren der Bruchstelle haftet Dreck. Sofort grabt er vorsichtig weiter und legt noch andere Trümmer frei, eine nackte Schulter, die leicht angewinkelte Beuge eines Arms, zwei Füße auf einem Sockel, den in ein faltiges Gewand gehüllten Rumpf, schließlich den Kopf, auf dem sich das Haar zu einem Knoten formt, während das Gesicht, vielleicht ist es ja doch nur aus Gips, unter Schrunden und Rissen kaum zu erkennen ist. Behutsam legt er die Teile ins Gras, wo bald die Ahnung von der Figur entsteht, einer griechischen Göttin vielleicht, die nun, blicklos und zerstückelt, aber noch immer voller Anmut neben dem aufgerissenen Weg liegt, wo der Großvater sie irgendwann verscharrt haben musste.

Was machst du denn da?, hört er es plötzlich hinter sich fragen. In der Stimme mischt sich Erstaunen mit einer Spur Entsetzen. Erschrocken dreht er sich um. Er hat Linda nicht kommen gehört. Ungläubig sieht er zum Gartentor, das noch offen steht. Ich hätte es gestern nicht ölen dürfen, denkt er und tritt ihr in den Weg, als fühle er sich tatsächlich ertappt. Der Weg, stammelt er, du siehst ja selbst, wer keine Arbeit hat, der macht sich welche. Plötzlich fühlt er sich müde, er ist körperliche Anstrengung nicht gewohnt, seine Gelenke schmerzen, erst jetzt bemerkt er die Blasen an seinen Händen. Linda ist amüsiert, irgendwo soll es einen stillgelegten Tagebau geben, in dem Männer mit Baggern in der Erde wühlen können, sagt sie, das soll ein häufig gehegter Kindheitstraum sein. Na klar, es gibt sogar eine Statistik darüber, versucht er auf ihre Ironie einzugehen, irgendwie sei er jetzt wohl normal geworden. Es verwirrt ihn, dass Linda diese Studie aus dem Institut offenbar kennt. Willst du ein Bier? Sie lächelt ihn an, doch so, wie man jemanden anlächelt, den man durchschaut hat. Und hast du was gefunden?, fragt sie. Das Glück jedenfalls nicht, sagt er und zeigt ihr seine schmutzigen Hände mit den Blasen, die jetzt brennen. Er werde noch etwas üben müssen. Sie sieht an ihm vorbei auf die Wiese und nickt, als er sie noch einmal nach dem Bier fragt. Er ist nicht sicher, ob sie seine Frage verstanden hat, geht aber erleichtert ins Haus, um zwei Flaschen zu holen. Als er zurückkommt, hockt sie neben der Griechin, er tippt ihr mit der Flasche an die Schulter, merkt, dass er den Öffner vergessen hat und will noch einmal ins Haus zurück, doch sie greift nach dem Spaten und öffnet die Flaschen, erst ihre, dann seine. Du musst wirklich noch üben, sagt sie freundlich. Sie hoffe für ihn, dass das nicht die gesamte Erbschaft sei, sagt sie, mit der Flasche auf den Boden weisend. Keine Sorge, er habe ja das Haus und ein bisschen Land, sagt er und sieht sie herausfordernd an, doch sie geht nicht darauf ein, streicht sich nur über die Schläfe, als lege sie ihr Haar hinters Ohr. Wenn man verkaufen würde, könnte man sicher eine Weile davon leben, Kulick, hört man, sucht Immobilien aller Art. So, sagt sie nun doch, hört man das? Verkaufen sei vielleicht wirklich das Beste, was man tun könnte, verkaufen und dann weggehen, sie habe schon oft darüber nachgedacht, wenn ihr Vater einmal nicht mehr wäre, gebe es nichts mehr, was sie noch in diesem Kaff halte. Mit dem Schuh dreht Linda das zerschlagene Gesicht der Figur nach oben, schaut es eine Weile an und lässt den Kopf dann zurückrollen. Jahrelang habe sie ihre Mutter verflucht, sagt sie, ihre Mutter habe sie im Stich gelassen und sei weggegangen, sie sei damals siebzehn gewesen, die Mutter habe gesagt, sie sei erwachsen, heute sei sie selbst so alt wie ihre Mutter damals, und heute könne sie ihre Mutter verstehen. Wenn sie ihr etwas vorwerfe, dann nicht die Scheidung, sondern höchstens, dass die Mutter sie bei diesem Vater zurückgelassen und nicht mitgenommen habe, aber wahrscheinlich habe sie keine andere Wahl gehabt. Die meisten seien ja in den letzten Jahren gegangen, und sie habe sie gehen sehen, all die jungen Frauen, denen noch Zeit blieb für ein neues Leben, sie wisse nicht, ob sie dadurch glücklicher geworden seien, aber zurückgekommen sei noch niemand, sie begreife nicht, was ausgerechnet er hier wolle. Er ist nicht sicher, ob sie nur ein Spiel spielt und ob er darauf eingehen soll. Wassili sei immerhin zurückgekommen, sagt er nur. Wassili ist immerhin zurückgekommen, äfft sie ihn nach und lacht dabei bitter auf. Mit Wassili gehe es hier sicher wieder aufwärts, Gregor habe seinen Umsatz bestimmt schon verdoppelt, darauf könne man immerhin anstoßen. Sie trinkt von ihrem Bier, ohne mit ihm anzustoßen. Und du, machst du jetzt in Archäologie? Wenn es unter der Erde hier überall so aussieht, könnte sich das

lohnen, sagt er, die Sachen sind doch bestimmt aus dem Schloss. Ob sie darüber etwas wisse. Keine Ahnung, sagt sie, das alles ist lange her, und die Leute reden nicht gerne darüber, du kennst sie doch, aber vielleicht ist alles viel einfacher, dein Großvater ist ja immer auf der Müllhalde gewesen, möglicherweise hat er das alles dort gefunden, aber du wirst doch deswegen nicht etwa das ganze Grundstück umwühlen wollen? Keine Angst, mir reicht's, sagt er, aber wenn du willst, schenk ich dir was. Er hebt einen der Glasdiamanten auf, überschüttet ihn mit etwas Bier und reibt ihn an seinem Hemd trocken. Glasperlen für die Eingeborenen, trotzdem Danke, sagt sie und gibt ihm einen flüchtigen Kuss auf die Wange. Und wie geht's jetzt weiter? Er hält ihrem Blick nicht stand. Ganz einfach, ich mache den Weg wieder zu, vielleicht mit Feldsteinen. Übrigens soll hier mal eine Windmühle gestanden haben, hast du das gewusst? Nein, das habe sie nicht gewusst, da müsse er schon ihren Vater fragen, es interessiere sie auch nicht, sie wolle hier schließlich nicht Urlaub machen, er spiele doch hier den Nostalgiker, sie aber müsse hier leben, er wisse wahrscheinlich nicht, was das bedeute. Er sei wie alle, die irgendwann weggegangen seien, weil sie die Enge hier nicht ausgehalten hätten, sie kämen für ein Wochenende zurück und beklagten sich dann, weil nicht alles so geblieben sei, wie sie es in der Erinnerung hatten. Ihre Gereiztheit verblüfft ihn, obwohl sie ja nicht Unrecht hat. Natürlich wisse er, was das bedeute, er habe auch jahrelang hier gelebt, versucht er sich zu verteidigen, dann schweigt er, weil ihm einfällt, sie könnte auch ihre Beziehung gemeint haben. Woher soll er wissen, wie es zwischen ihnen weitergeht? Er weiß nicht einmal, wie es mit ihm weitergehen soll und auch nicht, ob sie nur gekommen ist, weil ihr Vater sie geschickt hat. Ihr Lächeln sieht jetzt aus, als mache sie sich über ihn lustig. So hatten die Frauen im Institut auch gelächelt, als die Umfrage nach den Kindheitsträumen von Männern, eine von Dr. Lohmeyers Ideen, ausgewertet war. Besonders Maria, die nun glaubte, ihn und alle Männer durchschaut zu haben. Mit Maria hatte er ein paar Mal geschlafen, ihre Beziehung, das Wort stammt von ihr, er selbst nennt es lieber Verhältnis, ihr Verhältnis also war schwierig und ist es bis heute, woran sie ihm die Schuld gibt, sie wirft ihm vor, sich nicht entscheiden zu können. Am Tag des Beischlafes herrschte ein stummes Einverständnis zwischen ihnen, aber am nächsten Tag machte sie ihm Vorwürfe, und es mussten immer erst einige Wochen vergehen, bis der ursprüngliche Zustand wieder hergestellt war. Tag des Beischlafes, die Bezeichnung gefiel ihm, sie klang nach Bürozeit und Aktendurchsicht, es zeigte, dass man die Sache unter Kontrolle hatte, obwohl er sich nie sicher war, ob Maria wirklich mit ihm schlafen wollte oder nur zu schwach war, sein Begehren abzuwehren. Maria verstand nicht, warum er mit ihr ins Bett ging, aber sie nie in der Öffentlichkeit küsste, sie im Institut ausschließlich als Kollegin behandelte und auch sonst nichts mir ihr unternahm, nach der Umfrage aber vermutete sie offenbar, ihm immer nur die falschen Angebote gemacht zu haben. Ein wenig hatte er sich schon vor dem nächsten Geburtstag gefürchtet, doch sie schenkte ihm dann doch keinen Baggerkurs, sondern eine Flasche Magenbitter.

Warum bist du überhaupt hergekommen, fragt er Linda plötzlich und ist sich der Schärfe seines Tons sofort bewusst. Gern würde er ihr sein Misstrauen erklären, aber sein Wissen um ihren Auftrag preiszugeben, wäre allzu peinlich, von Maria zu sprechen ist unmöglich, und so unterwirft er sich bereitwillig ihrem Spiel und genießt es, wie sie ihre Waffen zu führen weiß. Natürlich freue es ihn und natürlich könne sie jederzeit kommen, sie müsse sich doch nicht entschuldigen, nein, er fühle sich nicht bedrängt und er habe auch keine Geheimnisse. Ein wenig hilflos breitet er seine Arme aus, zeigt seine leeren Hände, als wolle er damit etwas beweisen, was mit schmutzigen Händen aber nicht zu beweisen ist, und als er einen Schritt auf sie zugeht, einen kleinen Sprung über den aufgerissenen Weg macht, ist es ihm ganz recht, die folgende Berührung einem leichten Straucheln zuschreiben zu können. Linda aber hält ihn fest, länger als nötig, sodass auch er sie nun in die Arme nimmt und enttäuscht ist, als sie sich mit einer heftigen Bewegung wieder befreit. Ich muss jetzt wieder, sagt sie und wendet sich ab. Eine Weile schaut Rohrbach ihr nach, sieht sie hinter der Böschung verschwinden, wartet aber nicht, bis sie am Ende des Feldes wieder auftaucht.

5

Der Wind ist heute wieder aufgefrischt, gestern noch war er nur sanft über das Korn gestrichen und hatte die Ähren zum Zittern gebracht, ein Flirren lag über dem von den Fahrspuren der Traktoren linierten Feld. Schon in der Nacht aber hatte er an den Fenstern gerüttelt, jetzt jagt er in Böen über die wogenden Halme, fegt über den Acker wie der Schatten eines flüchtenden Tieres, dessen Spur er sofort verwischt und dessen Panik sich in ständiger Wiederholung verliert, als sei alles nur ein übermütiges Spiel. Nur manchmal, wenn der Wind den Regen über den Acker peitscht, wird aus dem Spiel Ernst, dann liegt das Getreide niedergepresst, und der Mohn ist ein Blutfleck im Feld. Der Wind biegt auch die Spitzen der Pappeln, die nach einem kurzen Schütteln zurückfedern und zu einem neuen Schlag ausholen, als seien die Bäume selbst es, die den Wind immer wieder aufs Neue entfachen und ihm ein Raunen nachschicken, das wie ein dumpfes Hohngelächter ist. Eine Krähe kämpft gegen den Wind, sie steht mit zitternden Federn eine Weile in der Luft, dreht plötzlich ab und wird in weitem Bogen davongetragen. Im Nussbaum klirrt das Kristall des Kronleuchters, die gläsernen Tränen, die Rohrbach in die Zweige gehängt hat.

Gestern hat er wieder mit seinem Abteilungsleiter telefoniert, das heißt, Dr. Lohmeyer hat diesmal ihn angerufen, es war der erste Anruf, den er hier im Haus bekam, er war ein wenig erschrocken, als es klingelte, es war ein merkwürdiges Gefühl, den fremden Hörer abzunehmen. Bei Rohrbach, hat er schließlich gesagt. Lohmeyer fragte, ob Rohrbach sich auf seinem Dorf nicht langweile. Rohrbach hat gelacht, war aber nicht darauf eingegangen, es war ihm nicht mehr gelungen, diesen Mann ernst zu nehmen, der immer behauptete, man dürfe bei den Befragungen nicht einfach nur reden, man müsse ein Gespräch entwickeln. Dialog-Marketing war auch eines dieser Lohmeyer'schen Lieblingswörter. Die ganze Zeit, während Lohmeyer das Gespräch entwickelte, von bevorstehenden Wahlen und den damit verbundenen Aufträgen für das Institut sprach, ist Martin das Wort Kündigung durch den Kopf gegangen, er behielt es für sich, aber als Lohmeyer endlich aufgelegt hatte, ist er noch eine Minute sitzengeblieben und hat auf den Piepton gehört, bis ihm diese Institutspiepserei auf die Nerven gegangen ist und er seine Kündigung ausgesprochen hat. Ein paar Stunden hielt die Befriedigung an, es diesem Dr. Lohmeyer gegeben zu haben, es gelang ihm, seine Feigheit in eine kühne List umzulügen, ein Anfang war gemacht, die nächsten Tage, sagte er sich, würde er hier wie auf Probe leben.

In einer sandigen Kuhle baden zwei Spatzen, sie plustern das Gefieder auf und spreizen die Flügel, dann ducken sie sich und wühlen ihre zitternden Bäuche in den Boden, dass die Krumen spritzen. Der Weg durch das Grundstück ist noch immer aufgerissen und wird es womöglich noch ein paar Tage bleiben, Rohrbach hat sich keinen Termin gesetzt und ist entschlossen, dieses Gefühl der Pflichtvergessenheit noch eine Weile auszukosten, obwohl er sich schon jetzt nicht sicher ist, ob es ein angenehmes Gefühl sein wird. In Wahrheit sitzt ihm Lohmeyer im Nacken und nicht nur Lohmeyer. Das Gras müsste dringend gemäht werden, denkt er und glaubt die mahnenden Worte des Vaters zu hören, man dürfe das hohe Gras nicht niedertreten und unbedingt sei vor dem Samenflug der Gräser und Unkräuter zu sensen. Es gibt immer etwas zu tun, Träumen galt in diesem verträumten Dorf seit jeher als verdächtig. Wer rastet, der rostet, sagten die Leute, und vom Wind könne man nicht leben. Der hat wohl nichts zu tun, hieß es, wenn jemand am helllichten Tage über die Dorfstraße schlenderte, was eigentlich nicht sein konnte, weshalb sofort die Frage entstand, wohin er denn gehe und, verdammt noch mal, warum. Der Schlossgärtner mit seinen Kakteen muss ein Träumer gewesen sein, denkt Rohrbach, kein Wunder, dass er es im Dorf nicht ausgehalten hat. Noch dem Stammtisch in der Eiche strebten die Männer damals nach Feierabend mit Eile zu, und selbst an den Sonntagnachmittagen, wenn die Tradition und das Gesetz manchen Ahornsteiner zur Untätigkeit verdammten und sie ungelenk ihre Sonntagskleidung ausführten, hatte es sein Vater verstanden, die Spaziergänge mit einem Zweck zu verbinden. Er arbeitete damals schon nicht mehr in der LPG, sondern längst in der Fabrik, deren Besitzer sich in den letzten Kriegstagen aus Furcht vor den näher rückenden Russen, die dann Polen gewesen waren, mit seiner Familie erhängt hatte. Er war innerhalb kürzester Zeit zum Meister aufgestiegen, was zu ständigen Reibereien mit Martins Großvater geführt hatte, immerhin hatte Gustav Rohrbach die LPG mit gegründet und sah im

Weggang seines Sohnes eine Art Verrat. Lasst uns nur mal kurz an der Fabrik vorbeigehen, sagte der Vater, wenn die Mutter am Sonntagnachmittag auf einen Spaziergang drängte, und so ging die Familie ins Dorf und an der Fabrik vorbei, wo der Vater nachsah, ob ein Fenster offen stand oder eine andere Nachlässigkeit zu entdecken war. Der Wind, sagte er bedeutungsvoll, wenn er tatsächlich ein geöffnetes Fenster bemerkte, er zog triumphierend den Schlüsselbund aus der Hosentasche, dann gingen sie in die Fabrik, um das Fenster zu schließen und auch sonst nach dem Rechten zu sehen. Sie liefen durch sämtliche Abteilungen, schauten in alle Räume, wo der Vater wie nebenher die Maschinen immer wieder aufs Neue erklärte und die nach dem Ende seiner Schicht bedruckten Etiketten prüfte. Im Erdgeschoss hing ein Foto des Vaters in der sogenannten *Straße der Besten.* Nun war es die Mutter, die den Sohn auf das Bild aufmerksam machte, während der Vater nur ein lässiges Abwinken übrig hatte und etwas von albernen Kindereien murmelte. Einmal aber fehlte das Bild in der Reihe der Aktivisten, und das Abwinken des Vaters fiel deutlich heftiger aus, an seinen Schläfen zeigten sich Adern. Vielleicht hängen die Bilder ja noch immer dort, denkt Rohrbach, als er die Etikettenfabrik erreicht hat, in der auch Linda gearbeitet hat und in der jetzt schon lange keiner mehr arbeitet, selbst die Tauben auf den Simsen wirken wie ausgestopft. Der von Fialen aus Sandstein gekrönte Giebel ragt mächtig auf, doch in den Seitenfronten haben die meisten Fenster keine Scheiben mehr, sodass auch der ehemalige Saal mit den Webstühlen nun dem Wind ausgesetzt ist. Der Verwaltungstrakt immerhin ist vor ein paar Jahren neu getüncht worden, doch obwohl er sich jetzt als Bürocenter ausgibt, wirkt er viel hinfälliger als die stillgelegte Fabrik, deren gelbe Backsteinmauern mit ihren Simsen, Bordüren und kleinen Rosetten noch immer jedem Wetter trotzen. Tatsächlich steht das Center größtenteils leer, lediglich eine Versicherungsagentur bietet im Erdgeschoss ihre Dienste an, während der Quelle-Shop nur noch durch ein vergessenes Poster im Fenster als solcher zu erkennen ist. Das Fabriktor, auf dem ein verwittertes Emailleschild Unbefugten das Betreten verbietet, steht einen Spalt breit offen. Zwischen den Gitterstäben prangen noch die verschnörkelten Initialen des ehemaligen Besitzers.

Auch Rohrbach kennt die Geschichte von den sieben Körpern, die nach dem Krieg hier tot an einem Webstuhl hingen. Grundlos nimmt sich keiner den Strick, hat sein Großvater gesagt und von polnischen Zwangsarbeitern erzählt, die in der Fabrik schuften mussten. Das hatte er von seinem Bruder, der es schließlich wissen musste, weil auch er in der Fabrik arbeitete, die nun für den Endsieg webte, aber eigentlich wussten es in Ahornstein alle. Der Bruder war gerade achtzehn, als er sich in einer eilig zusammengestellten letzten Kompanie die Volkssturmbinde überziehen musste und bald darauf nichts mehr erzählen konnte. Bauchschuss, sagte der Großvater und fuhr dabei mit der Hand durch die Luft, als gehe es um eine Enthauptung. Grundlos nimmt sich keiner den Strick.

In der Fabrik herrscht nun Grabesstille, nur die Leute im Dorf reden noch immer so laut, als klapperten die Webstühle auch jetzt noch im Hintergrund. Das Klappern der Webstühle ist wie ein Phantomschmerz. Martin hat jetzt keine Lust mehr, nach der *Straße der Besten* zu suchen und nimmt den Weg zum Gasthof, vorbei an der ehemaligen Dorfschmiede mit dem Hufeisen am Schlussstein über der Tür. Früher konnte man durch das staubige Fenster das Leuchten des Feuers sehen, das Stieben der Funken, man hatte den hellen Klang der Hammerschläge gehört. Geduldig hatten Lindners Pferde vor der Tür neben den rostigen

Rohren, Stangen und Tafeln gestanden, zwei Kaltblüter mit mächtigem Hinterteil, deren Hufe sich der Schmied zwischen die Knie klemmte, zwischen das dicke Leder der Beschlagschürze, wo er sie mit Raspel und Rinnmesser bearbeitete. Es qualmte, wenn er die heißen Eisen endlich mit der Zange auflegte und nur ein Zucken durch das fuchsbraune Fell der Pferde lief, es roch nach Schweiß und versengtem Huf, bis er schließlich eine Reihe Nägel zwischen die Lippen nahm und einen nach dem anderen einzuschlagen begann. Der Schmied hatte kräftige Unterarme, deren dichte schwarze Behaarung bis auf den Handrücken reichte, Vater sagte, der Schmied habe Hände so groß wie Klodeckel und einen Nacken wie ein Stier. Der Eisenring, an den die Bauern einst ihre Pferde banden, hängt noch an der Hauswand, er hält jetzt eine weiße Plastikampel, in der rote Petunien blühen. Vom rostigen Amboss neben der Eingangstür grüßt mit blankem, geschultertem Spaten ein Gartenzwerg.

Rohrbach kann sich nicht erinnern, wann Gregor sein Freund geworden war. Ihre Freundschaft war ihnen wahrscheinlich schon in die Wiege gelegt, denn ihre Mütter hatten sich während der Schwangerschaft angefreundet. Obwohl ihre Männer sich möglichst aus dem Weg gingen, hielten die Frauen an dieser Freundschaft fest und versuchten, ihre Kinder wie Brüder aufwachsen zu lassen. Zu den praktischen Seiten dieser Beziehung gehörte es, dass Martin zuweilen Gregors abgelegte Kleidungsstücke bekam, denn auch im Wachstum war Gregor immer ein Stück voraus. Jetzt siehst du aus wie Gregor, sagte Frau Hartmann manchmal zu Martin, wenn er endlich in dessen Mützen und Anoraks und Gummistiefel hineingewachsen war, während seine Begehrlichkeiten nach Gregors brauner Wildlederweste von den Müttern immer wieder zurückgewiesen wurden. Es war eine Weste mit Fransen, wie sie, von den mit goldener Farbe lackierten Plastikschnallen abgesehen, die Trapper in Amerika und Kanada tragen mochten, und kugelsicher war sie sicher auch. Gregor müsse da erst noch herauswachsen, hieß es, doch die Weste schien mit Gregor zu wachsen, er hat sie nie abgelegt und wollte sie nicht einmal ausborgen. Vor den Männern wurde das alles verheimlicht, die Männer sollten das alles nicht wissen, doch die kümmerten sich ohnehin nicht um solche Belange. Vielleicht hatten sie beide zu viel Kraft für ihr Erwachsenwerden gebraucht, um sich nun auch noch um das Erwachsenwerden ihrer Söhne zu kümmern. Oder sie hatten viel zu schnell erwachsen werden müssen, um im Erwachsenwerden ihrer Kinder mehr zu sehen, als etwas, was schon vorüberginge, wenn man es lange genug ignorierte. Nur einmal, als Martin eine abgetragene Westjeans übernehmen sollte, erhob der Großvater Einspruch. So weit kommt es noch, dass wir anderer Leute Lumpen anziehen, schimpfte er und zog mit seinem Handwagen beleidigt zur Müllkippe.

Bis zur Schließung hatten der Gasthof Zur Eiche allen politischen Wendungen getrotzt, ob sich Rote oder Braune im Tanzsaal versammelten, war einzig eine Frage der richtigen Organisation, nachher hockten sie ohnehin alle zusammen am Stammtisch. Und mit Organisation kannten die Hartmanns sich aus, er kenne keine Parteien, er kenne nur den Durst seiner Gäste, soll einer von Gregors Vorfahren einmal gesagt haben. Am liebsten waren ihnen aber die Gäste, die sich zwischen rot und braun, zwischen links und rechts nicht entscheiden konnten, die Zauderer und Unsicheren. Parteien kommen und gehen, sagten sie, die Menschen aber bleiben und haben ewig Durst.

Nach dem Krieg tagte noch die Bodenkommission in der Eiche, und auch die gemeinsame Strategie im Kampf gegen den imperialistischen Kartoffelkäfer wurde hier geplant. Rohrbachs Mutter hatte sich als Kind noch das Marmeladenbrot abgeholt, das es für wer weiß wie viele dieser verhassten Amikäfer gab und vom Großvater noch jahrelang als Beispiel der schweren Aufbaujahre wiedergekäut werden würde, auch dann noch, als gegen den Kartoffelkäfer schon längst ein Flugzeug zu Felde zog und höchstens noch der Maikäfer alle paar Jahre als Plage galt.

Die Rohrbach'schen Männer aber waren noch nie Kneipengänger gewesen, sie waren Eigenbrötler, die lieber auf ihrem Hügel saßen, den sie gerade in Besitz genommen hatten. Erst als Gustav Rohrbach für die Kollektivierung agitierte, sah man ihn öfter im Dorf, wie ein Besessener zog er von Hof zu Hof, manchmal kam er mit seinen Getreuen, zumeist Neubauern wie er, danach in die Eiche, Hartmann war es recht, auch wenn einige seiner Stammgäste daraufhin im stummen Protest die Kneipe verließen, ohne ihr Bier auszutrinken. Sollten die Agitatoren ihre Reden schwingen, auf dem Ohr war Hartmann taub, aber da nun von Feierabend die Rede war und von geregeltem Einkommen, wurde er hellhörig und hoffnungsvoll. Sollten sie von Morgenröte faseln, er wartete auf die Abendstimmung und den Durst, die noch sicherer kamen als das Amen in der Kirche. Und er wurde nicht enttäuscht. Am Abend des Tages, an dem jeder Genossenschaftler auch noch die letzte ihm verbliebene Kuh in den Gemeinschaftsstall geführt hatte, wo sie im darauffolgenden Winter krepieren würde, musste Hartmann eine Hilfskellnerin anstellen. Da war es zu verschmerzen, wenn mancher Bauer nicht nur seine Scholle, sondern das ganze Land aufgab und in den Westen flüchtete, einer band sich den Kälberstrick lieber gleich um den eigenen Hals. Grundlos nimmt sich keiner einen Strick. Auch dieser Leichenschmaus fand in der Eiche statt.

Erst als auf Initiative von Gustav Rohrbach das Kulturhaus gebaut wurde, erwuchs der Eiche eine echte Konkurrenz. Zwar versammelten sich die Bauern nach wie vor lieber am Stammtisch unter Hartmanns alten Familienfotos als sich von den Porträts der Partei- und Staatsführer ins Glas gucken zu lassen, aber mit den offiziellen Versammlungen war erstmal Schluss. Der Wirt der Eiche wertete es als persönlichen Affront, als im Kulturhaus eine Werbetafel mit der Aufschrift *Trink nicht wahllos, trink Wein!* aufgehängt wurde. Auch wenn dieser Aufruf weitgehend folgenlos blieb und die Fahne, die er nach den Sitzungen der Ortsparteigruppe auf den Hügel trug, eine Bierfahne war, in der Eiche brauchte sich Gustav Rohrbach von da an nicht mehr blicken lassen. Nur einmal war er danach noch im Gasthof erschienen, das war 1974, erinnert sich Rohrbach, nachdem Jürgen Sparwasser die DDR-Fußballnationalmannschaft zum Sieg über den Klassenfeind geschossen hatte. Das Spiel selbst hatte den Großvater nicht interessiert, weil er als Turner die Fußballer insgeheim verachtete, ihn interessierte nur der Sieg. Vermutlich sagte er auch damals kein Wort, stellte sich nur an den Tresen, trank ein Glas und genoss den Anblick der alteingesessenen Bauern, die ihre Wut über die Niederlage in Bier ertränkten.

Seiner Freundschaft zu Gregor hatten diese Geschichten nichts anhaben können, denkt Rohrbach, als er das jetzt noch verschlossene Fenster der Trinkhalle sieht. Auf dem Dorfplatz hält gerade das Tiefkühlauto. Der Fahrer beginnt, eine Messingglocke zu läuten, deren dünner heller Ton Rohrbach an das Totenglöckchen erinnert. Obwohl es im Vergleich zum dumpfen Dröhnen der Kirchenglocken harmlos klang, hatte er sich als Kind vor diesem Glöckchen gefürchtet, er hatte geglaubt, es wecke den Tod, der in seinen Vorstellungen lebte, hinter den vergitterten Luken der von Efeu überwucherten von Schlickenstett'schen Familiengruft musste er hausen, wahrscheinlich hatte er beim Ertönen der Glocke die schwere Steinplatte beiseitegeschoben, das schmiedeeiserne Tor geöffnet, war längst die bemoosten Stufen herabgestiegen und ging nun schon durchs Dorf, wo die Alten sich eilig bekreuzigten. Irgendwann würde er auf den Feldweg biegen und den Hügel hinaufsteigen, wo sich allerdings schon lange keiner mehr bekreuzigte. Mein Gott, sagte der Großvater zwar immer noch, doch dabei verdrehte er seine Augen so angewidert in

Richtung Himmel, dass jeder wusste, es war nur ein Fluch. Die Rohrbachs gingen nie in die Kirche, nur manchmal, wenn der Großvater seine Augen in Richtung Himmel verdrehte, sah er das Turmkreuz auf der goldenen Kugel, die in Wahrheit ein silbernes Bierfass war, das der Wirt der Eiche bei der letzten Renovierung gestiftet hatte. Es hatte damals an Geld und geeignetem Material gefehlt, und Hartmann war auf die Idee gekommen, das Metallfass golden streichen und auf die Spitze des Ahornsteiner Kirchturms hieven zu lassen, wo es seitdem mit dem Kreuz eine heilige Allianz bildete, weshalb Hartmann wahrscheinlich noch immer zu Gott betete. Für die Rohrbachs existierte die Kirche nur als eine Art Fremdkörper im Dorfbild, sie hatten sich sogar das Läuten des Totenglöckchens in eigener Sache verbeten, was der Junge nicht ahnte, nur wenn der Großvater die Sense wetzte, schien es, als arbeite auch er mit dem Tod Hand in Hand. Jetzt, da der Eismann läutend die Tür zu den Kühlboxen öffnet und die Kinder mit ihren Fahrrädern wie aus dem Nichts schreiend den Dorfplatz stürmen, kommt es Rohrbach vor, als sei er allein deshalb nach Ahornstein zurückgekehrt, um diesen Bann der Erinnerungen aufzulösen, der kindlichen Unfassbarkeit der Dinge nach Jahren nun eine logische Erklärung oder wenigstens eine heitere Entsprechung entgegenzusetzen, dem Schrecken des Totenglöckchens das fröhliche Gebimmel des Eismanns.

Er denkt an die Schusterwerkstatt am Dorfplatz mit ihrem Geruch nach altem Schweiß, Leim und frischem Leder. Der Schuster war ein alter Mann, er saß den ganzen Tag auf dem Schemel in seiner Werkstatt, der Geruch hatte ihn wohl wortkarg und mürrisch gemacht. Er sammelte Meteoriten, die schönsten Stücke der Sammlung lagen in kleinen flachen Pappkartons im Schaufenster zwischen den Schuhen, manche waren faustgroß, andere nicht größer als einige Krümel Staub. Neben jedem Stück lag ein Zettel, auf dem der Ort und das Datum des Einschlags sowie die Zusammensetzung des Materials verzeichnet waren, in der gleichen Handschrift, mit der der Schuster auch die Namen seiner Kunden mit weißer Kreide auf die Schuhsohlen schrieb. Sein ganzer Stolz war ein Splitter des Tunguska-Meteoriten, dessen Einschlag ein riesiges Loch in die Taiga gerissen hatte. Oft hat der Schuster seine Werkzeuge beiseitegelegt und minutenlang auf den Splitter des Tunguska-Meteoriten gestarrt. Erst später erfuhren sie, dass in Tunguska nie ein Meteoritensplitter gefunden worden war.

Einmal hatte Rohrbach mit Gregor beim Spielen auf dem Feld ein rostiges Stück Metall gefunden, eine leicht gewölbte, zentimeterstarke Platte, deren Ränder ausgefranst und scharfkantig waren. Sie hatten es dem Schuster gebracht, womöglich stammte es ja nicht von dieser Welt. Der hat das Metall angestarrt wie das Stück des vermeintlichen Tunguska-Meteoriten, der in der Taiga Bäume wie Streichhölzer umgeknickt haben sollte, er klopfte damit gegen den Leisten und lauschte dem Klang nach, er klemmte sich eine Lupe vors Auge und wiegte den Kopf, drehte das Stück mehrfach um und schielte dabei mit dem anderen Auge immer wieder, als werde er jeden Moment eine Sensation verkünden, zu den Kindern, die unruhig von einem Bein aufs andere traten, dann aber schlug er seine blaue, vom Leim steif gewordene Leinenschürze zurück und zeigte ihnen sein leeres Hosenbein. Kinder, sagte er, das war kein Meteoriteneinschlag, das war ein Stahlgewitter. Trotzdem lag der Granatsplitter später im Schaufenster, auf den Zettel hatte der Schuster ein Datum geschrieben, und auch den Ort des Einschlags hatte er benannt: der Schuh des Schusters.

Der Eismann hat inzwischen eines der Fächer aufgezogen, aus dem jetzt weißer Nebel dampft. Die Kinder klauben Münzen aus den Hosentaschen, einige haben bunte Helme
auf dem Kopf und setzen sie auch nicht ab, als sie, ein Eis in den Händen, langsam davongehen, gedankenversunken jedes zunächst in eine andere Richtung, erst nach einigen Schritten fällt ihnen ein, dass man das Eis vorzeigen und vergleichen muss, dass man unbedingt auch von einem anderen kosten und das eigene Eis dabei immer im Auge behalten und rechtzeitig wegziehen oder vielleicht im letzten Moment sogar doch noch einmal tauschen muss. Eine Weile sieht Rohrbach den Kindern zu, denen für einige Minuten die ganze Welt abhanden gekommen ist, die nicht mehr sehen, wie Rohrbach auf den Wagen zugeht, den der Eismann gerade schließt und auch nicht mehr öffnet, Rohrbach gleich darauf verloren in der Mitte des Dorfplatz steht, wo es statt der Schusterwerkstatt jetzt eine Geschenk-Boutique gibt, was für ein Dorf ohne richtige Kneipe einigermaßen merkwürdig ist, oder, wie seine Großmutter gesagt hätte: Kein Hemd überm Arsch, aber La Paloma pfeifen!

Wenn Gregor jetzt käme, denkt er und schaut hinüber zur Eiche, neben deren Tür noch einmal die Eisfahne weht und Gregors Fahrrad auf dem Pflaster liegt, eilig hingeworfen, weshalb sich das Vorderrad noch immer dreht, bis Gregor kommt, das Rad mit einer Hand aufhebt, sich auf den Sattel schwingt und endlich, in der anderen Hand zwei Moskauer Eis, auf ihn zukommt. Niemals, denkt er, haben wir einen Helm getragen, in den Baumhäusern im Wald nicht und auch nicht, wenn wir mit dem Fahrrad den Hügel hinunterrasten, über den Feldweg, bis die Rahmen vibrierten und der Fuchsschwanz an Gregors Lenker wild flatterte. Bis zur Hochzeit, sagten die Mütter bei jeder Schramme, bis zur Hochzeit ist alles wieder gut, nur wenn man sich an einem rostigen Nagel verletzte, wurden sie unruhig, der Rost vergifte das Blut, sagten sie und suchten nach Anzeichen der Vergiftung, dunkle Linien, die zum Herz führten, wenn sie es erreichten, meinten sie, sei alles zu spät. Und doch war jede Schramme wie ein Sieg. Einmal war Gregor im Bach in eine Glasscherbe getreten, die Schnittwunde hatte genäht werden müssen, und für ein paar Tage war Gregor ein Held. Ein Indianer kennt keinen Schmerz! Jedenfalls war Gregors Schmerz allen verborgen geblieben. Der Doktor, behauptete Gregor, habe ihm erklärt, der Faden bestehe aus Katzendarm, Gregor war stolz auf seine Wunde gewesen, Katzendarm hatte nicht jeder im Fuß, und Linda, die sich mit Tieren auskannte, war mächtig beeindruckt und hatte behauptet, nun habe Gregor sieben Leben. Die Fäden hatten sich irgendwann aufgelöst, auch die Schrammen an den Knien waren bis zu Gregors Hochzeit verheilt, aber danach waren Gregor und Martin geschiedene Leute.

Schon wieder ein Unfall auf der Autobahn, denkt Rohrbach, als das Martinshorn in der Ferne zu hören ist. Zu seiner Verwunderung aber wird der Ton immer lauter. Und warum fahren die fünf Mannschaftswagen, die kurz darauf mit Blaulicht über den Dorfplatz preschen, in die entgegengesetzte Richtung? Sie kommen von der alten Landstraße, von der die neue Zufahrt zur Deponie abzweigt, passieren die Müllcontainer und biegen noch vor dem alten Gasthof in die Schlossgasse. Kaum sind die Polizeiwagen verschwunden, taucht Wassilis alter VW auf. Er ist in Eile, der Hörschutz klemmt ihm noch als Kragen um den Hals, er fährt viel zu schnell, aber als er Rohrbach erkennt, bremst er scharf, sodass die Barbie auf der Antennenspitze fast die Kühlerhaube küsst, bevor sie mit dem Hinterkopf an die Windschutzscheibe knallt. Wassili beugt sich über den Beifahrersitz, stößt die Tür auf und bedeutet Rohrbach einzusteigen. Beeil dich, ruft er ungeduldig, am Schloss muss irgendwas los sein. Rohrbach zögert keine Sekunde. Früher hatten sie sich auch sofort auf ihre Fahrräder geschwungen oder ihre Mopeds gestartet, wenn die Sirene im Dorf zu heulen begann. Meist waren sie die Ersten am Feuerwehrdepot und wussten schon vor den nach und nach, teils schon in Uniform, teils noch in ihrer Arbeitskleidung eintreffenden Feuerwehrleuten, wo es brannte. Das Eintreffen der Männer war ein niemals ermüdendes Schauspiel, rasch wurden Wetten abgeschlossen, wer diesmal der Letzte am Depot sein würde. Sagte man Lindner, hielt keiner dagegen, denn Lindner war meist der Letzte, es war ein Wunder, dass er nach seinem Unfall überhaupt noch bei der Feuerwehr war. Martin sagte nie Lindner, wegen Linda, der das alles peinlich war. Gregor sagte immer Lindner, meist gewann er die Wette. Die Nachricht von einem Einsatz machte wie ein Lauffeuer die Runde, und wer konnte, setzte sich in Bewegung, um der ausrückenden Feuerwehr zu folgen oder stand wenigstens am

Straßenrand. Sogar die alten Frauen, die gewöhnlich den ganzen Tag regungslos, ein Kissen unter den Ellenbogen, aus dem Fenster schauten und müde waren von allem, was sie in ihrem Leben hatten mit ansehen müssen, reckten noch einmal kurz ihre Hälse, wie sie es sonst nur bei den jährlichen Mai-Demonstrationen taten, die, wenn auch viel langsamer und von Gustav Rohrbach angeführt, denselben Weg nahmen wie die Feuerwehr mit ihrem Gefolge aus schreienden Kindern. Wenn die Männer nach Stunden verschwitzt und mit rußgeschwärzten Gesichtern zurückkehrten und vor dem Depot ihren Durst löschten, redeten sie oft vom Wind, der die Flammen immer neu entfacht hatte und gegen den wieder einmal kein Kraut gewachsen war.
Auch jetzt sind schon einige Leute am Schloss, als Rohrbach mit Wassili eintrifft, drängen sich bereits die Kinder am rotweiß gestreiften Absperrband, welches das gesamte Schlossgelände umspannt. Genau wie im Tatort, sagt jemand. Linda ist ohne ihren Vater da, die Müller-Brüder diskutieren aufgeregt mit einer Gruppe Rentner. Rohrbach hätte sich gern etwas abseits gestellt, es ist ihm peinlich, den Gaffern zugerechnet zu werden, doch gerade sie nehmen ihn auf, als gehöre er jetzt dazu. Nur Gregor redet einige Meter entfernt auf zwei Polizisten ein, die gelangweilt an einem Auto lehnen, die Hände über den am Gürtel hängenden Helmen gefaltet wie zum Gebet. Wassili mustert die Uniformierten, als schätze er seine Chancen für einen Durchbruch durch die Absperrung ab, bleibt aber bei den Rentnern stehen. Wo brennt's denn?, fragt er in die Runde, die seine Frage offenbar als eine Art Gruß versteht und sich nicht weiter stören lässt. Einer der Alten, der, während er spricht, sein kunst-

ledernes Handgelenkstäschchen fest umklammert, erklärt, zufällig mit dem Auto vorbeigekommen zu sein. Mit Blicken geben sich die Einheimischen zu verstehen, dass man den Fremden für einen Schwätzer hält, sie lassen ihn reden. Plötzlich aber schauen ihn alle gespannt an. Er komme aus dem Nachbardorf? Dann müsse er ja dabei gewesen sein, damals im Sommer vor fünf Jahren! Und ob er dabei gewesen sei, er erinnere sich genau. Alle sind sich sofort einig, die Sache vor fünf Jahren sei zweifellos eine schlimme Sache gewesen, nur Rohrbach ist ahnungslos, weshalb man ihm die Sache erklärt. Im Nachbardorf gebe es ja auch ein Schloss, noch größer und schöner als das hiesige, das müsse der Neid denen lassen, man habe es damals zum Golfhotel umgebaut, alles piekfein, die ganze Schickeria sei zur Eröffnung angereist, halbseidene Typen und Politiker, sogar das Fernsehen, aber eines Tages sei es dann gekommen, wie es habe kommen müssen, irgendwelche Finanzmauscheleien, werde gemunkelt, vielleicht sogar die Mafia, eine Schießerei auf der Wiese, auf dem Green, wirft der Fremde ein, doch man lässt ihn nicht mehr zu Wort kommen. Der feine Herr Hotelbetreiber sei jedenfalls hin gewesen, genau wie damals der Treuhandchef, ruft Peter dazwischen, in allen Zeitungen habe es gestanden und das Fernsehen sei auch wieder da gewesen, Rohrbach müsse doch davon gehört haben. Ah, der Golfplatzmord, sagt Rohrbach, er habe natürlich davon gehört. Die Rentner nicken befriedigt.

Inzwischen ist Lindner eingetroffen, er muss die letzten Sätze gehört haben und fragt nun, ob es diesmal den Kulick erwischt habe, was alle für möglich halten, weshalb es schon eine Minute später als erwiesen gilt: Diesmal hat's den

Kulick erwischt! Ihn wundere das nicht, sagt Wassili, es gebe eine Menge Leute, die mit Kulick etwas abzumachen hätten. An wen er denn denke? Er denke an niemanden, er meine ja nur. Jemand erinnert sich plötzlich daran, ganz deutlich einen Schuss gehört und gleich gedacht zu haben, da könne etwas nicht stimmen. Er habe den Kulick gut gekannt, tut sich Lindner wichtig und erklärt, das Kapitel Kulick & Partner sei nun wohl auch beendet. Davon könne keine Rede sein, mischt sich jetzt Gregor ein, er habe gerade erfahren, dass man den Kulick weggebracht habe und zwar lebend, er wisse es aus sicherer Quelle, man habe ihm versichert, der Kulick sei lediglich Zeuge, allenfalls gebe es den Verdacht der Mitwisserschaft. Zeuge wofür?, wollen nun alle wissen, Mitwisserschaft woran? Gregor zuckt mit den Schultern, er habe keine Ahnung, er müsse nun los, die Trinkhalle öffne in einer halben Stunde, er sei Geschäftsmann und Dienst sei Dienst, außerdem seien hier ohnehin alle Messen gelesen. Er schwingt sich auf sein Fahrrad und hat es plötzlich eilig. Eine Weile herrscht nun in der Runde Ratlosigkeit. Also, auf was warten wir noch, sagt Peter Müller endlich und zieht mit seinem Bruder los. Wassili will noch sein Auto nach Hause fahren, Rohrbach solle schon mal vorgehen, man sehe sich ja dann. Die Rentner beschließen, noch eine Weile zu warten, und Lindner drängt seine Tochter, doch mal zur Trinkhalle mitzugehen. Du musst doch nicht den ganzen Tag zu Hause sitzen, sagt er. Komm schon, sagt auch Rohrbach, und so folgen sie den anderen.

Als sie am Dorfplatz eintreffen, ist die Trinkhalle noch geschlossen. Von einer Reißzwecke gehalten, flattert ein Zettel vor dem Ausschankfenster: *Komme gleich wieder.* Auf dem Tresenbrett stehen vier Flaschen Bier bereit. Wassili, der sein Auto doch gleich am Schloss stehen gelassen hat, greift sich sofort drei, zwei davon gibt der den Müller-Brüdern, eine behält er selbst, dann nimmt der die vierte und reicht sie Martin und Linda. Das hat man davon, sagt er und grinst. Liebe geht durch die Kehle, witzelt Jürgen, verstummt aber unter Lindas strengem Blick. Rohrbach nimmt sich die letzte Flasche und schielt dabei zu Linda. Sie trägt ein weit ausgeschnittenes T-Shirt und hat noch immer schöne Brüste. Er ist verwirrt und weiß nicht, ob es an den schönen Brüsten liegt oder dem *noch*, das er dazu gedacht hat. Maria setzte vor jede Äußerung über ihren Körper ein *noch*, wenn er sagte, das habe sie nicht nötig, behauptete sie, er mache sich über sie lustig, doch er merkte, wie dankbar sie für seinen Widerspruch war. Peter, der seine Flasche schon fast ausgetrunken hat, macht sich Sorgen um das nächste Bier: Wo Gregor nur bleibt? Rohrbach würde am liebsten gleich wieder gehen, aber wenn er jetzt mit Linda verschwände, wäre das für die anderen ein gefundenes Fressen.

Gregor ist außer Atem und schwitzt, als er nach einigen Minuten endlich auftaucht. Er murmelt etwas von Stress mit der Steuer und dem ewigen Papierkram, erst dann bemerkt er Lindas leere Hände und fragt, ob sie etwas trinken wolle. Danke, sagt Linda, sie habe schon. Sie wirft ihren Kopf trotzig in den Nacken und greift demonstrativ nach Rohrbachs Flasche: noch könne sie für sich selber sorgen. Er habe ja nicht wissen können…, versucht sich Gregor zu entschuldigen, doch Linda fällt ihm ins Wort: Nun erzähl schon! Erzählen? Was solle er denn erzählen, er habe nichts zu erzählen, die Bullen hätten nichts gesagt. Und Kulick? Kulick, wie gesagt, habe mit der Sache nichts zu tun. Welcher Sache? Was weiß ich denn, sagt Gregor, ich glaube, den Sohn des Direktors haben sie verhaftet. Linda ist entsetzt: Was, den Danny? Ja, den Danny. Aber weshalb denn und warum im Schloss? Woher soll ich das wissen?, fragt Gregor genervt und stellt eine neue Runde Bier aufs Tresenbrett, während Linda für Rohrbach erklärt, mit Direktor sei der Geschäftsführer des kleinen Metallbetriebs gemeint, der sich vor einigen Jahren im Gewerbegebiet an der Autobahn angesiedelt habe. Aber der Danny studiert doch in der Stadt, sagt Wassili. Was man so studieren nennt! Peter Müller macht eine wegwerfende Handbewegung. Meist hätte der doch bloß den strammen Max markiert! Soviel ich weiß, haben sie ihn ja auch in der Stadt verhaftet, sagt Gregor, vor zwei, drei Tagen schon. Das könne nicht sein, sagt Jürgen, er habe den Danny vorgestern noch hier gesehen, mit diesen zwei merkwürdigen Typen, die hier manchmal auftauchen, sie wüssten schon. Tschechen oder Tschetschenen, sagt Peter Müller, auf jeden Fall Russen, ergänzt sein Bruder. Die Vivienne, sagt Wassili, habe doch auch manchmal mit denen rumgehangen. Er solle Vivienne gefälligst aus dem Spiel lassen, Vivienne habe mit denen nichts zu tun, da passe er schon auf, erregt sich Peter. Und was hat Kulick damit zu tun? Sag ich doch, nichts! Aber im alten Heizhaus müssen sie irgendwas gefunden haben, die Kerle waren doch immer im alten Heizhaus, das wisst ihr doch. Was, das alte Heizhaus gibt es noch?, fragt Rohrbach und nimmt Linda die Flasche wieder aus der Hand. Natürlich gibt es das Heizhaus noch, sagt Gregor, auch von dem Keller weiß heute jeder. Damals

sei das ja noch anders gewesen, da habe kaum einer von dem Keller gewusst, aber die davon gewusst hätten, seien eben die falschen Leute gewesen, Leute, die ihr Maul nicht halten konnten. Plötzlich scheint der Heizkessel in der Trinkhalle zu stehen, jeden Moment kann die rostige Tür bersten. Gregor versucht Rohrbach in die Augen zu sehen, sein Blick ist wie ein Messer. Lass das!, fährt Linda ihn an. Verdammte Scheiße, er lasse sich nicht das Wort verbieten,
von ihr schon gar nicht. Du weiß genau…, versucht Rohrbach ihm ganz ruhig zu erklären, doch Wassili fällt ihm ins Wort: Wahrscheinlich war es der Gärtner. Zum Glück haben sie ihr Bier, da kann man sich ein paar Minuten festhalten. Linda starrt auf die blinkenden Lichter des Automaten. Idiot, sagt sie nach einer Weile, keiner weiß, wen sie meint. Gregor ist nervös, immer wieder wischt er mit dem Lappen übers Tresenbrett, hält plötzlich inne und ist nun wieder ganz gefasst, er richtet sich auf, stützt seine Hände auf den Tresen, und als ziehe er nach einem langen quälenden Spiel endlich das entscheidende As aus dem Ärmel, fragt er triumphierend: Wie wär's mit einer Crystal-Küche? Einer was? Ja, da staunt ihr, die Kerle hatten im Heizhaus eine Drogenküche, die Bullen haben Propangasflaschen, Campingkocher und jede Menge Chemikalien gefunden, jetzt wisst ihr es, und jetzt lasst mich in Ruhe, morgen oder übermorgen könnt ihr es in der Zeitung lesen. In der Zeitung?, fragt Jürgen enttäuscht, warum war denn das Fernsehen nicht da? Dein Vater hat immer gesagt, dass du beim Fernsehen arbeitest, wendet er sich an Rohrbach. Der zuckt mit der Schulter: Im Prinzip ja. Das klinge nach Radio Jerewan, giftet Gregor, alles, was Martin sage, klinge nach

Radio Jerewan. Die Anderen interessiert mehr, was man sich unter einer Crystal-Küche vorzustellen hat und was genau in einer solchen Küche hergestellt wird. Irgendwas mit Chemie, sagt Peter, irgendwelche Pillen. Martin müsse das wissen, der sei schließlich ein Studierter. Rohrbach ignoriert die Bemerkung zunächst, von synthetischen Drogen und deren Herstellung hat auch er keine Ahnung, unter seinen

Freunden in der Stadt hatte gelegentlich ein Joint die Runde gemacht, er war aber lieber beim Alkohol geblieben, man sollte wissen, welche Droge zu einem passt. Als er das sagt, nicken die anderen beifällig. Trotzdem trinken sie jetzt nur lustlos ihr Bier und rauchen. Schweigend nicken sie Lindner zu, der plötzlich auf der anderen Seite des Platzes auftaucht, wie zufällig vor der Geschenk-Boutique stehenbleibt, die Auslagen betrachtet und wieder verschwindet. Einige Kinder sind inzwischen auch zurückgekommen, drüben an den Müllcontainern spielen sie Polizeieinsatz. Sie rasen auf die Behälter zu, bremsen im letzten Augenblick, lassen ihre Räder fallen und werfen sich hinter die Deckung, von wo aus sie die Trinkhalle ins Visier nehmen, ihre bunten Helme leuchten im Gras. Von der Trinkhalle schaut man ihnen zu, ohne die Miene zu verziehen. Irgendwann haben die Kinder alle Verbrecher erschossen und verlieren das Interesse, lachend fahren sie davon. Dann fällt Peter Müller ein, dass er noch einmal zur Sparkasse muss und steckt seine Zigaretten ein, worauf Jürgen eilig sein Bier austrinkt. Dann werde ich mal mein Auto holen, sagt Wassili, doch bevor sie sich voneinander verabschieden können, wendet sich Linda plötzlich Gregor zu: Was hattest du eigentlich vorhin so dringend zu erledigen? Ich?, fragt Gregor erschrocken, als habe man ihn ertappt. Das gehe niemanden etwas an, blafft er, und sie schon gar nicht, sie solle hier nicht die besorgte Ehefrau spielen, das sei vorbei, das hätte sie sich eher überlegen müssen. Linda schaut ihn entsetzt an und schüttelt dann ungläubig den Kopf. Komm, sagt sie zu Martin, wir gehen. Sie schiebt ihre Hand unter Rohrbachs Arm und will ihn wegziehen, aber der hat noch nicht ausgetrunken, außerdem will er sich von Linda vor den anderen nicht so behandeln lassen, und so bleiben sie noch eine Weile an der Trinkhalle stehen.

6

Als Rohrbach am nächsten Morgen vor die Haustür tritt, steht die Sonne noch tief, träge schwanken die Schatten der Bäume. Einzelne Strahlen blinzeln durchs dichte Geäst und werfen auf die Hauswand Lichtflecke, die zittern, als fänden sie am Mauerwerk keinen Halt. In der Wiese funkeln Tautropfen, und selbst die Regentonne scheint sich an einem matten gelblichen Glanz versuchen zu wollen. Aufgeregt zwitschern die Vögel, er weiß nicht, ob sie klagen oder jubilieren, sie sind so laut und schrill, dass nicht einmal das Dröhnen der Autobahn zu hören ist, nur manchmal blitzt in der Ebene grell eine Windschutzscheibe auf wie ein Zeichen aus einer fernen, fremden Welt. Er geht barfuß bis zum Steinhaufen, der schon in der Sonne bleicht. Das Korn ist jetzt reif und von einer Farbe, die an Sand erinnert, überall Sand, als läge das Haus auf der Spitze einer Düne, als stünde es auf unsicherem Grund. Eine Stunde, denkt er beim Blick auf die lautlos dahingleitende Autoschlange, eine Stunde, und ich wäre wieder in der Stadt. In diesem Moment erscheint ihm die Autobahn wie ein Trost und eine Versicherung, wie ihm einst der Schlüssel Trost und Versicherung war. Warum ist man denn immer am falschen Ort? Er denkt das Wort Fluchtweg, was ihm sofort übertrieben erscheint. Manche fahren die Strecke jeden Tag zwei

Mal, morgens hin, abends zurück. Wassili ist jede Woche nach Hannover gefahren! Das alles ist keine Frage der Entfernung. Und gehört nicht zum Bleiben der größere Mut? Trotzdem, manchmal kommt er sich vor wie eine Fliege auf der Klebefalle, je mehr er sich wehrt, desto mehr scheint er im Leim zu versinken. Vielleicht ist es egal, wo man lebt, denkt er, es bleibt auch am anderen Ort dasselbe Leben. Ist man denn immer im falschen Leben?

Der alte Pflaumenbaum ist nur noch ein Torso, der Wind hat einen Großteil des Todholzes aus der Krone gebrochen, bloß ein paar Angsttriebe haben sich gehalten. Unter der Rinde, die sich in schmalen gewundenen Streifen vom Stamm schält, hocken die Feuerwanzen, und die vom Specht geschlagenen Löcher leuchten rostrot wie Wunden. Die wilden Triebe bilden ein dichtes Gestrüpp, die Blätter sind mit weißem Vogelkot bespritzt. Ich könnte einen neuen Baum pflanzen, denkt er. Als er zum Haus zurückgeht und ein Schwarm Spatzen kreischend aus dem Geäst bricht, ist er sich dieses Vorhabens schon sicher. Die Vögel kehren nach einigen kühnen Manövern wieder zurück und können sich nicht beruhigen. Kein Wunder, wenn man nicht schlafen kann, denkt Rohrbach und weiß doch, seine Unruhe hat einen anderen Grund. Er will noch nicht zurück ins Haus und setzt sich auf die Betonplatte des Brunnens, die noch kühl ist von der Nacht. Vater hatte in trockenen Sommern oft eine der zwei halbkreisförmigen Platten beiseitegeschoben, um mit Hilfe einer Wäscheleine, die er, mit einem Stück Eisen beschwert, in die Tiefe ließ, den Wasserstand zu messen. Eine kühle Luft stieg aus dem Loch, und während der Vater noch konzentriert, den Kopf zur Seite geneigt, als lausche er in die Tiefe des Brunnens, versuchte, dessen Grund zu ertasten, hatte Martin schnell einen Kiesel in den Schlund geworfen. Ihn faszinierten das dumpf platschende Geräusch und der blasse silberne Schimmer, der nach dem Aufschlag auf dem schwarzen Spiegel da unten zu schwingen begann, wie ein Zeichen, dem man folgen sollte. Jetzt ist die Fuge mit einer Moosnaht verschlossen, die sich weich anfühlt und doch fest ist, wie ein unreifer Pfirsich oder wie die Wölbung von Lindas unterem Rippenbogen. Immer wieder streicht er mit den Fingern über die samtige Wulst, bis er Lindas Stimme hinter sich hört. Was machst du da?, fragt sie noch etwas schläfrig. Er dreht sich um und sieht sie in der Tür stehen, in seiner gestreiften Pyjamajacke, die einmal die Pyjamajacke seines Vaters war und die sie falsch zugeknöpft hat. Ihre Beine sind nackt, und obwohl sie friert, bleibt sie in der Tür stehen, bis Rohrbach sich erhebt und auf sie zugeht, der Schatten seines Kopfes gleitet über ihre nackten Beine, dann über die Pyjamajacke, erreicht schließlich ihr Gesicht, das er einen Moment verfinstert, bis Rohrbach die Zitternde endlich in die Arme nimmt. Die Vögel, sagt er, ich konnte nicht schlafen. Ich habe wunderbar geschlafen, sagt sie und drückt ihren Körper gegen seinen.

Nachdem Wassili und die Müller-Brüder gestern Abend gegangen waren, hatte Gregor die Trinkhalle sofort geschlossen. Er schien nur darauf gewartet zu haben und war erleichtert, als er das Fenster endlich zuklappen konnte. Sogar Lindas Frage hatte er offenbar vergessen, er wischte die Tische ab und gab den routinierten Wirt oder besorgten Ehemann, als er sie fragte, ob sie allein zurechtkomme. Ich bin nicht allein, sagte Linda entschieden, außerdem wollten wir ohnehin gehen. Gregor wich einen Schritt zurück, hob überrascht die Hände und zeigte sie wie zum Zeichen seiner Arglosigkeit. Linda warf Rohrbach, der noch immer nicht ausgetrunken hatte, einen gereizten Blick zu. Der ließ sich demonstrativ Zeit, trank langsam sein Bier und wusste nicht, ob er sich mehr über dieses vereinnahmende *wir* ärgern sollte oder darüber, dass Gregor ihn jetzt absichtlich übersah.

Erst als Gregor gegangen war, wich seine Anspannung, und er hatte Lust, nun noch eine Weile so mit Linda stehen zu bleiben. Der Druck war aus dem Kessel, er dachte an ihr altes Versteck im Schlosspark und hätte mit Linda gern über das rätselhafte Verschwinden des Gärtners geredet, doch als er das Heizhaus erwähnte, wich sie ihm aus: Darüber reden wir ein anderes Mal. Sie wollte lieber von Danny erzählen, den sie einen sympathischen Jungen nannte. In Wahrheit ist Danny ein netter Kerl, sagte sie, er ist noch so jung, da tut man eben Dinge, die man später bereut, aber wenigstens tut man etwas. Martin hatte das Gefühl, Linda glaubte, sich für alle Dinge, die mit dem Dorf im Zusammenhang standen, rechtfertigen und verteidigen zu müssen, was sie wahrscheinlich nur tat, weil sie sich mit dem Leben hier längst abgefunden hatte. Er hatte sie im Verdacht, sie wolle ihm damit auch zeigen, dass er nicht mehr dazugehörte. Doch sie wollte ja selbst nicht mehr dazugehören. Vielleicht hatte sie sich auch deshalb bei ihm untergehakt, weil er nicht mehr dazugehörte, vielleicht ging es ihr gar nicht um ihn. Er wollte schon ein bisschen den Beleidigten spielen, doch plötzlich zog sie ihn entschlossen von der Trinkhalle weg: Komm, wir gehen! Er wusste nicht, was sie vorhatte, folgte ihr schweigend bis zur Bibliotheksbaracke, wo sich ihre Wege gewöhnlich trennten. Sie aber blieb stehen und deutete auf die Auslage. Hier, sagte sie lachend, damit du weißt, was von dir als Mann erwartet wird. Er verstand sie nicht gleich, erklärte ihr, dass der Anteil der Männer an den Bibliotheksbenutzern im Durchschnitt nur ein Drittel betrage, die Zahl auf dem Land noch geringer sei, und fühlte sich dabei reichlich altklug. Er sah das Buch mit den tausend Handwerkertipps und zeigte ihr schnell die langsam verheilenden Blasen an seiner rechten Hand. Ich bin schon auf dem besten Weg, scherzte er. Bier und körperliche Arbeit, wenigstens wisse er, warum er hier abends immer so müde sei. Sie stieß ihn sanft in die Seite, von wegen müde, er solle sich unterstehen, sie sei doch nicht Fräulein Kurbjuweit. Er sah sie fragend an, aber schon im nächsten Moment, als sie wie selbstverständlich den Weg Richtung Dorfrand einschlug, ging er neben ihr her, als sei das die logische Konsequenz dieses Tages.

Im Schein des Mondes war er mit Linda auf den Hügel gestiegen, das bleiche Licht hatte den Dingen die Farbe genommen, aber die Konturen geschärft, eine Scherenschnittlandschaft, unwirklich und doch klar umrissen. Selbst die Möwen waren zu erahnen, ein Schwarm matt silbriger Vögel, der lautlos zur Müllkippe zog. Manchmal, wenn Linda den Kopf drehte und ihn ansah, schien ihr Gesicht aus Marmor, ihr Haar wie vereist. Sogar der Wind schien hinter einer Glaswand gefangen, und ihm war es vorgekommen, als schleppten sie schwer an ihren Schatten, die sie in der Biegung des Weges überholt hatten und denen sie schließlich gefolgt waren, als hätten sie keine andere Wahl.

Er hatte an die Stalllampe neben der Tür gedacht, die früher jede Nacht brennen musste, bis alle im Haus waren, zur Orientierung hatte sie über dem Hügel geleuchtet, und es hatte nichts Tröstlicheres gegeben, als sich in dunklen Nächten diesem einsamen Stern zu nähern. Nun war sein Licht zerstreut und lag milchig auf dem Acker.

136 Linda hat die Augen geschlossen, das Sonnenlicht liegt auf ihrem Gesicht, sie macht einen tiefen Atemzug. Lass uns hier draußen frühstücken, sagt sie. Unterm Nussbaum?, fragt er. Unterm Torbogen!, entscheidet sie, und so trägt er einen Tisch und zwei Stühle zum Gartentor. Über ihren Köpfen umschlingen sich die knotigen Äste der Buchen. Sicher hast du hier früher Herzen mit Initialen in die Rinde geschnitten, sagt sie mit einer Mischung aus Neugier und Spott und sucht mit kindlicher Freude die Stämme ab. Sicher nicht, sagt er ernst, jedenfalls nicht hier. Wo denn dann, will sie wissen. Irgendwo im Wald, sagt er, er könne sich an die Stelle nicht mehr erinnern. So etwas vergesse man nicht, beharrt sie und bedrängt ihn immer aufs Neue mit Worten, Blicken und Griffen, die schon keine Antwort mehr wollen, die nur versuchen, ihn mitzureißen in den Sog ihrer Unbeschwertheit an diesem Morgen. Als gelte es, diesen Moment so lange wie möglich auszukosten, decken sie langsam den Tisch, laufen immer wieder durchs feuchte Gras, mit einer einzelnen Tasse, einem einzelnen Teller, berühren sich bei jeder Begegnung und häufen Vorräte für ein unendliches Mahl. Linda stellt einen Strauß Wegwarte auf den Tisch, deren blaue Blüten sie verträumt betrachtet. Nur einmal, als sie einander vor dem Schuppen streifen, ver-

finstert sich ihr Blick, sie hält inne und legt ihre Hand auf seinen Mund. Hörst du, sagt sie enttäuscht, jetzt beginnt es zu regnen. Sie streckt ihre Hand prüfend in die Luft, doch es ist nur ein Rauschen im wilden Wein an der Mauer. Auch ihn hat dieses Geräusch oft getäuscht, besonders nach der Blüte, wenn die vertrockneten Reste über die Blattkaskaden herabrieseln und es klingt wie ein leiser Regen. Die Spinngewebe in den Fensternischen sehen auch jetzt noch aus wie gepudert, und die herabgefallenen Blütenblätter liegen als weicher Teppich auf dem Boden. Schon wieder lachend streicht Linda eine Handvoll davon zusammen und streut ihm das feine Gekrümel ins Haar.

Wessen Initialen es denn gewesen seien, will sie nun wissen. Sie sieht ihn an, erwartungsvoll und amüsiert wie eine Mutter, die ihrem Kind eine Frage stellt, obwohl sie die Antwort längst weiß, und deren Lippen sich schon stumm bewegen, während das Kind noch überlegt. Ihre Fröhlichkeit ist ihm verdächtig. Er ist ein bockiges Kind, das jetzt länger als nötig in seiner Tasse rührt. Gregor hat lange gebraucht, ehe er gestern zur Trinkhalle kam, sagt er, warum wolltest du wissen, wo er war? Er habe doch gesagt, wo er gewesen sei, antwortet sie gereizt und spielt nervös an ihrem Haar. Aber du glaubst ihm nicht? Linda ist jetzt ernst, aber beherrscht, als habe sie auf die Unbeschwertheit von eben kein Recht mehr. Gregor sei gestern so merkwürdig gewesen, sie habe Danny in letzter Zeit einige Male mit ihm gesehen, vielleicht sei Gregor einer seiner Kunden gewesen und habe etwas verstecken wollen, sie halte das immerhin für möglich. Rohrbach merkt erst jetzt, wie sehr auch er die letzte Nacht und diesen Morgen genossen hat, es tut ihm leid, die Stimmung mit seiner Frage zerstört zu haben. Ihr seid nicht mehr verheiratet, sagt er und weiß, eine Antwort ist das nicht. Zu viel Glück, denkt er, ertrage ich nicht. Entschuldige, sagt er und greift über den Tisch nach Lindas kalter Hand. Schon gut, sagt sie und zwingt sich zu einem Lächeln.

Für Lindner ist es eigentlich noch viel zu früh. Linda, die mit dem Rücken zum Feldweg sitzt und sich, das Gesicht gegen die Sonne gekehrt, ihre Hände an der Kaffeetasse wärmt, kann ihn noch nicht sehen, aber Rohrbach hat ihn an seinem wiegenden Gang sofort erkannt, obwohl es ihm scheint, als hätten sich Lindners Bewegungen ein wenig verändert, der Rhythmus ist härter als gewöhnlich, wirkt fast abgehackt. Soll er so tun, als ob nichts wäre? Dein Vater…, beginnt er, doch sie fällt ihm sofort ins Wort, sie wolle jetzt nichts von ihrem Vater hören, nicht an diesem Morgen. Das wird dir nichts nützen, er kommt nämlich schon. Rohrbach weist mit dem Messer in Richtung des Dorfes. Pass auf, gleich wird er seinen Hut zurechtrücken, sagt er, als Linda sich umgedreht hat und der Alte aus der Senke auftaucht, um gleich darauf hinter den Holunderbüschen noch einmal kurz zu verschwinden. Lindas Lachen wirkt angestrengt, da ihr Vater tatsächlich nach seinem Hut greift und nun offenbar einen Moment verschnaufen muss. Er kann es einfach nicht lassen, sagt sie verzweifelt, stellt ihre Tasse resigniert auf den Tisch und zündet sich eine Zigarette an. Vielleicht geht er nur spazieren, versucht Rohrbach sie zu beruhigen. Der geht nicht bloß spazieren, der nicht, einer wie der ist immer auf dem Kriegspfad. Er weiß nicht, warum er plötzlich Lust hat, den Alten zu verteidigen, vielleicht will er

Linda nur trösten oder ihr einfach widersprechen. Sie dürfe nicht so streng sein, ihr Vater mache sich eben Sorgen, das könne man doch verstehen. Du hast gut reden, sagt sie, dein Vater... Erschrocken hält sie inne und will zu einer Entschuldigung ansetzen. Rohrbach winkt nur ab, er wisse genau, was sie meine, sie habe ja Recht, manchmal sei der Tod wie eine Befreiung. Wir können ins Haus gehen, schlägt er vor, da Linda sich immer wieder umdreht. Ich denk nicht dran, sagt sie trotzig, soll er nur kommen. Konzentriert sieht sie dem Rauch ihrer Zigarette nach und holt dann die nächste aus der Packung. Aber auch nach der zweiten Zigarette ist Lindner noch nicht da, weshalb sie nun doch wieder unruhig wird. Ob Martin sicher sei, ihn auf diese Entfernung erkannt zu haben? Todsicher, sagt er, was sie noch unruhiger werden lässt. Ihm wird doch nichts passiert sein? Was soll schon passiert sein, sagt er, obwohl auch er den Alten nun nicht mehr sieht. Der Feldweg hat keinen Abzweig, und das Getreide steht nur hüfthoch, eigentlich müsste man ihn sehen, merkwürdig ist das schon. Immerhin, er könnte in einer der Radspuren querfeldein gegangen sein und müsste dann jetzt schon hinterm Steinhaufen stehen. Rohrbach will schon nachschauen, doch Linda hält ihn zurück und sagt entschieden: Ich gehe ihm jetzt entgegen. Sie wirft die Kippe in die Wiese und geht ins Haus, um ihre Schuhe zu holen. Nein, Martin soll sie nicht begleiten, sie gibt ihm einen flüchtigen Kuss. Der Kuss schmeckt nach Rauch. Sie schaut sich nicht mehr um, er blickt ihr nach und sieht ihren Körper sich langsam entfernen, sofort ist die Erregung der vergangenen Nacht wieder da, und obwohl er dann einen Moment das Gefühl hat, ihr Gehen könne etwas

Endgültiges haben, erfasst ihn nun eine angenehme Gleichgültigkeit. Je weiter sie sich entfernt, desto fremder wird sie ihm, es wundert ihn nicht, dass er sie plötzlich aus den Augen verliert, als sei sie schon in die Ahornsteiner Leere da unten eingetaucht. Erst nach geraumer Zeit sieht er sie wieder, eine Weile steht sie wie ein Schatten an der Seite ihres Vaters, der sich offenbar am Wegrand niedergelassen hat, sich, vielleicht einem Schwächeanfall erlegen oder zu später Einsicht gelangt, ausgeruht hat und ihr nun zu folgen versucht, während sie schon hinter der Böschung verschwindet. Rohrbach wartet nicht, bis sie wieder auftauchen. Bevor er den Tisch abräumt, hebt er Lindas Zigarettenkippen auf.

Als Linda ihren Vater am Wegrand sitzen sieht, ist sie zunächst erleichtert, doch sie will ihm diese Erleichterung keinesfalls zeigen, auch den Ärger nicht, der nun, je näher sie dem Alten kommt, langsam wieder die Oberhand gewinnt. Jetzt nur nicht schneller gehen! Sie zwingt sich, ihr einmal eingeschlagenes Tempo beizubehalten, und als sei es ganz selbstverständlich, ihn um diese Zeit hier so zu treffen, setzt sie sich neben ihn ins Gras. Was für ein schöner Morgen, sagt sie und hält sich wegen der Sonne eine Hand schützend vors Gesicht. Die Beeren am Holunderstrauch hängen über ihnen wie Brauseköpfe. Lindner atmet schwer, sagt aber nichts. Die spärlichen Reste seines Haars sind feucht, kleben unter der Hutkante und schraffieren seine Haut, nur aus dem Ohr quillt es üppig in alle Richtungen. Ein leichter Ekel befällt sie, für den sie sich schämt, sie möchte ihm eine Brücke bauen und gleichzeitig seinen

Fragen zuvorkommen. Der Holunder wird noch einige Zeit brauchen, sagt sie, du bist zu früh hier. Ja, sagt er, aber der Strauch hängt voll, es wird eine gute Ernte geben, besser, wir gehen dann gemeinsam. Das machen wir, sagt sie und hilft ihm auf die Beine. Geht es?, fragt sie und wagt nicht, ihn loszulassen. Warum soll es denn nicht gehen?, blafft er sie an und entzieht sich energisch ihrem Griff. Es ist das erste Mal, dass er den Stock genommen hat, sie ist froh darüber, vermeidet es aber, ihn darauf anzusprechen. Er steht kaum, schon erhebt er den Stock und zeigt damit in Richtung des Hauses, seine Lippen zittern, er scheint etwas sagen zu wollen, schlägt dann aber nur den Stock ins hohe Kraut. Der Geißfuß verliert seine weißen Köpfe, und ein Distelfalter taumelt vor Lindas Füße, wo er mit zitternden Flügeln liegenbleibt, sie weiß nicht, ob er noch lebt oder nur der Wind seine Flügel bewegt. Komm schon, sagt sie zu ihrem Vater und geht dann davon, ohne auf ihn zu warten.

Selig sind, die da Leid tragen, denn sie sollen getröstet werden. Der Rost hat der Inschrift am Eingang zum Friedhof nichts anhaben können. An den Angeln der Tür aber hat er ganze Arbeit geleistet, das schorfig aufgeblähte Eisen hat den Sandstein gesprengt und scharfkantige Stücke herausgebrochen, hell leuchten die noch frischen Kerben in der Säule. Das andere Schild ist neu, selbst der Friedhof hat jetzt Öffnungszeiten.

Die Sonne steht hoch, aber auch der Friedhof ist ein Refugium des Schattens, nur an wenigen Stellen erlauben die dichten Kronen der Bäume den Blick in den wolkenlosen Himmel. Die Kühle ist angenehm. Hier lässt es sich aushalten, denkt Rohrbach, dabei ist er immer ungern auf den Friedhof gegangen, als Kind schon war es ihm unangenehm, seine Urgroßmutter begleiten zu müssen, die hier ihren Mann besuchte und heute nicht mal mehr einen Grabstein hat. Ihr Mann hatte es nicht aufs Kriegerdenkmal geschafft, nun lag er seit Jahren hier und wartete, vielleicht diente er auch bloß als Vorwand, denn sie blieb immer nur kurz an seinem Grab und ging dann rasch zu den anderen Frauen, deren Männer auch keine Helden waren und die hinter der Lebensbaumhecke schon auf sie warteten. Sie forderte den Jungen auf, ihnen die Hand zu geben, die sogenannte gute Hand, während die Frauen mit ihren sich ewig ähnelnden Kleidern und den winzigen runzligen Gesichtern unter ihren Kopftüchern weiter von ihren offenen Beinen erzählten, von Furunkeln und Gürtelrosen, als müssten sie sich damit brüsten, besonders Metha, die es mit der Schilddrüse hatte und deren ehemals faltig herabhängende Haut sich über einem riesigen Kropf spannte, glatt und rötlich wie der Kehlsack eines tropischen Vogels während der Balz. Sie waren froh, noch am Leben zu sein, und schämten sich doch gerade hier auf dem Friedhof ihrer Vitalität. Auch Elsa musste er damals die Hand geben. Elsa, die zwei Katzenaugen hatte, buschige Augenbrauen und einen Damenbart und wahrscheinlich sieben Leben, die sagte, er müsse sich doch nicht fürchten und gleich ihre Hand auf seine Haare legte. Urgroßmutter zerrte an seinem Arm und zog ihm seine gute Hand aus der Hosentasche und behauptete auch, er müsse sich vor Elsa nicht fürchten, an einer Heimbürgin sei doch nichts Schlimmes, während Elsa ihm ihre knochigen schneeweißen Finger entgegenstreckte. In einem ihrer sieben Leben war Elsa Heimbürgin, in einem anderen sammelte sie Kräuter, Großvater nannte sie eine Jungfer, vielleicht war auch das ein Leben, aber zu Weihnachten war sie im halben Dorf der Weihnachtsmann.

Später, bei seinen gelegentlichen Besuchen im Dorf, kurz vor der Abfahrt schon und in das immer hilfloser werdende Schweigen hinein, hatte der Vater gefragt, ob er nicht noch zum Friedhof wolle. Du willst doch sicher noch das Grab deiner Mutter besuchen, hatte er gesagt. Was sollte er dagegen sagen? Er war froh, dass der Vater ihn nie begleitete, denn diese Besuche schienen Rohrbach wie ein leeres Ritual. Das Grab der Mutter war immer tadellos gepflegt und mit frischen Blumen geschmückt, Vater hatte Sand auf das Grab geschüttet und ihn sorgfältig geharkt, er sah aus wie gekämmtes Haar. Rohrbach hatte sich vor dem Stein gezwungen, an die Mutter zu denken, an einen Moment der Vertraulichkeit, doch gerade auf dem Friedhof war ihm das nie gelungen, das Muster im Sand erinnerte ihn an ihr in den letzten Wochen ihres Lebens dünn gewordenes Haar. Er war dann meist noch ein wenig herumgelaufen, um das dünn gewordene Haar dieser Frau, die einmal seine Mutter gewesen war, zu vergessen, er hatte sich Zeit gelassen, wohl auch, um nicht als herzlos zu gelten.

Lang hält er es auch diesmal nicht aus, den Namen der Mutter liest er wie den einer Fremden, das frische Grab des Vaters hat noch keinen Stein, es würde auch keinen eigenen bekommen, denn unter Mutters Namen war noch genügend Platz, vielleicht sogar für Martin selbst. Auch sein Großvater mütterlicherseits hatte keinen Stein, womöglich hatte er nicht einmal ein Grab, denn als man in Ahornstein die Namen der Gefallenen in das Heldendenkmal meißelte und Junkerland in Bauernhand verteilte, hatte dieser Großvater noch Karten aus der Gefangenschaft geschickt, sie kamen von jenseits des Urals und kündigten seine baldige Rückkehr an, noch vor Weihnachten, hatte er geschrieben, hoffe er, wieder da zu sein, doch irgendwann waren die Karten ausgeblieben, zurückgekehrt war er nie. Typhus, hieß es

viele Jahre später in einem Schreiben vom Roten Kreuz, da war auch seine Tochter schon tot, und Gustav Rohrbach sagte noch immer Sätze wie: Ohne Grund nimmt sich keiner einen Strick.

Er wusste auch nicht, was sein Vater sich für einen Stein gewünscht hätte, denn natürlich war auch darüber nie geredet worden. Hatte dieser Vater je Wünsche geäußert? Sicher hätte er kein Holzkreuz gewollt, nicht einmal eins mit Hundehüttendach wie auf den Gräbern der unbekannten Soldaten, vielleicht hätte er einen großen Feldstein schön gefunden, oder eine Pyramide aus Feldsteinen, falls die Friedhofsordnung so etwas zuließ. Extravaganzen, so hätte die Verwaltung das wahrscheinlich genannt. Es hat wirklich keinen Sinn, hier zu stehen, wo nur das vor der Zeit rostig gewordene Laub der von Motten befallenen Kastanie ihn mit Trauer erfüllt, leise raschelt es im Wind, und die ersten notreifen Früchte sind bereits herabgefallen. Einige sammelt er vom geharkten Sand und steckt sie sich in die Hosentasche, dann wendet er sich ab und schlägt den Weg entlang der Außenmauer ein, wo die Großbauern und wohlhabenden Bürger von einst neben ihren allzeit treusorgenden Ehefrauen in den Familiengrüften liegen, den unvergessenen Oberpostinspektorenwitwen und Ladenbesitzergattinen, die alle viel zu früh aus dem Leben geschieden und längst vergessen waren. Das Grab eines Windmühlenbesitzers hat er noch nie gefunden, doch noch immer gleicht der Grabstein der Bandfabrikantenfamilie einer Inventarliste, sieben Namen eng untereinander in den Granit gemeißelt, sieben Mal dasselbe Todesdatum. Direkt daneben hat man begonnen, einige der alten Grabstellen zu schleifen, die Steine und Metalltafeln sind aus der Mauer gebrochen, die Bäume gefällt, die alten Gitter und Ketten ruhen aufgeschichtet neben einem Haufen welken Efeus am Weg, bereit für den Schrotthändler, ein Engel liegt mit dem Gesicht im Schlamm. Vielleicht, denkt er, hat der Tod längst sein Zuhause verloren und ist mit Hohngelächter aus der Schlickenstett'schen Gruft gejagt worden. Das ferne Dröhnen der Autobahn ist hier nicht zu hören, aber in einem der angrenzenden Gärten rattert ein Schredder, es klingt, als breche da jemand Knochen.

Er könnte jetzt zur Trinkhalle gehen, oder wenigstens für einen Abend in die Stadt fahren, vielleicht sogar mit Linda. Merkwürdig, er ist in den letzten Wochen noch nie auf die Idee gekommen und verwirft den Gedanken auch jetzt. Noch hat er die Wohnung dort nicht aufgegeben, lange wird er sich das nicht mehr leisten können. Irgendwann wird er sich Dr. Lohmeyer erklären müssen, und auch Linda wird Fragen stellen, die mit einem Kuss nicht zu beantworten sind. Manchmal hofft er, dass sich die Dinge irgendwie regeln werden, ohne sein Zutun, ohne seine Entscheidung, Lohmeyer würde ihm diesen Gefallen vielleicht sogar tun, im Falle von Linda weiß er nicht, worauf er hoffen soll.

Er weiß nicht einmal, ob die letzte Nacht einen Anfang bedeutete oder ein Ende.

Martin hat in den letzten Tagen immer wieder die alten Wege der Kindheit gesucht. Er hat es vermieden, die Straßen zu nehmen, wo die Fenster Augen haben und sich hinter den Scheiben die Gardinen bewegen, wo immer wieder jemand wie zufällig vor die Haustür tritt, um nach der Katze zu rufen oder den Müll wegzubringen. Er hat die alten Schleichwege gesucht, an deren Rändern es kein Ortseingangsschild gibt und keine Tafel, die rot umrandet vor der Tollwut warnt oder vor der Maul- und Klauenseuche. Die alte Obstbaumallee, die früher noch die Autobahn gekreuzt hatte, endet jetzt jäh vor einem Erdwall, vor ein paar Tagen ist er umgekehrt und hat den Wiesenpfad genommen, den noch immer der Koppelzaun aus längs geviertelten Stämmen säumt, dann aber stand er plötzlich vor einem Trimmdichpfad, die Lust am Laufen war ihm sofort vergangen, obwohl der Geruch von frisch geschlagenem Holz vom Waldrand lockte. Der schwere Duft erinnerte ihn an die geritzten Stämme, aus denen früher das Harz in Blumentöpfe gesickert war. Die Wunden der Stämme hatten ausgesehen wie der frisch geharkte Sand auf dem Grab seiner Mutter.

Heute geht er den Hohlweg bis zum Findling unter der alten Linde. Früher hatte es hier eine Bank gegeben, deren Lehne übersät war mit Herzen und Initialen. Vielleicht hätte er hier auch ein *L* und ein *M* gefunden, doch von der Bank ist nichts geblieben als zwei Betonsockel zwischen verfilztem Gras, aus denen rostige Schrauben spießen.

Die alten Wege der Kindheit gibt es nicht mehr, die Kriegspfade im Schlosspark sind befriedet, die stillen Waldwege von schwerer Technik zerfurcht, geblieben ist nur das alte Spiel aus Kindertagen: Ich sehe was, was du nicht siehst. Argumente sammeln, nennt er das jetzt, Argumente zum Bleiben. Seine Schritte schrecken eine Amsel auf, ein paar Meter fliegt sie ihm voraus, als würde sie den Weg kennen, lässt sich dann nieder und wartet auf ihn. Ihr lautes Zwitschern klingt wie ein Schimpfen. Oder befiehlt sie ihm, ihr zu folgen?

Lang hingestreckt dösen die Hallen der Schweinemastanlage im Schatten der Pappeln, noch gleiten die Schwalben durch die gähnenden Tore, bald werden sie Richtung Süden verschwinden. Wie ein ausgetrockneter Pool dümpelt der riesige Betontrog des einstigen Misthaufens zwischen den hüfthohen Blättern der Pestwurz in der Hitze, an seinen Wänden glitzern Salzkristalle, während sich in der Seuchenschutzwanne ein Rest vom letzten Regen gehalten hat, er liegt wie ein Auge in einer Mulde aus Schlamm, der in der Sonne rissig geworden ist. Nur ein löchriger Teppich aus alten Reifen trotzt auf einem vergessenen Silo dem Verfall. Hier niemanden zu treffen, hat fast etwas Tröstliches, Menschen geht er ohnehin wenn möglich aus dem Weg, als seien sie in seinen Überlegungen kein Argument. Er ahnt, dass er sich belügt und ihnen Unrecht tut, aber er weiß, dass er das Bleiben nur in Erwägung zieht, weil der Vater tot ist und das Haus abseits auf dem Hügel liegt. Er wollte mit dem Leben im Dorf nicht in Berührung kommen. Mit Linda hat er nicht gerechnet.

In diesem Moment hört er ein Rascheln aus Richtung der kleinen Anhöhe, er denkt an ein Tier, doch gleich darauf bricht ein Mann aus den Büschen und kommt direkt auf ihn zu. Der Mann ist aufgeregt, er fuchtelt mit den Armen und ruft ihm etwas zu. Was er hier zu suchen habe, ob er denn nicht lesen könne, das alles sei Betriebsgelände, er solle gefälligst verschwinden, sonst hole er die Polizei. Rohrbach hält es für einen Scherz, wo denn der Betrieb zum Gelände sei, fragt er zurück. Der Mann ist schnell näher gekommen, er ist gerannt und nun etwas außer Atem. Er mag gut zehn Jahre jünger sein, ein Allerweltsgesicht, das kurze Haar nach oben gegelt, er trägt eine Jeans mit Bügelfalte, und auf seinem knallgelben T-Shirt steht *Roli's Tierpension*. Rohrbach glaubt, ihn zu kennen, ihn zumindest schon einmal gesehen zu haben, doch der Name fällt ihm nicht ein. Der Mann ist für Scherze nicht zu haben, seine Hand fährt energisch durch die Luft, das alles hier sei jetzt Privatbesitz. Sein Auftritt lässt keinen Zweifel, wer der Privatbesitzer ist. Rohrbach, sagt Rohrbach, als könne ihn das legitimieren. Der Rohrbach?, fragt der andere, vom Rohrbach'schen Haus? Vom Rohrbach'schen Haus, bestätigt Rohrbach. Er müsse entschuldigen, aber seit diese Rumänen sich hier rumtreiben, müsse man vorsichtig sein, er habe doch sicher von der Sache im Schloss gehört, schlimme Geschichte und vor allem ein Imageschaden für das ganze Dorf. Bergmann, sagt er, Roland Bergmann, ich mache hier den Bürgermeister, ehrenamtlich versteht sich. Russen, sagt Rohrbach, er habe von Russen gehört. Oder Polen, weiß der Geier, sagt Bergmann und macht eine Handbewegung ins Ungewisse. Sie seien hier auf ihren guten Ruf angewiesen, nichts sei wichtiger als ein guter Ruf, wenn es nach ihm gehe, wäre auch die Trinkhalle längst geschlossen, so etwas gehöre nicht auf den Dorfplatz. Diese Saufhütte ist ein Schandfleck, sagt Bergmann. Im Übrigen freue er sich, den verlorenen Sohn endlich kennenzulernen, er habe schon viel von ihm gehört. Rohrbach sieht ihn fragend an. Was man sich eben so erzählt, sagt Bergmann und grinst. Schön, dass er bleiben wolle. Dann holt seine Hand schon wieder aus und fährt in einem großen Bogen durch die Luft. Er habe das hier alles günstig gekauft und werde das jetzt ganz groß aufziehen. Er zieht sein T-Shirt glatt, reckt seine Brust heraus und zwinkert Rohrbach zu. Wellensittiche, Meerschweinchen, Katzen, Hunde, das volle Programm, Mietboxen für Pferde, alles nur vom Feinsten, dazu vielleicht ein paar Ferienwohnungen, eine Bowlingbahn und natürlich Wellness. Wellness müsse unbedingt sein. Eine intakte Natur und der Autobahnanschluss, das seien die Ahornsteiner Standortvorteile. Und der gute Ruf, sagt Rohrbach. Ja genau, besser könne man es gar nicht haben, der Hans-Dieter sei auch ganz begeistert. Hans-Dieter?, fragt Rohrbach. Die Bank, er meine die Bank, man kenne sich eben, das sei manchmal ganz hilfreich, das alles sei schließlich kein Pappenstiel, jetzt müsse er nur noch an die EU ran, Fördermittel, Rohrbach wisse schon, ohne die EU sei heutzutage ja nichts mehr zu machen. Im Übrigen, er suche noch fähige Leute. Leute, sagt Rohrbach, gibt es doch hier genug. Fähige Leute, er meine fähige Leute, keine abgehalfterten Treckerfahrer, Rohrbach solle mal darüber nachdenken, man sehe doch, dass er auf der Suche sei. Wenn ich du wäre, sagt Bergmann, ich müsste da nicht lange überlegen. Er streckt Rohrbach die Hand entgegen, so entschlossen, als gelte es einen Vertrag zu besiegeln, was Rohrbach vorsorglich ignoriert. Er werde darüber nachdenken, sagt er. Bergmann müsse nun, wie er sagt, noch ein bisschen regieren, Rohrbach aber solle sich ruhig noch etwas umschauen und alles auf sich wirken lassen, der Ort habe eine Energie, der man sich nicht entziehen könne, wenn man nur ein wenig Instinkt habe, Instinkt und Biss, das brauche man heute. Rohrbach sieht Bergmann den kleinen Hang hinaufsteigen, er denkt an den Zirkus Pappelberg und folgt dem Bürgermeister nach einer Weile.

Am Wegrand zirpen die Grillen, über dem Feld flirrt jetzt die Hitze, und rund um das Haus hat man gerade begonnen, das Getreide zu mähen. Der Mähdrescher schiebt eine dicke Staubwolke vor sich her, hinter ihm liegt das zu runden Ballen gepresste Stroh wie die Glieder eines riesigen Wurms. Die Strohballen könnten auch die Stücke einer Säule sein, man könnte sie übereinandersetzen, und Rohrbach versucht, sich vorzustellen, wie hoch eine solche Säule wäre. So hoch vielleicht, wie die Drachen gestiegen waren, die er damals mit Gregor gebaut hat und die manchmal am Himmel kaum noch zu erkennen waren. Die Erwachsenen haben von Gefahren für den Flugverkehr geredet, sie aber haben Gras oder Stroh um die Schnur geknotet, eine geheime Post, die der Wind in die Höhe trieb, schweigend haben sie ihr nachgesehen. Gregor ließ seinen Drachen hoch hinauf, ihm aber fiel es schwer, seinen zu halten. Der Drachen riss an ihm, hob ihn vom Boden, wenn er nicht losließ, aber wer wollte schon loslassen und seinen Drachen verlieren. Einmal war eine Schnur gerissen, der Drachen war am Himmel verschwunden, und Martin hat sich eingebildet, nun müsse irgendwo ein Flugzeug abstürzen, erst am nächsten Tag haben sie den Drachen ge-

funden, er hing kopfüber in den Hochspannungsleitungen, in der Zeitung aber hat nichts von einem Flugzeugabsturz gestanden.
Vielleicht, denkt er, vielleicht fehlt es mir nur an Visionen. Dr. Lohmeyer redete gern und viel von Visionen, wahrscheinlich meinte er Ehrgeiz. Rohrbach, sie müssen mehr nach vorn blicken, sie sind mir zu nostalgisch, sagte er manchmal. Einmal hatten mehrere Zeitungen in großer Aufmachung die Ergebnisse einer Kaufkraftstudie veröffentlicht, die von einem mit ihnen konkurrierenden Marktforschungsinstitut durchgeführt worden war. Rohrbach war zu Lohmeyer gegangen und hatte ihm eine der Zeitungen wortlos auf den Tisch gelegt. Groß war eine Deutschlandkarte abgebildet, die einzelnen Kreise des Landes waren je nach der Höhe der realen Kaufkraft mit unterschiedlichen Farben unterlegt. Dr. Lohmeyer hatte sich die Karte lange angeschaut, die Umfrage war aktuell, aber die Karte zeigte ein geteiltes Deutschland, der Osten gelb mit einigen orangefarbenen Flecken, der Westen rot mit violetten Einsprengseln. Lohmeyer war erstaunt und dachte eine Weile nach. Rohrbach, sagte er dann, wir müssen das besser machen. Sie sagen es, erwiderte Rohrbach. Lohmeyer überhörte die Ironie: Die lieben Kollegen haben nur die falschen Fragen gestellt, es ist an uns, die richtigen zu stellen, die richtigen Fragen, verstehen Sie, dann bekommen wir auch die gewünschten Antworten, Rohrbach, denken Sie sich was aus. Hatte Lohmeyer wirklich geglaubt, ausgerechnet Rohrbach könnte dafür der richtige Mann sein?
Morgen werde ich kündigen, denkt er. Er hat viel zu lange gezögert, jetzt steht der Entschluss fest. Das letzte Stück des

Weges ist mit Stroh und Spreu bedeckt, es ist ein Gehen wie auf einer weichen Matte, die seine Schritte dämpft und ihm Sicherheit gibt. Warum erst morgen? Sofort muss er es tun! Je näher er dem Haus kommt, umso schneller geht er, er darf den Zweifeln jetzt keine Chance mehr lassen. Doch schon steht er wieder neben sich und sieht sich gehen, nein, nicht sich, es ist ein anderer, dem er zusehen kann, wie so eine Kündigung zu bewerkstelligen sei. Man kündigt schließlich nicht alle Tage, da sei eine Probe willkommen, er weiß gar nicht, was er Lohmeyer sagen soll. Ich kündige, könnte er sagen, es würde entschlossen klingen, aber Dr. Lohmeyer würde sofort sagen, dass man in solchen Zeiten nicht kündige, er würde nach den Gründen fragen, und was Rohrbach denn tun wolle, was dann? Dr. Lohmeyer würde ein Gespräch entwickeln, in dessen Verlauf von seiner Entschlossenheit nicht viel mehr bliebe als ein Häufchen Spreu auf einer flachen Hand. Lohmeyer brauchte nur noch zu pusten, und alles wäre aus. Sie sind ein wenig durcheinander, würde er sagen und Verständnis heucheln, der Tod des Vaters, er verstehe das, er solle das am besten vergessen und sich noch ein wenig ausruhen, ein, zwei Wochen könne er ihm noch geben. Vielleicht würde Lohmeyer sogar den Kumpel herauskehren und von einer möglichen Krankschreibung reden, und Rohrbach müsste ihm auch noch dankbar sein.

Dr. Lohmeyer sei heute nicht zu sprechen, sagt Maria am Telefon, Rohrbach müsse schon mit ihr vorliebnehmen. Was er denn wolle? Nichts? Das sei schon ziemlich unverschämt, erst melde er sich eine Ewigkeit lang nicht, gehe nicht ans Handy, dann rufe er plötzlich an und wolle nichts.

Martin zuckt hilflos mit den Schultern und beobachtet eine Biene, die seit einiger Zeit immer wieder durch das geöffnete Fenster kommt und in einem Loch der hölzernen Stiftbox verschwindet. Nach einer kurzen Pause ist jeder Vorwurf in Marias Stimme verschwunden: Was machst du gerade? Diese Frage hat er von Linda in den letzten Tagen auch schon mehrfach gehört, unvermutet stand sie hinter seinem Rücken und fragte, was er da mache. Ich telefoniere, sagt er gereizt und ist froh, bisher weder von Linda noch von Maria beim Nichtstun erwischt worden zu sein, die Frage wäre in diesem Fall vermutlich noch schlimmer gewesen: Was denkst du gerade? Er ist entschlossen, sofort aufzulegen, doch es ist zu spät, Maria fragt, ob er Hilfe brauche, ob sie am Wochenende nicht einmal vorbeikommen solle, eine Wohnung aufzulösen sei schließlich keine Kleinigkeit. Auf der Stiftbox liegen gelbe Blütenpollen, die er sich vorsichtig auf den Finger streicht. Nicht nötig, sagt er, nächste Woche bin ich wieder im Institut. Sie freue sich und werde es Dr. Lohmeyer ausrichten. Küsschen, sagt sie noch, dann legt er auf. Er wartet, bis die Biene davonfliegt und legt eine Zündholzschachtel auf das Loch. Kurz darauf taucht die Biene wieder auf, sie sucht verwirrt nach dem abgedeckten Loch, nach einigen Versuchen gibt sie auf und verschwindet.

Am Abend sitzt er lange am Küchentisch, nach jedem Schluck Bier versucht er die Flasche genau auf den dunklen Abdruck im Wachstuch zu stellen. Nach der dritten Flasche steigt er auf den Dachboden, um die alte Schreibmaschine zu holen. Er stellt sie vor sich auf den Tisch und bläst den Staub von den Tasten. Das Farbband ist eingetrocknet, die ersten Anschläge verlieren sich im Nichts. Zum Glück hatte Großvater vorgesorgt und das Reserveband luftdicht verpackt. Mit dem vierten Bier macht er sich an die Arbeit. Das *d* im Wort Kündigung kippt ein wenig aus der Reihe.

7

An diesem Morgen ist es völlig windstill. Der Nebel hängt in dicken Schwaden über dem Dorf, nur auf dem Hügel hat er sich schon gelichtet. Das ferne Wiehern eines Pferdes ist zu hören, das Dröhnen der Autobahn ist seltsam gedämpft. An den letzten zwei Tagen hat Rohrbach die alten Gehwegplatten neu verlegt, wenigstens diese Baustelle sollte beendet sein. Er hat die Arbeit genossen und ist nicht mehr ins Dorf gegangen, nur Wassili war ein Mal kurz bei ihm. Er kam mit dem Auto, aufgeregt und in Eile, er stieg nicht einmal aus, hupte nur wild und wartete, bis Rohrbach ans Gartentor kam. Gregor sei verschwunden, die Trinkhalle habe geschlossen, so etwas sei noch nie vorgekommen, rief er bei laufendem Motor, zu Hause sei er nicht, er gehe auch nicht ans Telefon, ob Rohrbach etwas von ihm gehört habe. Der wusste auch nicht, wo Gregor war. Wassili schien ernsthaft besorgt, ob wegen Gregors Verschwinden oder der geschlossenen Trinkhalle, war nicht zu erkennen, denn Wassili fuhr sofort zurück, aber Rohrbach machte sich keine Gedanken, denn da Wassili am nächsten Tag nicht wiederkam, war klar, die Trinkhalle musste wieder geöffnet haben.

Lindner hat sich nicht mehr blicken lassen, wahrscheinlich geht es ihm schlecht. Rohrbach weiß, er sollte Linda anrufen und sich nach seinem Befinden erkundigen, er hat es bisher nicht getan, weil es wie ein Vorwand gewirkt hätte, denn eigentlich hätte er ja fragen müssen, wie es ihr gehe. Sicher wartet sie auf seinen Anruf, aber gerade diese Erwartung lähmt ihn. Der Brief mit der Kündigung liegt auch noch auf dem Küchentisch. Gestern hat er ausgerechnet, wie lange seine Rücklagen reichen könnten, das Ergebnis war trotz

Vaters Sparbuch ernüchternd, um einen Verkauf an Lindner würde er wohl nicht herumkommen, selbst wenn er seine Stadtwohnung demnächst kündigen sollte. Der Alte ist ganz versessen auf das Stück, er könnte den Preis in die Höhe treiben, aber er wird sich beeilen müssen, Lindner ist über achtzig, am besten wäre es, er ginge noch heute zu ihm. Er überlegt, was er anziehen soll, auf diese Kühle ist er nicht vorbereitet, er hatte nur das Nötigste mitgenommen, eigentlich wollte er ja nur seinen Vater begraben. In den nächsten Tagen würde er noch einmal in die Stadt fahren müssen, andernfalls müsste er Gregor um ein paar Sachen bitten, und das will er auf keinen Fall.

Der Briefkasten am Ende des Feldweges lässt sich nicht mehr abschließen, das Türchen ist verbeult und quietscht, als er es öffnet. Im Kasten liegen zwei Briefe, ein Schreiben der Sparkasse und ein Umschlag, auf dem weder Straße noch Hausnummer, sondern nur sein Name und der Name des Dorfes stehen, Martin Rohrbach und Ahornstein, geschrieben in einer bekannten, fast kindlichen Handschrift, sonst nichts. Es ist ein Brief von Maria. Er steckt die Briefe ungeöffnet in die Tasche von Vaters grüner Windjacke, der er seit Jahren entwachsen ist, die Ärmel sind viel zu kurz, der Gummi des Bündchens schneidet ins Fleisch. In der Tasche steckt noch ein Stück karierter Stoff, verwirrt zieht er es heraus und riecht an Vaters Taschentuch.

Die aufgehende Sonne spiegelt sich in den Fenstern der Bibliothek. Rohrbach ist erstaunt, dass diese schon so früh geöffnet ist. *Männer in die Bibliothek!* Warum nicht?, denkt er und betritt die Baracke. Fräulein Kurbjuweit sitzt an ihrem Schreibtisch und liest in einem Buch, das in einen bunt bestickten Schutzumschlag eingeschlagen ist. Erschrocken blickt sie über die Halbgläser ihrer Brille zur Tür, atmet aber erleichtert auf, als sie Rohrbach erkennt. Doch als müsse sie sich nach all den Jahren von seiner Existenz noch einmal überzeugen, kommt sie auf ihn zu und legt ihre Hand auf seinen Arm. Sie trägt an jeder Hand einen goldenen Ring mit großen Bernsteinen. Vielleicht ist es auch nur farbiges Glas, denkt Rohrbach und starrt auf die bläulichen Finger mit den knotigen Gelenken, die über den Stoff seiner Jacke gleiten, als prüften sie dessen Qualität. Die Brille hängt jetzt an einem goldenen Kettchen vor der imposanten Brust Fräulein Kurbjuweits. Sie habe gehofft, dass er früher oder später kommen werde, sagt sie erfreut. Das Schild in der Auslage, da könne man ja gar nicht anders, erwidert er und lacht. Sie macht eine wegwerfende Handbewegung: Für Sie ist das natürlich nicht bestimmt. Sie ist kleiner als er, ihr Haar erinnert ihn an den Puppenkopf auf der Anhängerkupplung von Wassilis VW, was ihn sofort verlegen macht. Er solle sich ruhig umschauen, sagt sie aufmunternd und zieht ihn weiter in den Raum. Die Auswahl hier sei selbstverständlich bescheiden, geradezu jämmerlich, sie wisse nicht, ob sie seinen Ansprüchen gerecht werden könne, er sei doch noch am Institut und sicher anderes gewohnt, aber hier auf dem Dorf, na ja, sie wolle den Leuten nicht Unrecht tun, aber Feingeister seien sie nicht gerade, unsere Klassiker zum Beispiel, das sei wie Perlen vor die Säue werfen, wenn sie so sagen dürfe, und sie werde schließlich an Zahlen gemessen, Zahlen seien heute das Entscheidende. Es gefällt ihm, wie sie das Wort Institut betont. Womit sie denn die-

nen könne? Fürs Erste brauche ich einen Stift, sagt Rohrbach. Sie ist etwas verwirrt: Einen Stift? So, so, einen Stift, wie gesagt, er müsse entschuldigen, murmelt sie, während sie zum Schreibtisch geht, um ihm einen Stift aus dem umhäkelten Federmäppchen zu holen. Danke, sagt Rohrbach, sie gestatte doch? Er zieht den Brief von Maria aus der Tasche und legt ihn auf eine Ecke des Schreibtisches, Fräulein Kurbjuweit hat ihre Brille wieder aufgesetzt und versucht ihm über die Schulter zu schauen, während er den Umschlag mit dem Vermerk *Adressat unbekannt* versieht. Wo denn jetzt der Briefkasten sei? Neben der Sparkasse, sagt sie, aber sie müsse nachher selbst dorthin, ob sie seine Post nicht gleich mitnehmen solle? Das mache ich selbst, sagt Rohrbach eine Spur zu entschieden und wendet sich schon wieder zur Tür. Sie ist ein wenig enttäuscht, er müsse unbedingt wiederkommen, sie sei jeden Vormittag hier, notfalls könne er auch anrufen, jederzeit könne er anrufen, auch abends, sie schlafe ja sehr schlecht, das Alter, er wisse schon. Sie schreibt ihre Telefonnummer auf einen Zettel. Ihre Hand zittert, die Zahlen sind seltsam verschnörkelt, sie sehen aus wie ein Stickmuster. Das werde er tun, versichert Rohrbach, steckt den Zettel in die Jackentasche und will die Bibliothek eilig verlassen. In der Tür dreht er sich noch einmal um: Ob sie auch etwas über Kakteenzucht habe? Sie sieht ihn verdutzt an, geht aber dann gleich zu einem der Regale, von wo er sie seufzen hört: Natürlich, Kakteenzucht, auch das.

Er wirft Marias Brief in den Kasten und nimmt dann den schmalen Weg, der hinter der Sparkasse abzweigt. Es ist ein Trampelpfad an der Rückseite der Häuser, der parallel zur Straße über den Bach und bis zum ehemaligen Gasthof führt, von da aus ist es nicht mehr weit zu Lindners Haus. Er geht an Zäunen und Hecken entlang und ist froh, dass die Fenster hier blind sind und die Gardinen sich nicht bewegen. Noch arbeitet niemand in den Gärten, wo die großen alten Obstbäume längst durch praktische Halbstämme ersetzt worden sind, nur einmal wird ein Besen aus einem geöffneten Fenster geschoben, eine unsichtbare Hand lässt den Stiel rotieren, Staub wirbelt auf und der Besen verschwindet. Dann scheppert ein Eimer. Irgendwo schlägt ein Hund an und kann sich lange nicht beruhigen, als er endlich verstummt, ist das Rasseln der Kette zu hören. Direkt hinter einem Lattenzaun steht eine Vogelscheuche, sie sieht aus wie gekreuzigt, die Ärmel ihrer Jacke sind viel zu kurz. Die Sonne ist nur zu erahnen, eine milchige Scheibe, die wie eine Kirchturmuhr hinter den Nebelschwaden hängt. Auf der Koppel rechts des Weges stehen einige Pferde, er hört, wie sie das Gras rupfen, plötzlich hebt eines der Pferde den Kopf, als erinnere es sich an etwas. Einer seiner ersten Westbesuche, fällt ihm ein, eine Fahrt ins Hessische Anfang der neunziger Jahre, damals hatte er auch solche Koppeln gesehen, zaundurchsetzte Ebenen und

Hügel, deren sanfte Hänge parzelliert waren. Die Hügel hatten ihn an die Landschaft um Ahornstein erinnert, aber da er bis dahin nur die riesigen Schläge der LPG gekannt hatte, fühlte er sich nun in ein vergangenes Jahrhundert versetzt, Großvaterland, hatte er gedacht. Ein verstörendes Gefühl, galt doch der Westen seiner Heimat in allen Dingen um Jahrzehnte voraus. Großvater hätte hier viel zu tun gehabt, hatte er gedacht, aber Großvater war einige Wochen zuvor gestorben, weil er es nicht ertragen konnte, um sein Lebenswerk gebracht worden zu sein. Ihnen hatte dieses Werk schon als Jugendliche nichts mehr bedeutet, in ihren Augen hätte sein Ansehen nur gerettet werden können, wäre er schon viel früher in einem der Kerker für seine Ideen gestorben, einen Kämpfer hätten sie vielleicht akzeptiert, selbst wenn sie seine Ideen nicht mehr teilten, aber Großvater war damals noch Stallknecht gewesen und hatte erst später die Schulbank der Parteischule im ehemaligen Schloss gedrückt, und gegen diesen Makel hatte er sein Leben lang nichts ausrichten können. Er war so spät gestorben, dass kaum einer seinen Tod noch mit der Vernichtung seines Lebenswerks in Zusammenhang brachte und fast alle glaubten, was der Arzt auf den Totenschein geschrieben hatte: Herzschwäche. Der Körper des Pferdes wird wie von einem leichten Stromschlag geschüttelt, das Tier schlägt mit dem Schweif, stampft mit einem Huf gegen den Boden, dann senkt es wieder den Kopf und frisst.

Das klare Wasser des Baches plätschert aus einem Rohr, um gleich darauf zwischen den geborstenen Betonplatten seines Bettes zu versickern, erst ein Stück weiter quillt es leise murmelnd wieder zwischen den Bruchstücken hervor. Als Kind wäre er hier einmal fast ertrunken. Die Alten hatten das Unwetter vorausgesehen, Nordost hatten sie gesagt, ihre Hände auf die Hüte gelegt und mit den Stöcken auf den dunklen Himmel gezeigt. Die Kinder hatten ihre Warnungen lachend in den Wind geschlagen. Bald waren die ersten Tropfen gefallen, sie schlugen Blasen, die wie Augen auf den Pfützen trieben. Blitze zuckten, der Himmel war rissig und warf Scherben herab. Schnell war der Bach zu einem brodelnden, gurgelnden Strom geworden, übermütig waren sie in das braune Wasser gesprungen, es hatte ihm die Beine weggerissen. Gregor war es, der breitbeinig am Ufer gestanden hatte, das kein Ufer mehr war, bis zur Hüfte im Wasser, eine Hand um den dünnen Stamm einer Birke gekrallt, Gregor war es, der ihn an Land gezogen und damit bewiesen hatte, dass er noch immer der Stärkere war. Zu Hause waren Vaters Adern angeschwollen, seine Hand hatte ihn getroffen wie ein verspäteter Blitz. Schon am nächsten Tag war der Bach wieder ein harmloses Rinnsal, der Spuk war vorbei, an den Uferböschungen aber lag das Gras plattgedrückt und vom Schlamm gesträhnt, es sah aus wie Vaters brillantiertes Haar. In seiner Erinnerung ist das Wasser rostig gewesen, das ganze Dorf war an ihm vorbeigeflossen und seine Kindheit an diesem Tag zu Ende gegangen.

Nachdem Linda die Haustür geöffnet hat, blickt sie sich erschrocken um, als sie sieht, dass niemand hinter ihr steht, gibt sie Martin einen flüchtigen Kuss auf den Mund. Es muss wie ein Zeichen der Abwehr wirken, als Rohrbach sofort nach ihrem Vater fragt. Ich muss mit Paul reden, sagt er. Wortlos gibt sie ihm den Weg frei. Sie sieht auf seine

Jacke und lächelt. Rohrbach weiß, wohin er gehen muss, im Haus hat sich kaum etwas verändert, im Flur hängt der gleiche Abreißkalender wie bei seinem Vater neben der gleichen Luftbildaufnahme von Ahornstein. In der Küche hatte früher ein Fleischwolf gestanden, jetzt gibt es einen Fernseher, dessen Bildschirm Rohrbachs Eintreten spiegelt. Der Raum ist noch immer weiß gekachelt, der Fußboden,

die Wände bis in halbe Höhe, diese ihn erschreckende Reinlichkeit. Die Küche ist so groß und sauber, als könne noch immer jeden Moment jemand mit blutverschmierter Schürze die silbernen Fleischwannen durch die Hintertür wuchten, den Kessel mit dem noch dampfenden Blut. Lindas Kater scheint denselben Gedanken zu haben, schwerfällig lässt er sich von seinem Stuhl fallen und geht langsam mit erhobenem Schwanz auf die Tür zu, dort bleibt er stehen und schaut sich nach Rohrbach um, als müsse der ihm die Tür öffnen. Lindner sitzt auf einem Stuhl und schaut aus dem Fenster, er hat sich nicht umgedreht, als Rohrbach eingetreten ist. Auch hier im Haus hat er seinen Hut auf dem Kopf, was Linda glaubt erklären zu müssen: Vater wollte gerade zu dir kommen. Der Alte wirft ihr einen bösen Blick zu, doch Rohrbach ist ihr dankbar und beeilt sich, ihm die Initiative zu überlassen: Was wolltest du denn? Nichts, es verspreche ein schöner Tag zu werden, und er habe ja sonst nichts zu tun. Es sei noch ziemlich frisch, sagt Rohrbach, quält sich aus seiner Jacke und setzt sich an den Tisch. Das Stuhlkissen ist noch warm vom Fell des Katers. Linda fragt, ob sie Tee wollen. Ihr Rosenblättertee sei über die Grenzen von Ahornstein hinaus berühmt, spottet Lindner ohne sich umzudrehen, Gerlindes berühmter Rosenblättertee, irgendwann werde seine Tochter damit vielleicht sogar Geld verdienen. Martin nickt ihr aufmunternd zu, dann wendet er sich an Lindner: Wir müssen reden. Dann rede, antwortet der und schweigt. Rohrbach kommt es vor, als sei der Alte von Dr. Lohmeyer gebrieft, bei Befragungen immer die Kontrolle behalten, in Gelddingen abwarten, keine Miene verziehen und den anderen kommen lassen, hatte der Chef immer gesagt. Aber wahrscheinlich liegt das Bauern ohnehin im Blut. Rohrbach hat keine Übung im Formulieren von Forderungen. Ob Lindner noch immer das Land kaufen wolle, fragt er, und es klingt schon nach Kapitulation. Lindner starrt gelangweilt aus dem Fenster: Welches Land? Rohrbach schaut sich hilfesuchend um, Linda zuckt mit den Schultern und lässt endlich den Kater aus der Küche. Du weißt doch genau, wovon ich rede, sagt Rohrbach nach einer Weile. Zucker?, fragt Linda und stellt ihm eine jener klobigen Tassen hin, die er noch aus der Eiche kennt. Die grüne Linie unterhalb des Randes ist an einer Stelle unterbrochen, abgenutzt von tausenden von Lippen. Plötzlich dreht Lindner sich um, er ist noch immer ganz ruhig, nur ein kleines Zucken, das ihm übers Gesicht fährt und auch die Hutkrempe für einen Moment leicht anhebt, verrät seine Erregung. Er greift sich an den Hut und rückt ihn zurecht. Nun pass mal auf, mein Junge, sagt er, du hast mir nichts zu verkaufen, gar nichts, das Land gehört uns, seit Generationen, verstehst du, uns, dein Großvater ist ein Gauner gewesen, ein roter Betrüger, er hat sich das Stück bei der Kollektivierung unter den Nagel gerissen, verkaufen willst du? Dass ich nicht lache, ich werde mich an Kulick wenden, der kennt sicher Wege, wie ich zu meinem Recht komme, und notfalls gibt es ja auch noch Gerichte, dann werden wir schon sehen, wer hier wem was verkauft. Rohrbach starrt auf den grünen Ring der Tasse, in der Ecke der Küche beginnt der Kühlschrank zu surren, Linda zupft nervös am Tischtuch. Wie er das meine? Wie er es gesagt habe, sagt Lindner und holt ein Bonbon aus der Tasche, ein Gauner sei er gewesen, der feine Herr Vorsitzende, erst habe er mit Versprechungen gelockt, dann habe er ihm die Pistole auf die Brust gesetzt, sich selbst aber die Taschen vollgestopft. Russenknecht, zischt er, und das Bonbon schlägt hart gegen seine Zähne. Linda nimmt Martins Jacke und will sie in den Flur bringen, kehrt aber wieder um und legt sie zurück auf den Stuhl, sie ahnt, was jetzt kommen wird, die Geschichte, die ihr Vater erzählt, ist die altbekannte, diesmal aber setzt sie erst in den sechziger Jahren ein, von der Kiste sagt er kein Wort.

Rohrbach denkt an das Messtischblatt, an den vermeintlichen Fehler des Großvaters, wahrscheinlich hat Lindner Recht. Aber irgendetwas konnte trotzdem nicht stimmen, warum hatte sich Lindner das Land nicht längst zurückgeholt, wenn doch alles so eindeutig ist? Der Alte blufft nur, denkt er und trinkt erstmal seinen Tee. Lindner hat gesagt, was er zu sagen hatte, er setzt seinen Hut ab und wirft ihn auf den Tisch, wo der Ahornsteiner Anzeiger liegt, dessen Titelbild einen Mann mit einem riesigen Steinpilz zeigt. Der Anblick von Lindners kahlem Schädel macht Rohrbach noch unsicherer, das steigert seine Wut, gerade hat er seine Kündigung abgeschickt, er braucht das Geld, auf einen Prozess will er es nicht ankommen lassen, er weiß, er darf sich nichts anmerken lassen, er kann Lindner nicht mehr an-

sehen. Der Steinpilz in der Zeitung ist größer als der Kopf des Mannes. Mein Angebot steht, sagt er möglichst ruhig, aber entschieden, du solltest es dir überlegen.
Linda begleitet ihn wortlos zur Tür. Auf dem Fensterbrett in der Veranda liegt eine Packung Zigaretten. Sie zündet sich eine an, zieht daran und verzerrt ihr Gesicht, als habe sie Schmerzen. Lass uns zusammen weggehen, sagt sie, bläst den Rauch mit einem Ausdruck von Erleichterung in die
Luft und schaut ihm eine Weile nach. Entschuldigung, sagt sie, weil Martin hustet. Sie wedelt mit der Hand durch den Qualm, der Satz aber bleibt im Raum stehen: Lass uns zusammen weggehen. Schon gut, sagt er und versucht sich in die enge Jacke zu zwängen. Maria hat auch manchmal solche Sätze gesagt, hat aber immer bloß Kino oder Theater gemeint, wenn sie vom Weggehen sprach, einmal wollte sie sogar in den Zirkus. Zu Maria konnte er sagen, er habe keine Zeit oder sei zu müde, es hat keinen Sinn, an Maria zu denken, Linda kann er mit solchen Ausreden nicht kommen. Schon als sie damals in ihrem Minirock neben ihm auf dem Eisengeländer am Sportplatz saß, hatte Linda gesagt: Lass uns zusammen weggehen. Und hatte dem Rauch ihrer Zigarette genauso verträumt nachgeschaut wie jetzt. Es ist dieselbe Frage, nur dass ein halbes Leben dazwischen liegt. Bei dir kann man bis nach Moskau sehen, hatten sie früher gescherzt, wenn man bei einem Mädchen sehen konnte, was er damals unter Lindas rotem Minirock gesehen hatte. Da waren sie schon keine Kinder mehr, und er wäre ihr bis nach Moskau gefolgt, obwohl er durch das Astloch in der hölzernen Umkleidekabine des Schwimmbades schon viel weiter als bis nach Moskau gesehen hatte. Im Halbdunkel der

Kabine hatte ihre weiße Haut feenhaft geleuchtet, direkt vor seinem Auge und doch unfassbar weit weg. Immer wieder war er ihr ins Schwimmbad gefolgt und wäre noch lieber mit ihr auf den Heuboden von Lindners Scheune gegangen. Doch meist hatten sie ja zu dritt auf dem Geländer gesessen, und Linda, eingeklemmt zwischen Gregor und ihm, hatte wohl gesagt: Lasst uns zusammen weggehen. So jedenfalls hatte er es verstanden, es klang noch ein wenig nach Wochenendausflug oder Spätvorstellung, immerhin hatten sie schon etwas Flaum am Kinn, gerade den Mopedführerschein in der Tasche und genug Fahrzeuge für einen kleinen Konvoi in die Kreisstadt. Für Martin hatte damals schon festgestanden, er würde nach dem Abitur studieren und Ahornstein verlassen, Linda würde eine Ausbildung in der Bandfabrik machen, obwohl auch sie das Zeug zum Abitur gehabt hätte, in der Schule war sie eine der Besten, hatte aber, wie sie behauptete, keine Lust auf ein Studium. Wahrscheinlich hielt eher ihr Vater ein Studium für überflüssig, er hatte damals ja noch seine Landwirtschaft, seine Frau war gerade dabei, ihn zu verlassen, und er brauchte jede helfende Hand. Dass Gregor die Kneipe von seinem Vater übernehmen würde, galt ohnehin allen als sicher. Also trennten sich ihre Wege, leise und unaufgeregt. Was Martin studieren nannte, nannte Linda schon bald das Glück und blieb mit ihrer Sehnsucht zurück. Martin hatte ihr, naiv wie er war, nur angeboten, ihn am Wochenende zu besuchen, nicht einmal für den Heuboden reichte so ein Angebot aus, und er fuhr mit seiner Sehnsucht davon. Er sollte sie jetzt in den Arm nehmen, aber seine Arme rühren sich nicht, er merkt, wie ihm die Knie zittern. Ich muss in den nächsten Tagen mal kurz in die Stadt fahren, sagt er, komm doch einfach mit, wenn du Lust hast. Linda nickt nur stumm, während sie die Zigarette ausdrückt und dann im Haus verschwindet.

Als er wieder auf der Straße ist, hat sich der Nebel gelichtet. Nur in seinem Kopf ist alles durcheinander. Linda hatte zweifellos zwischen ihm und Gregor auf dem Geländer gesessen, doch er fragt sich, ob sie damals mit ihnen auch einmal im Keller unter dem Heizhaus gewesen war. Kannte sie Gregors Versteck? Verwirrt schaut er sich auf der Straße um, ob ihn nicht etwas von der Beantwortung dieser Frage ablenken könnte. Die Straße ist leer, das Pflaster glänzt noch von der Feuchtigkeit. Er zwingt sich, irgendwohin zu sehen. Neben einer Mauer, deren Krone von einbetonierten Glasscherben gebildet wird, steht eine alte Wellblechgarage. Der Rost hat Löcher in die Wand gefressen, davor liegen die Reste eines nächtlichen Todeskampfes, ein Chaos aus kleinen schwarzen Federn, einige der weichen Daunen sind zu einem Gewölle verklumpt, andere bilden einen lockeren Flor, der bei jedem Luftzug zittert. Zum Glück fällt ihm in diesem Moment der Ahornsteiner Anzeiger ein. Ein Mann mit seiner Qualifikation und Erfahrung würde dort sicher nicht abgewiesen werden, und er nimmt sich vor, in den nächsten Tagen einmal in der Redaktion anzurufen. Der Gedanke beruhigt ihn, er zieht seine Jacke aus und überlegt, sie wegzuwerfen. Er will jetzt etwas loswerden, merkt rechtzeitig, wie lächerlich der Gedanke ist und klemmt sich die Jacke unter den Arm. Jetzt ist er froh, dass niemand auf der Straße ist, aber er ist sicher, auch jetzt aus einem der Fenster beobachtet zu werden. Seine Situation kommt ihm zu verworren vor, um auch nur ein Problem benennen zu können. Morgen, denkt er, werde ich den Pflaumenbaum fällen.

Lindner hat den Hut wieder auf, als Linda zurück in die Küche kommt. Du willst doch nicht etwa wirklich zu diesem Kulick gehen? Er sieht sie mit einem herausfordernden Grinsen an: Warum denn nicht? Weil das alles ein Hirngespinst ist, weil du dich lächerlich machst! Und das alles wegen einer alten Kiste, die wahrscheinlich längst verrottet ist oder überhaupt nur eine Einbildung wie diese ganze alberne Geschichte. Ein Schatz, dass ich nicht lache! Linda versucht zu lachen, doch das Lachen misslingt. Es geht ums Prinzip, sagt der Alte ruhig, außerdem haben wir nichts zu verschenken, an diesen Rohrbach schon gar nicht, du würdest wahrscheinlich auch anders reden, wenn du Kinder hättest. Linda lässt die Tassen, die sie gerade vom Tisch geräumt hat, ins Spülbecken fallen. Ihr Haar ist wieder lang genug, um es hinters Ohr zu legen. Wütend läuft sie aus der Küche, die Tür fliegt mit einem lauten Knall ins Schloss.

Sie hat sich ins Bad auf den Wannenrand gesetzt und braucht jetzt schon wieder eine Zigarette. Eine Weile sieht sie sich im Spiegel beim Rauchen zu und versucht sich an diesem Anblick zu beruhigen und ihrem eigenen Blick standzuhalten, irgendwann schlägt sie die Augen nieder. Gregor, denkt sie, hatte mit einem Kind bis nach der geplanten Übersiedlung warten wollen. Erst müssen wir in Kanada Fuß fassen, hatte er immer gesagt. Als er von Kanada immer seltener gesprochen hatte, wollte sie nicht, er sollte keinen Grund bekommen, das drohende Ende seines Kanada-

Traumes ihrem Kind anzulasten. Dann blieben in der Eiche die Gäste aus, Gregor kam auf die Idee, ein bisschen Kanada nach Ahornstein zu holen und alle an seinem Traum teilhaben zu lassen. Kanada, das war von Anfang an nur ein Spleen, sie hatte ihn reden lassen, doch diese wunderliche Speisekarte bedrohte ihre Existenz. Bald war auch dieser Ersatztraum ausgeträumt, und sie verlor ihre Arbeit in der Fabrik. Gregor sprach von unsicheren Zeiten, in denen kein vernünftiger Mensch ein Kind in die Welt setze. Den Rest brachte die Zeit, das heißt, die Zeit brachte nichts, außer einer kleinen Torschlusspanik und ein paar halbherzigen Gedanken an den medizinischen Fortschritt, so schritt das Leben fort, so ging es dahin, irgendwann war es für sie zu spät. Ein langes Stück Asche fällt auf ihren Schoß, sie fegt es erschrocken zu Boden. Sie hatten zu oft über ein Kind gesprochen, vielleicht hatten sie deshalb keines bekommen. In den Augen ihres Vaters war das ein Makel, von Kanada wusste er nur, was auf der Speisekarte in der Eiche gestanden hatte, das waren Flausen genug. Deine Mutter wäre so stolz auf einen Enkel gewesen, Gerlinde!, sagte er manchmal, als sei er ihrer Mutter solch einen Satz schuldig, gerade ihrer Mutter, die sich um ihr Kind nicht geschert hatte. Wenn er von einem Kind sprach, hatte er immer Gerlinde zu ihr gesagt, sie hasste ihn für diesen Namen und für solche hingeseufzten Sätze. Manchmal waren es statt der Sätze nur Blicke, die an Deutlichkeit aber nichts zu wünschen übrig ließen. Und jedes Mal sagten diese Blicke: Ich kann mich schließlich nicht um alles selber kümmern. Ein möglicher Satz war auch: Bei Kulick & Partner suchen sie jetzt eine Empfangsdame. Oder: Deine Freundin Angelika macht sich jetzt mit *Amway* selbstständig, auf die Idee hättest du doch auch kommen können. Denn genau genommen hatte sie in den Augen ihres Vaters mehrere Makel, sie war kein Mann, damit hatte er sich abfinden müssen, aber dann fehlten ihr auch noch ein Kind und eine Arbeit. Das hörte sich bei ihm an wie arm und dann auch noch krank. Linda drückt die Kippe in den Aschenbecher, fest und lang, als ginge es dabei um etwas.

Sie schweigt, als ihr Vater gegen die Tür klopft, leise, aber unerbittlich. Linda, mach auf, fleht er, doch sie dreht den Wasserhahn auf, um ihn nicht zu hören. Sie müsse keine Angst haben, er werde sich hüten, zu Kulick zu gehen, sie hätten Martin doch jetzt ohnehin an der Angel. Sie hört nur das Rauschen des Wassers und sieht zu, wie es kreisend im Abfluss verschwindet.

Das Messtischblatt ist an einer Stelle undeutlich, und gerade dadurch ist es deutlich zu erkennen: Lindner hat Recht. Ein Mann, der in der Lage war, mit seinem Rotstift dem Mäandern des Baches ohne den geringsten Wackler bis ins übernächste Dorf zu folgen, konnte nicht ausgerechnet bei einer kleinen Verbindungslinie vor der eigenen Haustür zufällig vom rechten Weg abgekommen sein. Es musste Vorsatz gewesen sein! Aber wozu? War der ehemalige Knecht einfach einen Moment dem Rausch der Macht erlegen? Der Gewinn war lächerlich, das Stück würde gerade ausreichen, um sich heute einen Swimmingpool in den Garten zu setzen, was nach den Gartenteichen und Wärmeschutzverkleidungen der neueste Ahornsteiner Trend ist. An einen Swimmingpool dachte aber Anfang der sechziger Jahre kein Mensch. Er sieht aus dem Fenster, wo die Zweige des Nussbaums ins Bild schwingen und der Steinhaufen noch immer die Sicht einschränkt, ein Swimmingpool könnte ihm gefallen, schon um Lindner zu ärgern. Der würde vor Wut kochen, wenn Rohrbach hier die Bagger anrollen ließe. Vielleicht war gerade das Lächerliche Großvaters eigentliches Ziel. Es kann nur ein Spiel gewesen sein, denkt er, vergleichbar mit jenem Nervenkitzel, um dessen Willen er manchmal im Supermarkt eine Kleinigkeit mitgehen ließ, einen Lippenstift zum Beispiel, für den er nun wirklich keine Verwendung hatte. Und hatte er nicht auch einmal aus purer Lust bei der Auswertung einer Studie die Zahlen vertauscht? Es war eine Straßenumfrage zur Beliebtheit von Kommunalpolitikern gewesen, die im Rathaus dann für einigen Wirbel gesorgt und einem von ihm fälschlicherweise in günstiges Licht gesetzten Politiker womöglich den Stuhl gerettet hatte. Der Mann war ihm wegen seines melancholischen Blicks auf einem Wahlplakat aufgefallen, er war ihm weder sonderlich sympathisch gewesen, noch hatte er ihm politisch nahegestanden, aber dieser Blick hatte ihm gefallen, und er hatte danach zumindest für einige Tage eine Befriedigung in seiner Arbeit gespürt, wie seitdem kein zweites Mal. Weil Lohmeyer die Manipulation nicht bemerkt hatte, war diese Befriedigung aber rasch verflogen, zumal Maria alles mitbekommen und danach von *unserem* kleinen Geheimnis gesprochen hatte. Zur Strafe hatte sie ihn mit auf die Geburtstagsfeier ihrer Freundin geschleppt. Sie hatte sogar mit einem gemeinsamen Urlaub gedroht, dem er nur entkommen war, weil der betreffende Politiker wegen einer Affäre überraschend zurücktrat und seine ihm von Rohrbach zugeschriebene Beliebtheit gegenstandslos geworden war. Vielleicht hatte sein Großvater auch aus Überdruss gehandelt, wenigstens ein Mal hatte er etwas tun wollen, was keiner von ihm erwartete, aber ihm hatte der Mut des Gärtners gefehlt, der seine weltberühmte Kakteenzucht aufgegeben hatte. Rohrbach überlegt, ob das Messtischblatt vielleicht der einzige Beweis für Großvaters Mogelei sein könnte und ob es dann nicht besser wäre, die Karte zu vernichten. Andererseits ist die Mogelei das Einzige, was von Gustav Rohrbachs Versuchen einer Neugestaltung der Ahornsteiner Besitzverhältnisse geblieben ist, eine kleine Schwindelei, mehr war von der großen Utopie nicht übrig. Schließlich schiebt er das Blatt zurück in den Umschlag, den er auf den Dachboden bringt, um ihn zu verstecken. Eine Weile steht er vor der Marx-Engels-Gesamtausgabe und kann sich lange für keinen Band entscheiden. Er kommt sich lächerlich vor. Der Wind heult im Schornstein und rüttelt an den Dachziegeln, das Wespennest hat inzwischen den Dachbalken überwuchert und dabei seine Kugelform verloren, eine graues, schuppiges Geschwür, eine Blase, die jeden Moment zu explodieren droht.

Lange hat Rohrbach überlegt, ob er nicht heute noch etwas Vernünftiges tun sollte und dann doch beschlossen, zur Trinkhalle zu gehen. Der Wind bläht ein großes gelbes Spruchband über der Straße. In ein paar Tagen, so wird da verkündet, werde zum dritten Mal und nun schon traditionell die Ahornsteiner Kürbiskönigin gekürt. Vermutlich wird das ganze Dorf auf den Beinen sein, er hasst solche Menschenansammlungen, weiß aber oft nicht, ob das mit den vielen Menschen zu tun hat oder mit dem Verlust der

Aufmerksamkeit gegenüber seiner Person, die bei solchen Menschenansammlungen zwangsläufig eintritt. Seine Stimmung würde zwischen Beklemmung und Hochmut wechseln, irgendwann würde beides nicht mehr zu unterscheiden sein. Er nimmt sich vor, das Haus nicht zu verlassen und dieser albernen Kürbisköniginnenkrönung keinesfalls beizuwohnen, aber es reizt ihn, Peter Müller jetzt nach dem Schönheitsideal einer Kürbiskönigin und vor allem nach Viviennes Chancen bei einer solchen Wahl zu fragen. Als er an die Trinkhalle kommt, fragt Peter gerade, ob Wassili die aktuellen Altmetallpreise kenne. Kupfer?, fragt Wassili. Alteisen, sagt Peter, holt ein Paket aus einer abgewetzten Werkzeugtasche, wickelt zwei rostige Metallteile aus dem Zeitungspapier und legt sie auf das Tresenbrett. Sein Bruder habe jetzt einen Ein-Euro-Job, er baue die Bahngleise im Nachbardorf zurück, erklärt Jürgen, es handele sich um eine Lasche und die dazugehörige Schraube, das Zeug liege bergeweise an der Strecke und roste vor sich hin. Fünf Stück davon bekomme ich jeden Tag in meine Tasche, sagt Peter und schaut Wassili erwartungsvoll an. Der nimmt die Teile, wiegt sie in der Hand, dann denkt er lange nach. Pro Woche ein Bier, sagt er endlich mit Kennermiene, grob geschätzt und vorausgesetzt, Gregor hebt nicht die Preise an. Scheiße, sagt Peter und packt die rostigen Teile wieder ein. Jürgen lässt sich nicht entmutigen, er findet, man müsse die ganze Sache größer aufziehen, vielleicht nachts mit Wassilis VW oder am besten gleich mit der Raupe, aber die anderen haben daran kein Interesse. Ihr kennt doch den Steinhaufen hinter meinem Haus, sagt Rohrbach, ich möchte eine Mauer bauen, ihr helft mir doch? Es solle ihr Schaden nicht sein, fügt er an und macht mit den Fingern eine eindeutige Geste, über die er sich sofort ärgert. Wassili und die Brüder nicken lustlos. Gregor tut, als habe er die Frage nicht verstanden, erst einige Minuten später, längst haben sie das Thema und die Flaschen gewechselt, sagt er plötzlich: Eine Mauer will er also bauen. Rohrbach kann auch den Ahnungslosen spielen, er will wissen, ob es was Neues von Kulick gebe. Von Kulick gebe es nichts Neues, der habe von der Drogenküche wirklich nichts gewusst. Und du?, fragt Rohrbach. Was mit ihm sein solle, er müsse doch wohl spinnen, nichts sei mit ihm, aber Danny habe jetzt auch noch eine Klage wegen Hausfriedensbruchs am Hals. Dieser Kulick ist ein Arschloch, sagt Wassili, Unkraut vergeht nicht, und damit wäre auch dazu alles gesagt. Nur Wassili muss es nach einem Schluck aus der Flasche noch einmal mit anderen Worten bekräftigen: Scheiße schwimmt immer oben. Eine Fliege taucht ihren Rüssel in den feuchten Ring eines Flaschenabdrucks, reibt die Flügel aneinander und weiß dann nicht weiter. Jürgen versucht die Fliege zu fangen, indem er seine Hand von vorn langsam auf die Fliege zuschiebt und dann schnell zuschnappen lässt, die Fliege entkommt. Peter Müller rückt mit dem Fuß die Werkzeugtasche zurecht. So, sagt Jürgen, der das wohl für ein Zeichen hält, er tastet seine Hosen- und Jackentaschen ab, schnappt noch einmal rasselnd nach Luft, dann fällt ihm nichts mehr ein, nur sein spitzer Adamsapfel bewegt sich, und er zieht ein blutiges Taschentuch hervor. Dann klingelt Peters Handy, er schaut auf die Nummer und steckt es wieder ein. Deine Alte?, fragt Jürgen, sein Bruder zuckt mit der Schulter: Die kann mich mal. Mit einem kurzen Flackern schaltet sich die

Peitschenlampe über ihren Köpfen an und stülpt einen Trichter aus Licht über die Trinkhalle. Wassili stellt verwundert fest, dass es schon später sei als er gedacht habe. Morgen ist auch noch ein Tag, sagt er, worauf ihm keiner widerspricht. Nur Gregor findet, dass es so spät nun auch noch nicht sei, und stellt schnell eine neue Runde auf den Tresen. Was soll's, sagt Peter und greift sich eine Flasche. Rohrbach überlegt, wie es wäre, für den Ahornsteiner Anzeiger einen Artikel über die Krönung der Kürbiskönigin zu schreiben und beschließt, mit dem Anruf in der Redaktion noch eine Weile zu warten. Gibt es eigentlich schon Pilze?, fragt er, weshalb sie nun über den Mond reden, der gerade abnehme, mit Pilzen dürfe es also schlecht aussehen, außerdem sei es viel zu trocken. Der falsche Wind, sagt jemand, und alle nicken. Den Ahornsteiner Anzeiger lesen sie also nicht, denkt Rohrbach und wendet sich an Gregor: Wo wohnst du jetzt eigentlich? Sie sehen ihn an, wie man jemanden eben ansieht, der nicht dazugehört und dann auch noch solche Fragen stellt. Im MTS-Haus, sagt Gregor, den Anderen fällt dabei ein, dass auch sie ein Zuhause haben und jetzt endlich gehen sollten. Der Mond, sagt Rohrbach, ist noch ziemlich voll.

Linda sitzt im Schein der Stalllampe, der auch ihn diesmal über den Acker geleitet hat, auf der Haustürschwelle. Was sie hier mache, hätte er fast gefragt, als er sie bemerkte, doch dann ist er im Dunkeln am Tor stehengeblieben und hat sie eine Weile angesehen. Sie sitzt eng zusammengekauert, ihr Anblick rührt ihn, wahrscheinlich ist ihr kalt, doch ihr Gesicht ist vollkommen entspannt.

Schön, sagt sie leise und hält ihm das Schneckenhaus entgegen. Ich weiß, sagt er, das Meer.
Seit Rohrbach denken kann, hat das Schneckenhaus auf dem Sims des Kellerfensters gelegen. Ein blassrosafarbenes Gehäuse von der Größe und Form eine Futterrübe. Seine Mutter, denkt er sofort, hätte sich gegen diesen Vergleich gewehrt, denn seit er denken kann, rauscht in diesem Schne-

ckenhaus das Meer. Die Mutter hatte dem Jungen das geheimnisvolle Gehäuse mit dem seitlichen Schlitz zum ersten Mal ans Ohr gehalten, das Meer, hatte sie gesagt, er hatte gelauscht und dann seine Finger in die glatte weiße, sich nach Innen verengende und windende Öffnung geschoben, um das Meer zu berühren. Die Mutter hatte gelacht, das Meer sei etwas, was man nur hören könne. Er weiß bis heute nicht, wer das Schneckenhaus auf den Hügel gebracht hat. Nie hatte es einer der Rohrbachs bis an solch ferne Strände geschafft, nicht einmal im Krieg. Vielleicht hatte sich irgendwann ein fliegender Händler nach Ahornstein verirrt, ein Hausierer, der mit Devotionalien der Sehnsucht handelte. Oft hatte die Mutter abends so allein vor dem Haus gesessen und dem Meer gelauscht.
Er möchte ins Haus gehen, doch Linda rückt nur ein Stück zur Seite und bittet ihn, sich zu ihr zu setzen. Er lässt sich mit dem Rücken gegen die Haustür fallen und rutscht zu ihr hinab. Sie hält ihm das Schneckenhaus ans Ohr, das Meer, sagt er noch einmal, doch das Rauschen in seinem Kopf kommt wohl vom Bier. Er weiß nicht, ob sie sich an ihn lehnt, oder er zu ihr gekippt ist, er spürt nur den leichten Druck ihres Körpers. Ich habe gekündigt, sagt er nach einer Weile und ist sich nun doch sicher, das Meer zu hören. Sie

legt das Schneckenhaus beiseite: Heißt das, du bleibst? Verwirrt, als werde ihm der Zusammenhang zwischen ihrer Frage und seinen Worten jetzt erst bewusst, schiebt er seinen Oberkörper ein wenig nach vorn, so weit, dass Linda für einen Augenblick das Gleichgewicht zu verlieren droht und erschrickt vor diesem genervt klingenden *Was weiß denn ich*, das viel lauter ist als das Rauschen des Meeres. Sie habe ja nur gefragt. Er wisse es wirklich nicht, sagt er und gibt ihr einen Kuss, als sei das eine Antwort.
Linda hört auf das Rauschen des Meeres, als sei das ohnehin wichtiger. Bleibst du?, fragt er jetzt und meint nur die heutige Nacht. Sie hat auch nichts anderes verstanden und schiebt ihn ins Haus wie einen, den man selbst dazu zwingen muss.
Auf dem Küchentisch steht eine große Emailleschüssel, der Asch, wie Gustav die Schüssel genannt hatte, als er damit von der Müllhalde kam, jetzt ist der Boden mit Maschinenöl bedeckt. Gestern, kommt er Lindas Frage zuvor, habe er seinen alten Metallbaukasten im Schuppen gefunden, alles feucht und angerostet, aber dafür noch in der Originalverpackung. Er zeigt ihr die Schachtel, auf dem Deckel ist eine Windmühle zu sehen, deren Flügel sich mit einem Kettengetriebe bewegen lassen. Das werde jetzt alles wieder wie neu, sagt er und wundert sich über die Euphorie in seiner Stimme. Er will seine Hand schon ins Öl tauchen, kann sich aber im letzten Moment zurückhalten. Kindskopf, sagt sie und zerwühlt ihm mit beiden Händen das Haar. Ihr Lachen klingt ein wenig nach Resignation. Rohrbach bemerkt es und weiß nicht, worüber er sich mehr ärgern soll, über den Kindskopf oder die Resignation in Lindas Stimme. Als er sie

vor der Tür sitzen sah, hat er sich gefreut und bereut, den Abend vor der Trinkhalle vergeudet zu haben. Und obwohl er spürt, schon zu viel getrunken zu haben, sagt er jetzt: Ich hol mir noch ein Bier. Er wartet auf ihren Widerspruch, aber Linda schweigt. Als er zurückkommt, sitzt sie auf dem Küchentisch, betrachtet das Bild auf dem Deckel und schüttelt lächelnd den Kopf. Sie trägt ein langes weites Kleid aus

dunkelblauem Trikotstoff, er denkt an den roten Minirock, unter dem er bis nach Moskau sehen konnte. Als er sie fragt, ob sie auch einen Schluck will, öffnet sie wie zufällig ihre Beine, unterm Stoff und ein kleines Stück nur, aber doch so deutlich, dass er an einen Zufall nicht glaubt. Er will ihr so lange wie möglich widerstehen und merkt, wie sein Widerstand schon bröckelt. Weißt du, was dein Vater vorhat?, fragt er, während sie nach der Flasche greift, dann aber seine Hand fasst und ihn zum Tisch zieht. Ich brauche das Stück Land ja wirklich nicht, stammelt er, bevor sie ihre Lippen auf die seinen drückt. Eine Weile hält er noch seine Flasche fest, dann zieht er Linda vom Tisch und will sie Richtung Schlafzimmer schieben. Nur kurz lässt ihn der Gedanke zögern, der sanfte Widerstand, dem sie seinem Drängen entgegensetzt, könnte Teil eines Spiels sein, bei dem sie ihm, dem Kindskopf, die Illusion der Initiative bewahrt, doch schon taumeln sie weiter, er stolpert und erschrickt über die Kälte des Ofens, an dem seine Hand sich abstützt. Ich brauche auch kein Land, flüstert sie ihm ins Ohr und zieht ihn immer tiefer. Er verliert den Boden unter den Füßen, verliert, das Gesicht schon ins Dunkelblau ihres Kleides gewühlt, das Land aus dem Blick. Zärtlich kreist ihre Zunge in seinem Ohr. Irgendwann hört er das Meer rauschen.

Linda ist schon gegangen, als er am Morgen erwacht. Sein Kopf ist schwer, es hämmert hinter der Schläfe. Er will noch ein paar Minuten liegen bleiben, obwohl er das Gefühl hat, der Schmerz könnte etwas Materielles sein, eine Art Flüssigkeit vielleicht, die erst langsam aus seinem Kopf sickern würde, wenn er aufsteht. Die Konzentration auf den Schmerz macht ihn noch stärker, ein See aus Schmerz, der gegen die Schädeldecke schwappt. Auf dem Kissen neben ihm ist noch der Abdruck von Lindas Kopf, eine verlassene Kuhle, die er jetzt betrachtet, als sei sie der einzige Beweis, dass Linda tatsächlich die Nacht neben ihm verbracht hat. Er versucht sich eines Traumes zu erinnern und ist sich nicht sicher, ob es wirklich ein Traum war oder Lindas Worte. Ihr Kopf hatte da noch auf seiner Brust gelegen, hatte sich im Rhythmus seines Atems bewegt, es war angenehm gewesen, mit dem Duft ihres Haares einzuschlafen und ihrer Stimme im Ohr. Sie hatte von einem Schatz gesprochen, den ihr Vater, dieser Kindskopf, unter dem Steinhaufen zu finden hoffe. Darüber musste er eingeschlafen sein und hatte dann wieder vom schmalen, sich immer mehr verengenden Gang unter dem Heizhaus geträumt und davon, in diesem unterirdischen Gang verschüttet zu sein. Oder war es umgekehrt gewesen? Hatte Linda, während er an ihrer Brust lag wie ein Kind, vom Keller des Heizhauses erzählt und er von einem Schatz unter dem Steinhaufen geträumt? Die Dumpfheit in seinem Kopf vermischt jetzt alles, den Traum und Lindas Worte.

8

Plötzlich sind die Schwalben weg. Hatten sie nicht eben noch auf den Oberleitungen gesessen, aufgereiht wie die Noten in Musiklehrer Fritsches Partituren? Oder war das alles schon viele Jahre her, und hatten sie nicht die Oberleitungen irgendwann mitgenommen? Jedenfalls sind sie jetzt verschwunden und haben einen leeren Himmel zurückgelassen. Die Felder haben sich in eine Steppe verwandelt, über die der Wind streicht, ohne die kurzen Stoppeln zu bewegen. Vergeblich hat Rohrbach in den letzten Tagen auf Lindner gewartet. Immer wieder ist er zum Gartentor gegangen und hat über den Acker hinweg suchend in Richtung des Dorfes geblickt, doch Lindner spannte ihn auf die Folter.

In den siebziger Jahren war Lindners Vater manchmal zu ihnen auf den Hügel gekommen, ein großer, stolzer Mann, dessen Auftauchen in der Ferne einem Ausrufezeichen glich. Im Haus des ersten Vorsitzenden der LPG gab es eines der wenigen Telefone im Dorf. Zwar besaß auch der Wirt der Eiche einen Apparat, doch der stand im Gastraum, direkt auf dem Tresen, unter den Schaukästen mit den Pokalen und Wimpeln der Fußballer von Traktor Ahornstein, und es war damals noch nicht üblich, Telefongespräche in aller Öffentlichkeit zu führen. Besonders die Ferngespräche in den Westen. Kurt Lindner hatte eine Cousine in Mannheim, mit der er gelegentlich sprechen wollte. Nachdem er das Gespräch angemeldet hatte und auf den Rückruf des Amtes wartete, saß er am Küchentisch, schweigend stopfte er seine Pfeife und hörte amüsiert zu, wie Gustav Rohrbach ihm mit einer zwischen Entrüstung und Scherz pendelnden Stimme erklärte, Telefongespräche ins westliche Ausland seien in sei-

nem Haus eigentlich nicht üblich. Er könne doch auch zu Hartmann in die Eiche gehen, dann könne er in Ruhe ein Bier trinken, während er warte. Nach der Belehrung starrte er über Lindners Kopf hinweg an die Wand, auf etwas, was nur er sehen konnte, schließlich stand er auf, ging wortlos zur Speisekammer, holte zwei Flaschen Bier und setzte sich wieder zu Lindner an den Tisch. Von dem Stück Land war damals noch nicht die Rede, jedenfalls kann Martin sich nicht daran erinnern. Er erinnert sich an die Bonbons und Kaugummis, die Kurt Lindner damals genauso wie später sein Sohn aus den Taschen seiner braunen Manchesterjacke holte und an den stillen Triumph, mit dem der Alte sie ihm zuschob und dabei den Großvater nicht aus den Augen ließ. Ihr habt die Bonbons am Revers, wir haben sie in der Jackentasche, das ist der ganze Unterschied, sagte Kurt, stieß eine kleine Wolke Qualm aus und grinste Gustav an, der mit einer wegwischenden Geste gegen den Rauch ankämpfte und in seinen Augen eine stumme Missbilligung aufblitzen ließ. Lindners Cousine war schon vor dem Krieg nach Mannheim gegangen und hatte, wie Lindner sich ausdrückte, in bessere Verhältnisse eingeheiratet, er konnte sich kaum noch an sie erinnern, er schien auch weniger wegen der Gespräche mit ihr zu kommen, als vielmehr, um Gustav zu zeigen, unter welchen Bedingungen er diese Gespräche führen musste. Die Erniedrigung nahm er mit stillem Lächeln in Kauf, weil er sich sicher war, in Wahrheit Rohrbach zu erniedrigen, dessen Genossen ja dafür verantwortlich waren, dass er nur auf diese Weise mit seiner Cousine sprechen konnte. Im Grunde war ihm die Cousine egal, er sprach davon, sie sich noch ein paar Jahre warmhalten zu müssen, denn in ein paar Jahren würde er alt genug sein, seine Cousine in Mannheim zu besuchen. Er saß wie ein Vorwurf in der Küche, genoss die Zeit des Wartens, rauchte seine Pfeife und trank langsam sein Bier, während Gustav Rohrbach in sich zusammensank, immer wieder ungeduldig nach dem Telefon schielte und jedes Mal erleichtert war, wenn der schwarze Bakelitapparat endlich klingelte, dann erst straffte sich sein Rücken, er erhob sich und verließ die Küche. Ich lasse dich dann mal mit deiner Cousine allein, sagte er gönnerhaft und schien es sich selbst hoch anzurechnen, zu diesem Satz fähig zu sein, einem Satz, der begleitet von einem leichten Zucken der Schulter vielleicht ausdrücken sollte, dass auch er das alles nur ertrage und keineswegs zu verantworten habe. In seinem Abgang lag ein Rest von Stolz, der sich erst verlor, als er später die Münzen, die Lindner auf den Tisch gelegt hatte, wie Krümel in die Hand wischte.

Als Rohrbach das Telefon abnimmt, meldet sich Dr. Lohmeyer. Dr. Lohmeyer will wissen, was zum Teufel Rohrbach sich bei dieser Kündigung gedacht habe, ob er noch ganz bei Trost sei, gerade jetzt so kurz vor den Wahlen brauche er im Institut jeden Mann. An die Wahlen habe er gar nicht gedacht, sagt Rohrbach, es seien ja immer irgendwann Wahlen, er aber habe keine Wahl. Er solle bloß nicht versuchen, witzig zu sein, sagt Lohmeyer und spricht von einzuhaltenden Fristen und drohenden Konsequenzen. Rohrbach überlegt, ob er nicht alles als einen Irrtum hinstellen und die Kündigung rückgängig machen soll, und sagt dann, er habe sich alles genau überlegt, sein Entschluss stehe fest. Er stellt sich vor, Maria stehe gerade jetzt im Büro des Chefs, ihr Blick hänge an Lohmeyers Lippen, sie mache ihm Zeichen, während der, eine Hand schützend auf dem Mikrophon, ihr Rohrbachs Worte übersetzen würde, sein Mund würde dabei schnappen wie bei einem an Land geworfenen Fisch. Das Bild des Fisches gefällt ihm, Fische waren sie, eingesperrt in dieses Institutsaquarium, glitschige Fische, die mit ihren Mäulern gegen die Scheiben stießen und unentwegt zu sprechen versuchten und doch nur Luftblasen hervorbrachten. Er möchte Lohmeyer noch ein wenig zappeln lassen. Angenommen…, sagt er langsam, aber Lohmeyer fällt ihm sofort ungeduldig ins Wort: Angenommen was? Wahrscheinlich nickt er Maria jetzt schon aufgeregt zu, weil er glaubt, Rohrbach an der Angel zu haben. Angenommen, sie kämen mir ein wenig entgegen, sagt Rohrbach und macht eine Pause. Auch Lohmeyer schweigt, Rohrbach glaubt ein Seufzen zu hören. Eigentlich müsste Lohmeyer Maria jetzt aus dem Zimmer schicken und mit Rohrbach ein vertrauliches Gespräch entwickeln, aber Maria, da ist er sicher, würde nicht gehen, sie würde einfach stehenbleiben. Was er sich denn konkret vorstelle, beginnt Lohmeyer vorsichtig, man könne über alles reden, er kenne ihn ja, er sei kein Unmensch, auch wenn es eben gerade jetzt…, wie gesagt, die Wahlen… Vergessen Sie es, sagt Rohrbach und legt auf. Er ist von seiner eigenen Entschlossenheit beeindruckt. Maria, denkt er, wird jetzt wahrscheinlich ob seiner plötzlichen Entschlusskraft verblüfft sein, Lohmeyer ihn undankbar nennen. Er ist froh, ihnen nicht mehr zu begegnen und seinen am Telefon gezeigten Mut von Angesicht zu Angesicht beweisen zu müssen, sollen sie doch über ihn reden, sie sind weit weg.

Von Maria hat er ein Bild vor Augen, er kann sich vorstel-
len, wie sie in Lohmeyers Zimmer steht, ein paar Akten vor die Brust gepresst, würde sie aus ihrer Verärgerung keinen Hehl machen, er kennt ihre schmalen Lippen und das leichte Zucken ihrer Nasenflügel. Bei Linda ist er sich da nicht sicher. Linda hat sich nichts anmerken lassen, als er die schon vereinbarte Fahrt in die Stadt gestern telefonisch abgesagt hat. Er könne jetzt nicht weg, hat er gesagt, er habe hier noch einiges zu erledigen. Dann eben später, sagte sie ruhig, es eile ja nicht. Einen Moment lang war er sicher, dass sie ihn liebt, doch dann hat ihre Gelassenheit ihn aufgeregt, sie schien ihm einfach träge. In unserem Alter eilt alles, hätte er am liebsten gesagt, aber da hatte ihn sein Mut schon wieder verlassen und eine solche Äußerung wäre natürlich auch auf ihn zurückgefallen. Er hat das Foto seiner Mutter als junge Frau betrachtet und keine Lust mehr zum Reden gehabt. Er wollte Linda eigentlich nach der letzten Nacht fragen, nach diesem Schatz, von dem er nicht wusste, ob er ihn nur geträumt hatte. Die Schwalben sind weg, sagte er nur. Lindas Antwort regte ihn noch mehr auf: Im Frühjahr kommen sie wieder, sie kommen doch jedes Jahr wieder.

Auf dem Weg zu Gregor sieht er in der Eigenheimsiedlung einen Mann, der mit einem Handstaubsauger die Fußmatten seines Autos reinigt. Er hat den Wagen aus der Tiefgarage gefahren, alle Türen sind geöffnet. Der Mann kniet davor wie zum Gebet, sein Kopf liegt auf dem Sitz, am Rückspiegel baumelt ein Duftbäumchen. Das Hemd ist ihm aus der Hose gerutscht, Rohrbach sieht den Streifen bleicher Haut

und den Rand der Unterhose. Die Eigenheimsiedlung ist in den letzten Jahren auf dem Gelände der ehemaligen Obstplantage in der Nähe der Autobahn gebaut worden. Maschinen hatten die Gehölze samt Wurzeln aus der Erde gerissen und sie dann auf dem Boden abgelegt, behutsam und sorgsam ausgerichtet, als formierten sich die Skelette zu einem letzten Appell. Statt der Apfelbäume und Johannisbeersträucher steht nun eine Reihe gleicher, weiß getünchter Häuser im Schatten der Lärmschutzwand. Im Katalog waren sie noch von einer imaginären Sonne beleuchtet gewesen, verkehrsgünstig und mitten im Grünen, hatte es dort geheißen, und die Bewohner des Apfelweges oder der Kirschgasse, die den Namen Ahornstein in jenem Katalog zum ersten Mal gelesen hatten, bewegen sich so selbstverständlich, als wären sie schon ewig da, was Rohrbach noch immer kränkt. Der Anblick des vor seinem Auto Knienden zieht ihn in den Bann und stößt ihn gleichzeitig ab. Die Fürsorge des Mannes für das Innere seines Wagens hat etwas Tröstliches.

Das MTS-Haus ist ursprünglich für die Arbeiter der Maschinen- und Traktorenstation gebaut worden, ein dreigeschossiger Plattenbau mit Flachdach, er mochte einmal als modern gegolten haben, hat aber nun seine besten Zeiten längst hinter sich. Hinter dem Haus stehen Gestelle für die

Wäscheleinen, einige weiße Laken wehen im Wind, der die Bettbezüge mit Luft gefüllt hat. Vor dem Haus liegt ein großer betonierter Platz, eine Art Wendeschleife, die von einem kleinen Fichtenhain begrenzt wird. Die Bäume stehen Spalier wie auf einer vergessenen Weihnachtsbaumplantage. Rohrbach sucht auf den Klingelschildern nach Gregors Namen und findet ihn auf einem an den Rändern ausgefransten Stück Heftpflaster. Als er klingelt, meldet sich niemand. Vielleicht ist es noch zu früh für einen Kneipier, denkt er, oder Gregor hat mich kommen sehen und will nicht öffnen. Er ist erleichtert, nun wieder gehen zu können, als die Tür plötzlich geöffnet wird. Trotz der milden Temperaturen trägt der junge Mann, der aus der Haustür tritt, Springerstiefel und eine schwarze, aufgeplusterte Jacke, auch sein Friseur könnte sein Handwerk im Krieg gelernt haben, aber wahrscheinlich hat er nur der Mode gehorcht. Rohrbach ist überrascht, wie freundlich der Junge ihn grüßt, er versucht sein Alter zu schätzen, ist sich aber nicht sicher, weil die fast kindlichen Züge im Widerspruch zum martialischen Aussehen der Kleidung stehen. Vielleicht trägt er die Sachen gerade, weil sein kindliches Aussehen ihn ärgert. Er kennt die Statistiken über die rechte Gesinnung der Jugendlichen auf dem Land, sie haben ihm oft genug einen Schrecken eingejagt, trotzdem gelingt es ihm jetzt nicht, den jungen Mann als Bedrohung zu empfinden oder wenigstens mit Verachtung zu strafen. Er wolle zu Gregor Hartmann, sagt Martin, der andere hält ihm die Tür auf. Er nimmt sich vor, Gregor nach dem jungen Mann zu fragen, weniger aus Interesse als aus Verlegenheit, er hat ein flaues Gefühl.

Gregor öffnet die Tür, er scheint nicht überrascht, verschwindet aber gleich wieder wortlos in der Wohnung, als wolle er etwas verstecken. Rohrbach steht einen Moment unschlüssig im Treppenhaus, bevor er Gregor folgt. Der Flur ist leer, auf der geblümten Tapete sind noch die Konturen von Möbeln zu erkennen. Wie in Bilderrahmen stellen sie den Originalzustand der großen braunen Ornamente aus. An eine Wand ist die kanadische Staatsflagge gepinnt. Sie kann erst vor kurzem aufgehängt worden sein, der Stoff ist noch von Falten gerastert. Nun komm endlich, ruft Gregor genervt aus dem Wohnzimmer. Seine Worte hallen, denn auch das Wohnzimmer ist fast leer. Aus einem Karton quellen ein paar Sachen, andere Kleidungsstücke hängen an Nägeln, in der Ecke steht ein riesiger Rucksack. Auf dem Fußboden liegt das zerwühlte Bettzeug auf einer Matratze. Martin hat nicht vermutet, dass die Scheidung Gregor derart zugesetzt haben könnte. Der Anblick der Fahne hat ihn den jungen Mann von der Haustür vergessen lassen, jetzt weiß er nicht, was er sagen soll. Gregor beobachtet, wie er sich in der Wohnung umsieht, dann beginnt er zu lächeln, was Rohrbach noch mehr verunsichert. Gregor ist nicht gewillt, ihn zu erlösen, er hat sich in einen zerschlissenen Polstersessel gesetzt und schaut ihn herausfordernd an. Die Art, wie er im Sessel sitzt, erinnert Rohrbach an seinen Vater, der mit dem gleichen Ausdruck im Türrahmen seines Hauses gestanden hatte. Bei seinem Vater hatte er eine Sicherheit des Besitzes vermutet, Gregor aber scheint alles verloren zu haben. An der Decke hängt eine nackte Glühbirne. So wohnst du also, sagt Rohrbach und versucht zu lächeln, als Gregor ihm antwortet: Ja, so wohne ich also.

Kaffee?, fragt Gregor nach eine Weile. Kaffee, sagt Rohrbach erleichtert.

Als Gregor in die Küche geht, setzt Martin sich in den Sessel, dessen Bezug auf der Sitzfläche kein Muster mehr hat, an der Kante hat sich die Schmuckkordel gelöst und hängt in Fransen herab. Neben der Glühbirne entdeckt er den Faden einer Spinnwebe, der Gregor wie in Zeitlupe hinterher weht. Er denkt an Gregors Scheidung und an Linda. Die Scheidung hat nichts mit ihm zu tun. Er sagt sich, keine Schuldgefühle haben zu müssen, doch der Gedanke bewirkt sofort, dass er Schuldgefühle hat und Gregor nun seine Loyalität beweisen möchte. Weißt du, dass Bergmann die Trinkhalle am liebsten schließen würde, ruft er in die Küche, er hat sie eine Saufbude genannt. Nein, ruft Gregor zurück, aber es wundert mich nicht. Gleich darauf kommt er mit zwei Tassen ins Zimmer, die er vorsichtig auf den Fußboden setzt. Es ist schon komisch, sagt er, jetzt bist du schon wieder der Erste, der es erfährt. Er habe Bergmann nur zufällig getroffen, versucht Rohrbach sich zu rechtfertigen, er habe nicht danach gefragt, Bergmann habe es ihm einfach erzählt. Roli's Tierpension, der Mann hat noch Visionen, spottet Gregor und lacht. Er meine etwas anderes, sagt Gregor, er reicht ihm einen Umschlag und lässt sich dann auf die Matratze fallen: In vier Wochen geht mein Flug! Rohrbach zieht ein Ticket aus dem Umschlag und sieht Gregor überrascht an: Kanada? Kanada!, sagt Gregor, und zwar ohne Rückflug, du kannst doch hoffentlich schweigen? Natürlich könne er schweigen, er habe auch damals geschwiegen. Durchs Fenster sieht er eine Frau hinter dem Haus zwischen den aufgehängten Laken und Bezügen umhergehen, immer wieder bleibt sie stehen, drückt sanft gegen die Luftkissen, hält sich den Stoff vors Gesicht und riecht daran.

Ich habe damals nichts gewusst, sagt Martin, du hast ja keinem was gesagt, außerdem war ich schon lange nicht mehr hier. Aber es war unser Versteck, sagt Gregor, keiner hat davon gewusst, keiner außer dir. Und Linda?, fragt Rohrbach und würde jetzt auch gern an frisch gewaschenen Laken riechen. Er solle Linda aus dem Spiel lassen, Linda habe damit nichts zu tun. Sein eigener Vater habe ihn damals als vermisst gemeldet, danach seien alle befragt worden, Linda, Wassili, die Müller-Brüder, man glaube gar nicht, wie wichtig man in diesem Land plötzlich werden konnte. Gregor versucht, an seinem Kaffee zu schlürfen, seine Lippen zittern, dann stellt er die zu heiße Tasse vorsichtig zurück. Wolltest du damals eigentlich wirklich abhauen?, fragt Rohrbach. Sag mir nicht, du hättest nicht auch einmal daran gedacht, natürlich wollte ich weg, aber das war mehr eine allgemeine Stimmung, kein konkreter Plan, ich wusste auch nicht wohin. Kanada, mein Gott, das waren Spinnereien, aber irgendwie willst du in deinem Leben dann doch noch etwas anderes haben, du weißt doch, wie das damals hier war, ich war zweiundzwanzig und stand jeden Abend in der Kneipe und dann wurden mir diese Gesichter einfach zu viel. Jede Nacht das gleiche Gequatsche, die gleiche Hilflosigkeit, und nach ein paar Bier hatten sie sich ihr Leben erträglich getrunken, sie wurden mutig, schwangen große Reden, bis sie genug hatten und die letzte Stunde stumpf vor sich hinstierten, ich wischte die Tische, und mein Vater zählte das Geld. Gregor hält einen Moment inne, als brauche das Zählen des Geldes etwas Zeit. Linda redete plötzlich von einem Kind, sagt Gregor dann, das kam mir vor, als werde damit alles zementiert, also redete ich von Kanada, in der Theorie war ich ja damals ein Kanada-Experte. Weißt du was, zuerst wollte ich nur ein paar Tage zu dir, dann dachte ich aber, Linda würde mich dort wahrscheinlich zuerst suchen, also bin ich wieder umgekehrt. Rohrbach wickelt sich die Schmuckkordel um den Finger, so fest, dass die Kuppe sich dunkelrot färbt und zu kribbeln beginnt. Unterwegs fiel mir der Keller ein, sagt Gregor, es war eine Schnapsidee, aber plötzlich gefiel mir das, unser alter Keller könnte mir ein paar Tage helfen, dachte ich. Alles war unverändert, die Kinder hatten wohl mittlerweile andere Spielplätze. Den Tag verschlief ich, in der Nacht schlich ich in die Eiche und holte, was ich brauchte, ich glaube nicht, dass es einer bemerkt hat, sie dachten wohl, ich sei schon sonstwo, ist doch irre, oder? Ein paar Tage hätte ich vielleicht noch durchgehalten, keine Ahnung, was danach geworden wäre. Aber die Bullen haben ja nicht lockergelassen, ich habe davon nichts geahnt, aber die wussten, dass ich noch nicht abgängig war. Rohrbachs Fingerkuppe ist heiß, er wickelt die Kordel wieder ab. Ich weiß nicht, wer auf den Gedanken gekommen ist, im Heizhaus nachzusehen, ist mir auch egal, aber irgendwann waren sie da. Sie fanden meinen Rucksack, und die Sache war für die sofort klar. Dummerweise hatte ich ein paar Adressen und Telefonnummern in meinem Notizbuch stehen, kanadische Botschaft, Fremdenverkehrsamt, alles im Westen, Kontakt hatte ich natürlich nie aufgenommen, meine Kanada-Liebe war ja rein platonisch, sagt Gregor lachend. Aber beweis das denen mal. Gregor spricht jetzt leise, seine Lippen öffnen sich kaum: Was für einen Plan ich gehabt habe, wollten die immer wieder wissen, und immer wieder, wer davon gewusst habe, immer wieder, stundenlang. Ich hätte doch eine hübsche Freundin, sagten sie, diese Freundin mache sich doch Sorgen, ich wolle doch eine Familie gründen, mein Vater habe doch einen gutgehenden Gasthof, ich hätte doch eine Zukunft, sagten sie. Sie wiederholten es immer wieder, wie mein Vater, wie Linda, wie alle, plötzlich klangen sie alle gleich und wussten, was das Beste für mich ist. Dabei hatte ich wahrscheinlich noch Glück, ein paar Tage Untersuchungshaft, dann ließen sie mich gehen. Die Enge unseres Heizungskellers kannte ich, aber so eine Zelle ist etwas anderes, das ist wie lebendig begraben, ein paar Tage Untersuchungshaft, sage ich dir, und dann willst du nur noch, dass alles vorbei ist, endlich alles vorbei ist, du denkst nicht mehr an Kanada und unterschreibst, dass du nie mehr vom rechten Weg abkommen wirst und schämst dich nicht einmal dafür. Gregors Kaffee ist inzwischen kalt geworden, jetzt trinkt er die Tasse in einem Zug leer.

Rohrbach hat seine Tasse nicht angerührt. Heißt das, du hattest mich nie ernsthaft in Verdacht? Er ist ans Fenster getreten, zwischen den Scheiben liegt eine tote Fliege. Die Laken sind von den Leinen verschwunden, nur ein gelber Klammerbeutel hängt auf einem Bügel, seine Öffnung ist mit einer Rüsche verziert. Ein paar Wäscheklammern stecken noch auf den Leinen, er kann dem Drang, sie zu zählen, nicht widerstehen, es sind fünfzehn. Nicht wirklich, hört er Gregor in seinem Rücken sagen, aber es lag schließlich nah und du warst weit weg, weißt du, es tut gut, wenn man

jemandem die Schuld geben kann, man fühlt sich besser danach. Zuerst war es nur ein Gedanke, irgendwann muss ich es erwähnt haben, du weißt doch, wie das hier ist, du machst eine vage Andeutung, und gleich ist es für alle Gewissheit. Für Lindner war das ein gefundenes Fressen, der hat deinem Vater gleich unter die Nase gerieben, dass sein Sohn ein Verräter ist. Aber du warst ja weit weg, ich dachte, dir würde es nicht wehtun und hoffte, du würdest es nie erfahren.
Ahornstein ist nicht Kanada, sagt Rohrbach und weiß nicht, ob er erleichtert oder wütend sein soll. Als Kind hatten sie sich einmal geprügelt, jetzt fällt ihm der Grund ein. Es war Fasching, sie waren vielleicht zehn oder elf. Gregor war wie immer als Cowboy gegangen, der trug natürlich die Wildlederweste, die er ohnehin jeden Tag anhatte, diesmal aber hatte Martin das Gefühl, Gregor trage sie nur, damit er sie nicht bekam. Seine Mutter hatte sich ohnehin jedes Jahr etwas anderes einfallen lassen, immer sollte es etwas Besonderes sein, in diesem Jahr musste er ein Kostüm anziehen, das sie Kalendermännchen nannte. Das Kostüm bestand aus einem Umhang und einem hohen, spitzen Hut, der einmal eine Zuckertüte gewesen war, alles war mit Kalenderblättern beklebt, die Mutter nach der Vorlage des Abreißkalenders selbst gemalt hatte. Er sah einfach lächerlich aus. Als Gregor tatsächlich lachte, schlug Martin ihm mit der Faust ins Gesicht. Im Moment des Schlages hatte er eine tiefe Befriedigung gespürt, doch schon im nächsten Moment war er über sich selbst so erschrocken, dass er sich nicht gewehrt hatte, als Gregor ihn verprügelte. Zu Hause hatte er davon kein Wort gesagt, die Mutter war stolz, denn er hatte wieder den Preis für das originellste Kostüm bekommen.

Es ist albern, wenn erwachsene Männer sich prügeln, denkt Martin und fragt, was denn nun aus der Trinkhalle werden solle. Er wolle verkaufen, sagt Gregor, Dannys Freunde seien interessiert gewesen, aber daraus werde nun wohl nichts. Rohrbach erinnert sich an den Tag, als die Polizei den Schlosspark umzingelt hatte. Also deshalb war Gregor damals so komisch gewesen. Und wir dachten schon ... Ich kann mir schon denken, was Linda gedacht hat, unterbricht ihn Gregor, jetzt wirft er sich auch noch ein paar Pillen ein, wird sie gedacht haben, Linda hat einfach zu viel Phantasie, zu viel Phantasie, aber zu wenig Tatkraft. Außerdem sei er nicht komisch gewesen, höchstens besorgt, vom Verkauf hänge schließlich seine Zukunft ab. Dann haben wir etwas gemeinsam, denkt Rohrbach und sagt: Ich kaufe sie jedenfalls nicht, aber du kannst ja Wassili fragen, auf der Müllkippe ist ohnehin bald Schluss. Prima Idee, spottet Gregor, Wassili ist ja bestens geeignet. Wieso eigentlich nicht?, fragt Rohrbach. Wassili habe doch schon ordentlich investiert, wenn er sich überlege, dass sie alle mit jedem Bier, das sie an der Trinkhalle getrunken haben, ohnehin schon einen Beitrag zu Gregors Übersiedlung ... Apropos, sagt Gregor, willst du einen Schnaps? Bevor Rohrbach antworten kann, ist Gregor schon in der Küche verschwunden. Er trinke eigentlich nur im Dienst, aber heute werde er eine Ausnahme machen. Er kommt mit zwei Tassen und einer Flasche zurück. Holunderlikör, sagt er, der ist noch von Lindner. Sie trinken und verziehen dann angewidert das Gesicht. Keine Frage, von Schnaps versteht der Alte was, sagt Rohrbach. Ja, das muss ihm der Neid lassen, sagt Gregor und schüttelt sich noch einmal. Eine Weile spielen sie sich nun die Bälle zu, ein Wort ergibt das andere und ein Schnaps den nächsten, sie machen sich über Lindners Gang lustig, über seinen ewigen Hut und seine Marotte, jeden Abend vor der Haustür eine Zigarette zu rauchen. Ihre Spöttelei bringt sie einander näher, wie ein altes Paar, dem die merkwürdigen Angewohnheiten anderer zum einzigen Gesprächsstoff und die gemeinsame Ablehnung zur letzten Intimität geworden sind. Widerlich, wie dem beim Reden die Bonbons gegen die Zähne schlagen. Kein Wunder, dass so einem die Frau davongelaufen ist. Auf einmal ist alles ganz leicht, Rohrbach holt zum Schlag aus und lässt seine Faust gegen die linke Hand klatschen. Gregor weicht aus und boxt ihm sanft gegen die Schulter. Er soll einen Schatz vergraben haben, sagt Rohrbach irgendwann. Der und einen Schatz, höhnt Gregor, der einzige Schatz, den der Alte habe, sei seine Tochter, leider wisse er das zu genau und tue alles, diesem Schatz seinen Reiz zu nehmen. Wundern würde es ihn freilich nicht, einen Schatz, na ja, der Alte sei ein Geizhals, wie oft habe er ihn damals angefleht, als es mit der Eiche den Bach runtergegangen sei, nichts, dem seien die Taschen zugenäht. Linda habe es auch versucht, und er habe dann jedes Mal das Zimmer verlassen müssen, als gehörte er nicht zur Familie, so ein Schwiegervater sei das gewesen, wenn der einen Schatz habe, nehme er ihn mit ins Grab. Gregor füllt noch einmal die Tassen, als könne er den Geizhals damit strafen. Rohrbach spürt eine angenehme Müdigkeit, er lässt sich wieder in den schäbigen Sessel fallen und würde gern noch sitzen bleiben, doch Gregor erwartet eine Getränkelieferung für das Fest und muss jetzt los. Martin würde jetzt gern sagen: Mach dir keine Sorgen. Der Satz kommt ihm jedoch nicht über die Lippen. Auch seinem Vater hatte er das nicht sagen können. Vaters Sorge war das Leben, in dem er viel zu lange nur funktioniert hatte und das zu kurz war für all die Illusionen und zu lang, um es ohne Illusionen auszuhalten. Und irgendwann hatte das Leben nur noch aus dem Foto einer jungen Frau im gesprenkelten Sommerkleid bestanden und aus einem Haus, das einsam auf dem Hügel lag. Das plötzliche Mitleid mit seinem Vater lähmt seinen Körper, jetzt sieht er deutlich dessen Gesicht, doch als ihm das Bild gleich darauf entgleitet, ahnt er, was ihn lähmt, ist nichts als Selbstmitleid.

Komm schon, sagt Gregor und streckt ihm die Hand entgegen. Rohrbach lässt sich aus dem Sessel ziehen, einen Moment stehen sie dicht voreinander, er kann Gregors Atem spüren und sein Zögern, bevor er ihm seine Hand entzieht. Vielleicht wäre das der Moment, in dem man sich umarmen sollte. Gehen wir, sagt Martin. Zu keinem ein Wort, sagt Gregor und hebt mit einem Lachen noch einmal drohend die Faust.

Die Krone der Linde vor dem Gemeindeamt hat die Form einer Kugel, wieder gelingt es ihm, sich mit diesem Anblick zu beruhigen. Im Winter, wenn die Triebe des letzten Jahres verschnitten sind, sieht man die kurzen Äste, deren knotige Enden sich wie Fäuste in den Himmel recken. Im Winter hat die Linde geballte Fäuste in der Krone stecken. Vor ein paar Tagen wäre er hier fast Peter Müller in die Arme gelaufen. Er war wegen eines Gebührenbescheides auf dem Amt gewesen und stand noch im Flur, als Peter durch die Tür kam. Schnell hatte er sich zur Wand gedreht und einen der Aushänge gelesen. Er hatte damit gerechnet, dass Peter ihm von hinten auf die Schulter klopfen würde und sich vorgenommen, den Überraschten zu spielen. Aber Peter war schnell an ihm vorbeigegangen, obwohl er ihn unmöglich hatte übersehen können. Er war in Begleitung seiner Frau, der er mit einigen hektischen Handbewegungen bedeutete, ihm zu folgen. Rohrbach konnte sie in der Scheibe sehen, sie hatte sich die Sonnenbrille ins Haar gesteckt und beschleunigte hinter seinem Rücken ihren Schritt. Vielleicht, hatte Rohrbach gedacht, war es Peter unangenehm, mit ihr gesehen zu werden, oder er hatte Angst, Rohrbach könne ihn im Beisein seiner Frau nach Norwegen oder Schweden fragen. Wahrscheinlich hätten Fremdheit und Scheu, vielleicht auch Gleichgültigkeit, die an der Trinkhalle gerade noch zu überbrücken waren, im Flur des Gemeindeamtes zu einer peinlichen Sprachlosigkeit geführt. Im Grunde war er Peter dankbar, gleichzeitig hatte dessen Verhalten ihn gekränkt.

Diesmal sieht er Bergmann aus dem Haus kommen, doch es ist zu spät, ihm noch ausweichen zu können. Bergmann trägt einen dunklen Anzug und eine knallgelbe Krawatte. Ein Kleintierpensionsvater, der sich als Außenminister verkleidet hat, um wenigstens wie ein Bürgermeister zu wirken. Als er Rohrbach bemerkt, bleibt er stehen und lässt ungeduldig seinen Autoschlüssel um den Finger kreisen. Diese zur Schau gestellte Geschäftigkeit soll mich beschämen, denkt Rohrbach. Was macht die EU?, fragt er. Wir arbeiten dran, sagt Bergmann ausweichend, aber auf der Zeitschiene ist eine minimale Neupriorisierung nötig. Ob Rohrbach über sein Angebot nachgedacht habe? Mein Zeitfenster ist klein, sagt Rohrbach, vielleicht sollte ich lieber die Trinkhalle übernehmen. Er hat jetzt Lust auf Provokation. Bergmann schnappt sich den Schlüssel und steckt ihn in die Hosentasche. Er meine die Immobilie, sagt Rohrbach, er denke an etwas Seriöses…, einen Blumenladen vielleicht. Bergmann sieht ihn misstrauisch an, seine Hand spielt in der Hosentasche weiter mit dem Autoschlüssel. Ein Blumenla-

den würde gut an den Dorfplatz passen, sagt Rohrbach, *Unser Dorf soll schöner werden.* Einen Moment lang versucht er sich tatsächlich vorzustellen, für Linda einen Blumenladen in der Trinkhalle einzurichten. Ein Blumenladen gehe vielleicht etwas am Bedarf vorbei, gibt Bergmann zu bedenken und schaut ungeduldig auf die Uhr. Rohrbach merkt, wie Bergmann durch die unbedachte Erwähnung des Blumenladens Oberhand gewinnt, aus Wut würde er ihm gern sein vernichtendes Urteil über dessen Wellness-Pläne an den Kopf werfen, doch der Gedanke an den Blumenladen verwirrt ihn, denn er findet an der Idee nun schon Gefallen. Die Linde hat geballte Fäuste in der Krone stecken, denkt er noch einmal und merkt, wie er vor dieser Karikatur eines Bürgermeisters einknickt. Sie haben sicher zu tun, sagt er, ich will Sie nicht aufhalten. Bergmann nickt erleichtert und zieht den Autoschlüssel wieder aus der Tasche: man sehe sich doch sicher beim Fest, dann habe man Zeit zum Reden. Sicher, sagt Rohrbach, es würde mich freuen.

Rohrbach beeilt sich jetzt, nach Hause zu kommen. In Höhe der Bibliothek hört er hinter sich eine Stimme: Warten Sie … ich habe etwas für Sie! Fräulein Kurbjuweit ist außer Atem. Sie ist ihm einige Schritte nachgelaufen, die Tür zur Baracke steht offen. Hier, was sagen Sie nun! Sie hält ihm ein dünnes Buch aufgeschlagen entgegen. Passend zur Strickjacke sind die Steine ihrer Ringe diesmal grün. Das Buch liegt auf ihrer Brust wie auf einem Lesepult. Ist das etwa …?, sagt er mit gespielter Ungläubigkeit. Ja, die Ahornsteiner Windmühle! Fräulein Kurbjuweit kann ihren Triumph nicht verbergen, aufgeregt wechselt ihr Blick zwischen dem Bild und Rohrbach, der von ihrer Begeisterung gerührt ist. Als er sich das Buch über Kakteenzucht vor einigen Tagen abholte, hatte er sie nach der Windmühle gefragt, doch auch sie hatte nichts darüber gewusst. Sie sind ein Schatz!, sagt er und gibt ihr einen flüchtigen Kuss auf die Stirn. Das Fräulein schlägt das Buch erschrocken zu und fährt sich, während sie leicht errötet, verwirrt mit der Hand über die Stirn. Ich tue nur meine Pflicht, sagt sie dann scharf, wollen Sie das Buch nun oder nicht? Sie wartet seine Antwort nicht ab und drückt es ihm eine Spur zu heftig in die Hand. Danke, sagt Rohrbach und sieht die kleine Frau davoneilen. An der Tür dreht sie sich noch einmal um: Übrigens stinken Sie nach Schnaps! Es wirkt etwas linkisch, als sie ihm nun zuwinkt und dann schnell in der Bibliothek verschwindet.

Zu Hause räumt er die Waschschüssel mit dem Öl beiseite, dann legt er das Buch auf den Küchentisch. Es ist in Packpapier eingeschlagen und hat keinen Bibliotheksstempel, wahrscheinlich gehört es Fräulein Kurbjuweit, was ihm ein wenig schmeichelt. Die entscheidende Stelle des Buches ist mit einem roten Wollfaden markiert. Das Bild der Windmühle enttäuscht ihn jetzt, es ist eine eher flüchtige Skizze, die Umrisse eines steinernen Rundturms sind zu erkennen, angedeutete Fenster, die Flügel sind nicht mehr als ein Kreuz aus fein gerasterten Strichen, das Feld wirkt wie gehäkelt. *Unsere Windmühle* steht unter dem Bild, es könnte eine beliebige Windmühle sein, stünde nicht neben der Signatur des Zeichners das Wort *Ahornstein.* Der Name des Zeichners ist nicht zu entziffern, als Rohrbach das Buch zuklappt, ärgert er sich über dessen unbeholfene Striche, die

fortan das prächtige Bild, das seine Phantasie sich von der Windmühle gemacht hatte, überlagern und schließlich auslöschen werden. Doch dann hat er den Windmüller vor Augen, so deutlich, wie er den Schlossgärtner manchmal vor Augen hat, und ihm geht auf, dass das Dorf mit dem Haus auf dem Hügel, in dem er jetzt täglich ein und aus geht, immer nur ein fades Abbild jener Gemarkung sein würde, die er sich im Kopf erschaffen hat, ein Dorf, in dem das Haus nicht auf, sondern hinter den Hügeln liegt. Es mag hinter sieben Hügeln liegen, dieses Dorf, in dem der Schuhmacher noch immer Meteoriten sammelt, Elsa in einem ihrer sieben Leben die Toten wäscht und der Vater mit der Wäscheleine die Tiefe des Brunnens misst, während der Rost unerbittlich an Ahornstein frisst und das ferne Dröhnen der Autobahn das Rauschen des Windes überdeckt.

An diesem Nachmittag sitzt er nur da und wartet, dass die Zeit vergeht. Dr. Lohmeyer würde das Langeweile nennen, und er hat auch kein anderes Wort dafür, obwohl es sich nicht so anfühlt. Das Nachdenken darüber macht ihn unruhig, er beschließt, sich einen Tee zu kochen. Nun wartet er, bis das Wasser kocht, und ein wenig Sicherheit kehrt damit zurück. Er könnte noch einmal ins Dorf gehen, denkt er,

und obwohl er sich dagegen wehrt, verlässt er ein paar Minuten später das Haus.
Fritsche wohnt in einem winzigen Haus mit tief heruntergezogenem Dach direkt neben dem Feuerlöschteich, in dem Rohrbachs Großvater das Gewehr seines Bruders versenkt hatte. Fritsches Haus gibt es zwei Mal, in einem lebt der ehemalige Musiklehrer, das andere steht auf einer kleinen Insel in der Mitte des Teiches und wird von einem Paar Mandarin-Enten bewohnt. Fritsche, der früher von jedem, der nicht richtig singen konnte, verlangt hatte, er solle es wenigstens laut und deutlich tun, sitzt auf einer Bank vor seinem Haus, die Hände in den Hosentaschen und die Füße weit von sich gestreckt, er sieht den Enten zu, die gerade aus ihrem Häuschen kommen und lautlos ins träge Wasser gleiten, sodass das Spiegelbild des Kreuzes und des Bierfasses vom Kirchturm in den sanften Wellen erzittert. Rohrbach hatte damals geglaubt, Fritsches Forderung habe kein anderes Ziel, als die Unfähigen bloßzustellen und der Lächerlichkeit preiszugeben, jetzt, da er den alten Mann auf der Bank sitzen sieht, spielt er mit dem Gedanken, einen Stein in den Feuerlöschteich zu werfen, der die ruhige Oberfläche des Wasser aufwühlen würde und die Enten laut und deutlich aufkreischen ließe. Er hat den Stein schon in der Hand, doch dessen Schwere beruhigt ihn, vielleicht, denkt er, hatte Fritsche sie damals nur auserkoren, damit sie an seiner Stelle die Verzweiflung herausschrien, die Verzweiflung darüber, dass er nicht Violinist in einem großen Orchester, sondern Musiklehrer an einer Dorfschule geworden war und sich deshalb von einem Menschen wie dem Sportlehrer als *unser* Paganini verspotten lassen musste. Frit-

sche hat jetzt die Augen geschlossen, Friede ist in seinem Gesicht oder nur Müdigkeit, der Kopf bewegt sich sanft nach einer fernen Melodie. Als die Glocke unter dem vergoldeten Bierfass und dem Kreuz der Ahornsteiner Kirche laut und deutlich schlägt, schreckt Fritsche auf und erhebt sich von der Bank, Rohrbach sieht ihn in dem winzigen Haus verschwinden, als trete Fritsche von einer Bühne ab, und das hat etwas Endgültiges.

9

Und dann ist das Laub des wilden Weins schon rot. Die ersten Nüsse fallen krachend aufs Schuppendach. Wie vom Wind getrieben wehen die Stare in dunklen Wolken über den gepflügten Acker, der sich in schweren braunen Zöpfen über den Hügel zieht. Nach dem Regen der letzten Tage glänzen die Steine wie eingeflochtene Perlen. Die Boviste in der Wiese sind dünnhäutig geworden und zerplatzen bei der geringsten Berührung, sie zerstäuben zu feiner Asche, die sich auf Rohrbachs Schuhspitzen legt. Die Reste liegen im Gras wie kaputte Tischtennisbälle.

Rohrbach ist in die Stadt gefahren, ohne Linda Bescheid zu sagen. Die Wohnung erscheint ihm fremd, er setzt sich in die Küche und starrt aus dem Fenster, vor dem die Linde steht, deren Blütenstaub manchmal einen gelben Film auf sein Auto gelegt hat, ähnlich wie die Flugasche der Müllkippe, wenn in Ahornstein Nordostwind weht. Herr Mayer hat ihn offenbar bemerkt, Rohrbach hört seine schlurfenden Schritte im Treppenhaus, vor der Wohnungstür bleibt er stehen, wahrscheinlich lauscht er jetzt. Rohrbach wartet, dass es endlich klingelt, fährt aber dann doch zusammen. Er bleibt sitzen und hört, wie sich Mayers Schritte nach einer Weile wieder entfernen.

Dann ruft er Hoffmann an und bittet ihn, die wenigen persönlichen Sachen aus seinem Schreibtisch im Büro zusammenzupacken. Hoffmann soll alles möglichst unauffällig nach unten bringen, Rohrbach würde in dem kleinen Café an der Ecke auf ihn warten. Er hat sich für Hoffmann entschieden, weil er sich nicht erinnern kann, mit ihm jemals ein privates Wort gewechselt zu haben. Albrecht Hoffmann ist einige Jahre älter als er und eigentlich Mathematiker, arbeitet aber schon seit Jahren im Institut, und obwohl er keine Gelegenheit auslässt, auf seine Unterforderung hinzuweisen, würde er wahrscheinlich nicht verstehen, warum Rohrbach gekündigt hat, der Gedanke an die konspirative Übergabe der Sachen würde ihm trotzdem gefallen, er wäre stolz, so quasi postum doch noch zu Rohrbachs Vertrautem zu werden. Tatsächlich ist Hoffmann sofort bereit, er werde sich etwas einfallen lassen, Rohrbach könne sich auf ihn verlassen.
Nach einer Stunde macht Rohrbach sich auf den Weg zur *Kopieranstalt.* Sie ist erst vor einem Jahr eröffnet worden, der Name hat ihm sofort gefallen, er wäre allein deshalb gern Kunde geworden, aber im Institut hatten sie Kopierer genug. Das Wort hat ihn an die Heißmangelanstalt seiner Kindheit erinnert, er wollte wenigstens den Namen nutzen und hat das Institut eine Weile Mangelanstalt genannt. Er bemerkt die falsche Einstellung des Gerätes zu spät, Blatt um Blatt surrt das Bild der Ahornsteiner Windmühle aus dem Kopierer. Er weiß nicht, wie er den Vorgang abbrechen kann, hilflos sieht er zu, bis dem Schreck ein Gefühl von Traurigkeit folgt, denn das Bild hat durch die Vervielfältigung jeden Reiz verloren. Rohrbach nimmt die Blätter, bezahlt und verlässt das Geschäft.

Im Café setzt er sich an einen Tisch am Fenster, von dem aus er den Eingang des Instituts sehen kann. Der Raum ist nur spärlich besetzt, zwei Männer lesen Zeitung. Der Kellner lehnt gelangweilt an der Kaffeemaschine, lässt aber einige Minuten verstreichen, ehe er an den Tisch kommt und Rohrbach nach seinen Wünschen fragt. Eine Tasse Langeweile, würde der gern sagen, bestellt dann aber Kaffee. Mit Maria ist er manchmal hier gewesen, obwohl es ihm unangenehm war, so nahe des Instituts mit ihr in einem Café zu sitzen, der Kellner scheint ihn nicht mehr zu erkennen. Martin sieht, wie Hoffmann das Institut verlässt, er trägt eine Tortenschachtel vor sich her, schaut einmal kurz herüber, schlägt dann aber den Weg in die entgegengesetzte Richtung ein und verschwindet hinter der Hausecke. Wenig später taucht er an der anderen Straßenseite wieder auf und kommt direkt auf das Fenster zu. Nachdem er eingetreten ist, blickt er sich unsicher um, Rohrbach gibt ihm ein Zeichen. Hoffmann ist sichtlich erleichtert, er stellt die Tortenschachtel auf einen freien Platz und setzt sich Rohrbach gegenüber. Er habe vor ein paar Tagen Geburtstag gehabt und sei mit seinem Karton gar nicht aufgefallen, sagt er stolz. Er sieht Rohrbach an und wartet auf ein Lob. Alles Gute, sagt Rohrbach und fragt ihn, was er trinken wolle. Eigentlich nichts, sagt Hoffmann, aber als der Kellner plötzlich neben ihm steht, wird er unsicher und bestellt ein Mineralwasser. Mit oder ohne, fragt der Kellner. Mit Glas wäre gut, sagt Hoffmann und schiebt den Stuhl mit der Schachtel ein Stück zu Rohrbach hin. Danke, sagt der und überlegt, ob er die Schachtel anschließend in seine Wohnung fahren oder mit nach Ahornstein nehmen soll. Er weiß nicht, was er mit Hoffmann reden soll: Und, wie ist die Stimmung? Genossen, die Stimmung ist besser als die Lage, antwortet Hoffmann lachend und schaut dann ein wenig erschrocken in Richtung des Instituts. Sein Lachen ist hart und abgehackt, als klatsche ein nasser Lappen auf einen Stein. Spaß beiseite, sagt Hoffmann, die Lage sei, nun ja, sie könnte besser sein. Rohrbach sieht ihn an, er würde gern

hören, dass es ohne ihn in der Mangelanstalt nicht weitergeht. Hoffmann zieht ein Taschentuch hervor und beginnt sich die Nase zu putzen. Er hat dicke Tränensäcke unter den traurigen Augen und schütteres Haar von unbestimmter Farbe. Er sieht müde aus, Rohrbach fragt sich, wie ständige Unterforderung diesen Mann derart ermüden konnte, er überlegt, ob die Liebe zum Beruf irgendwann in eine unangenehme Pflicht umgeschlagen ist, oder ob er sich in seine Pflichten verliebt hat. Maria hat ihm erzählt, Hoffmann sei eine Zeit lang hinter ihr her gewesen, sie war entrüstet, offenbar dem Beuteschema dieses Mannes zu entsprechen. Rohrbach kann das verstehen, damals aber hat er nur gelächelt. Er hat plötzlich Lust, Hoffmann zu erzählen, dass er mit Maria geschlafen hat, ihrer längst überdrüssig ist und jetzt mit seiner Jugendliebe schläft. Wenn Sie wollen, können Sie sie haben, sagt er. Hoffmann sieht ihn ebenso erstaunt wie dankbar an, dann zieht er die Tortenschachtel zu sich heran, entnimmt ihr die kleine hölzerne Buddha-Figur und stellt sie auf den Tisch. Der nackte Bauch des Buddhas gleicht Hoffmanns Tränensäcken. Die Figur hat auf Rohrbachs Bildschirm gestanden, Hoffmann hat ihn mehrfach darauf angesprochen, vielleicht gefiel sie ihm wirklich oder er wollte nur mit Rohrbach ins Gespräch kommen. Der aber ist nie darauf eingegangen. Sind Sie sicher?, fragt Hoffmann unsicher. Ja, sagt Rohrbach, nehmen Sie ruhig, es ist ein Geschenk von Maria. Oh, macht Hoffmann und lässt nicht erkennen, ob das den Wert des Buddhas steigert oder ihm die Freude daran nimmt. Rohrbach war es ein Rätsel, was Maria ihm mit diesem Geschenk sagen wollte, instinktiv hat er sich vor ihrer Erklärung gefürchtet, sich aber nichts anmerken lassen und die Figur als Zeichen seiner Souveränität auf den Bildschirm gestellt. Hoffmann sieht auf seine Uhr, er müsse jetzt wieder. Ich zahle, sagt Rohrbach, und nochmals vielen Dank.

Nachdem Hoffmann gegangen ist, versucht sich Rohrbach zu erinnern, was in dem Karton sein müsste, und überlegt, ob er ihn nicht einfach stehen lassen sollte. Maria hatte ihm einige Briefe geschrieben und im Büro wie Kassiber zugesteckt, die Briefe müssten in einer Keksdose liegen, er könnte sie an sich nehmen und die Tortenschachtel zurücklassen. Der Kellner hat sie sicher bemerkt, denkt er, es wäre peinlich, wenn er sie ihm nachtragen würde. Also klemmt er sie sich unter den Arm und verlässt das Café.

Schon auf dem Weg zur Wohnung stört ihn der Karton. Unwillkürlich achtet er darauf, was die Leute mit sich führen. Ein älterer Mann trägt einen kleinen Hund in einer blauen Sporttasche, und ein Obdachloser schiebt einen klappernden Einkaufswagen mit seinen Habseligkeiten vor sich her. An einer Baustelle balancieren zwei Arbeiter eine Schaufensterscheibe, in der er sich mit seiner Tortenschachtel spiegelt und gleichzeitig durch sich hindurch eine junge Frau mit einem Kontrabass auf dem Rücken sieht. Für einen Augenblick hält die junge Frau seine Tortenschachtel, während er ihren Kontrabass auf dem Rücken hat. Er kommt sich plötzlich lächerlich vor. Vielleicht sollte er nicht nur den Karton, sondern auch ein paar überflüssige Möbel auf die Straße stellen, denkt er, ein Schild mit der Aufschrift *Zu verschenken,* und er könnte der Auflösung seiner Wohnung zuschauen. Stück für Stück würden die Dinge davongetragen werden, es wäre, als würde er sich selbst

auflösen. Dann aber fällt ihm die Trostlosigkeit von Gregors leerer Wohnung ein, und als er den Schlüssel in die Haustür steckt, ist er sich sicher, die Wohnung vorerst zu behalten. Den Karton stellt er ungeöffnet auf den Kleiderschrank.

Auf der Rückfahrt lässt er sich Zeit, es gefällt ihm, wie sich hinter ihm eine Autoschlange bildet, die Fahrer mit den Fingern ungeduldig aufs Lenkrad trommeln. Einzelne Autos scheren aus und überholen ihn. Er überlegt, was er sagen soll, wenn Linda ihn fragt, wie sein Tag gewesen ist. Plötzlich reißt ein langgezogener Hupton ihn aus seinen Gedanken, er wird von einem schwarzen Mercedes überholt, der Fahrer hat sich zur Seite gebeugt und zeigt ihm einen Vogel. Rohrbach merkt, dass er nun wirklich viel zu langsam fährt und tritt erschrocken aufs Gaspedal. Das Sonnenblumenfeld ist verrostet. Am Straßenrand liegt ein überfahrener Igel. Das Tier hat keinen Fluchtinstinkt, denkt er, es rollt sich bei Gefahr einfach zusammen.

Am Abzweig zur Deponie sieht er Wassilis Raupe, die langsam und immer wieder neu ansetzend Erde vor sich her schiebt. In den letzten Wochen ist aus der ehemaligen Sandgrube eine sanfte Erhebung gewachsen, die den Müll mehrerer Generationen unter sich begräbt. Die Möwen sind noch da, immer wieder lassen sich einzelne Tiere aus dem Schwarm fallen, stürzen kreischend nach unten, als versuchten sie, sich mit wilden Flügelschlägen knapp über dem Boden haltend, gegen das Schild der Raupe anzukämpfen, das unaufhaltsam den Müll mit Erde bedeckt, während der Wind die letzten Papier- und Foliefetzen von der Halde Richtung Dorf treibt.

Nachdem er Fräulein Kurbjuweit das ausgeliehene Buch zurückgebracht hat, fährt Rohrbach zur stillgelegten Fabrik und stellt sein Auto direkt vor dem Werktor ab. Hinter einem Fenster des gegenüberliegenden Hauses bewegen sich die Gardinen. Eine rötlich gefleckte Katze, die langsam quer über den Hof trottet, bleibt stehen und schaut sich nach ihm um. Als er über das Tor klettert, duckt sie sich und rennt in dem Moment, da Rohrbach in den Hof springt, davon. Einige Tauben flattern aus einem Fenster, das Rauschen ihrer Flügel klingt wie das Fauchen eines Raubtieres. Auf der Rampe stehen noch immer die Fensterrahmen. Sein Vater hat die Fenster in den letzten Jahren ein paar Mal erwähnt, sie stammen vom Abriss eines Seitengebäudes. Plötzlich hat der Vater unbedingt ein Gewächshaus bauen wollen, wenn er nicht über den Feldsteinhaufen oder die Unkosten des Hauses schimpfte, über Steuern und Reparaturlasten, waren es die Metallrahmen, von denen er sprach. Er hat befürchtet, jemand könne ihm zuvorkommen, dann wäre diese einmalige Gelegenheit dahin. Es hat geklungen, als sei ihm die Chance schon entgangen, weil sein Sohn sich wieder einmal nicht entschließen konnte, ihm rechtzeitig zu Hilfe zu kommen. Die Rahmen sind zwar verrostet, der Kitt hart und rissig und an einigen Stellen herausgebrochen, mehrere Scheiben fehlen, trotzdem sind die Fenster noch immer zu gebrauchen, Vorkriegsware, denkt Rohrbach. Warum soll er sich nicht ein Gewächshaus bauen? Peter wird ihm beim Schweißen sicher helfen können. Der Plan versetzt ihn in eine kindliche Freude, die noch anhält, als er auf den Feldweg einbiegt.

Am nächsten Tag steht Linda vor seiner Tür, als seien sie verabredet. Seine Überraschung enttäuscht sie. Das Fest, sagt sie, du hast es vergessen. Sie hat sich aufwändig zurechtgemacht, ihre Lippen sind in einer Art geschminkt, die er für diesen Anlass übertrieben findet. Die Farben ihres Kleides geben ihrem Aussehen etwas Herbstliches, doch das sagt er ihr nicht. Nein, nein, lügt er, es fehle ihm nur an passender Kleidung. Macht nichts, sagt sie, und greift nach seiner Hand.

Erst als sie ins Dorf gehen, fällt ihm ein, welchen Umweg sie in Kauf genommen hat, diese Mühe gibt dem Fest und ihrem gemeinsamen Erscheinen eine Bedeutung, die er sofort zu schmälern sucht, indem er abfällige Bemerkungen über Feste dieser Art macht. Linda aber ist nicht gewillt, sich ihre Laune verderben zu lassen, und seine Einwände kommen ihm selbst bald lächerlich vor.

Rund um den Dorfplatz stehen Buden und Grillstände, alles ist mit Kürbissen in verschiedenen Größen dekoriert. Ein Kind versucht eine der riesigen auf dem Boden liegenden Früchte anzukippen, wird aber von der Mutter grob zurückgezerrt, als könne der Kürbis durch die Berührung Schaden nehmen oder das Kind seine Sonntagskleidung beschmutzen. Das Kind beginnt zu schreien, die Mutter klemmt es sich entschlossen unter den Arm und stellt es vor eine kleine umzäunte Fläche, auf der einige Hasen ausgestellt sind. Sie zeigt mit dem Finger auf die Hasen und sagt ihrem Kind, dass das Hasen seien. Rohrbach denkt an den Tombola-Hasen und ist auf der Seite des Kindes, das sich aus den Hasen, die in Wahrheit Kaninchen sind, nichts macht und wieder zurück zum Kürbis rennt. Linda hat sich bei ihm untergehakt und grüßt viel zu übertrieben in alle Richtungen. Irgendwann gibt er seinen Widerstand auf und bleibt mit ihr sogar vor einzelnen Buden stehen. Der junge Mann, den er an Gregors Haustür getroffen hat, befüllt an einem Stand mit Hilfe einer Gasflasche Luftballons. Kinder umringen ihn wie einen Messias und strecken ihm erwartungsfroh ihre Hände entgegen, während er über ihre Köpfe hinweg mit ihren Eltern spricht, denen er Faltblätter überreicht. Auf der Gasflasche prangt ein Aufkleber: *Deutsch wollen wir sein und unsere Heimat lieben, denn wir sind Ahornsteiner.* Manche der Luftballons sind rote Herzen, und Rohrbach würde ihn gern fragen, warum es keine Luftballons in Kürbisform gibt. Die Inhaberin der Geschenk-Boutique hat sich ein Dirndl angezogen und ihre Geschenke aus dem Laden in ihre Bude getragen, sicher hat sie auch kleine Buddha-Figuren im Angebot. An einem Stand entdeckt er Vivienne, die auch hier Handy-Verträge anbietet und gelangweilt ihre Fingernägel betrachtet. Er überlegt, wie er der Krönung der Kürbiskönigin, die für den frühen Abend angekündigt ist, entkommen kann und läuft dabei Bergmann in die Arme. Bergmann fragt, wie ihm das Fest gefalle, und Linda antwortet, dass es ihm gut gefalle, er nur noch etwas schüchtern sei. Während sie darüber reden, dass das

Fest in diesem Jahr noch größer und schöner geworden sei, beobachtet Rohrbach einen Mann, der an Viviennes Stand getreten ist und zusieht, wie Vivienne ihre Fingernägel betrachtet. Das Fest sei auf einem guten Weg, behauptet Bergmann und winkt dem Luftballonverkäufer zu, während der Mann seine Hand auf Viviennes Schulter legt und sich zu ihr herabbeugt, wobei sein kaltgewelltes Haar ihren Kopf berührt. Der Mann mag Anfang sechzig sein, und Rohrbach scheint es, als habe Vivienne ihm ihren Kopf entgegengeneigt, jetzt zieht sie ihn schnell zurück und schaut sich unsicher um, ob jemand die Berührung gesehen hat. Bergmann bemerkt Rohrbachs Blick und erklärt, das sei Hans-Dieter, Hans-Dieter von der Bank, Rohrbach wisse schon, Hans-Dieter sei der Mann für alle Fälle. Komm, ich stell dich ihm vor, sagt Bergmann. Vielleicht später, sagt Rohrbach, der fürchtet, Bergmann könne den Blumenladen erwähnen. Mit sanftem Druck versucht er Linda zum Weitergehen zu bewegen.

Irgendwann ist es ihnen gelungen, die Trinkhalle zu erreichen. Obwohl die Trinkhalle mitten im Festgetümmel steht, ist hier alles wie immer, Gregor hat zwar viel zu tun, aber die Leute nehmen ihr Bier und gehen sofort weiter, nur Wassili und die Müller-Brüder halten die Stellung. Peter ist in Begleitung seiner Frau, sie trägt die gleiche Windjacke des Trabantclubs *Zweitakthelden* wie ihr Mann und hält sich an dessen Arm fest, erst als sie Linda entdeckt, lässt sie los und fällt ihr theatralisch um den Hals, was Peter endlich die Gelegenheit gibt, ihr den Rücken zuzukehren. Er weist mit dem Kopf in Richtung der Frauen und wirft Rohrbach einen Blick zu, der Verständnis und Mitleid ausdrückt. Dann bestellt er ihm ein Bier. Wassili schlägt Rohrbach auf die Schulter und spricht von *unserem* Fest. Eine Weile stehen sie so, trinken Bier, und Rohrbach ist erstaunt, weil dieses Herumstehen ihn in Lindas Augen offenbar legitimiert, der Krönung der Kürbiskönigin fernzubleiben; irgendwann gehen die Frauen allein zur Bühne. Die Lichterkette, die quer über den Platz gespannt und mit kleinen Kunststoffkürbissen bestückt ist, schaltet sich ein. Wassili wankt in die Trinkhalle, setzt sich auf den Barhocker und schläft nach kurzer Zeit ein, sein Kopf kippt auf den Spielautomat. Peter gibt sich wortkarg und wird noch stiller, als die Frauen nach einer Weile zurückkommen und den Sieg von Bergmanns Tochter verkünden. Schiebung, raunzt Jürgen und macht eine wegwerfende Handbewegung. Dann kündigt ein lautes Fiepen den Auftritt einer Musikgruppe an, Wassili hebt kurz den Kopf, sackt aber gleich wieder nach vorn. Tatsächlich beginnen die Musiker zu spielen, brechen aber den ersten Titel mehrfach ab und versuchen es nach einigen Minuten von Neuem. Die haben wohl einen Sprung in der Platte, sagt Peter, aber Linda entscheidet, dass man nun tanzen wolle.

Linda muss mit Martins Weigerung gerechnet haben, ist aber dadurch nur noch mehr animiert. Lachend zieht sie ihn von der Trinkhalle fort, selbst die Bierflasche, die er, von ihrer Resolutheit überrascht, noch immer in der Hand hält, stört sie nicht. Erst auf der Tanzfläche nimmt sie ihm die Flasche ab und reicht sie dem Sänger auf die Bühne, der mit gespielter Begeisterung danach greift, ihnen zuprostet und dann tatsächlich daraus trinkt. Die Musik ist nicht nach Rohrbachs Geschmack, er versucht einige ungelenke Bewegungen, bis Linda es sich gefallen lässt, dass er die Musik ignoriert, sie an sich zieht und nur noch auf der Stelle tritt. Sie drängt sich gegen ihn, Martin spürt den Verschluss ihres BHs unter dem Kleid, und als er seine Finger unter den Steg schiebt, schaut sie zu ihm auf und verstärkt den Druck ihres Körpers. In diesem Moment sieht er eines seiner grauen Haare, das sich an Lindas Augenbraue verfangen

hat, als sie ihren Kopf gegen seine Schulter lehnte. Obwohl er sich an dieses Zeichen seines Alterns längst gewöhnt hat, ist er verwirrt und unfähig, das Haar zu beseitigen. Immer wenn Linda sich an ihn schmiegt und dann in den kurzen Pausen der Musik ein wenig von ihm löst, hat das Haar seine Lage verändert. Er überlegt, ob er Linda auf die Stirn küssen und das Haar dabei aufsaugen soll, aber erst als sie ihre Lippen öffnet und etwas sagen will, kommt er ihr zuvor. Schnell nimmt er das Haar von ihrer Stirn und fragt, wo denn ihr Vater sei. Er hat Lindner den ganzen Tag nicht gesehen und kann sich nicht vorstellen, dass der dem Fest ohne einen dringenden Grund fernbleiben würde. Linda rückt von ihm ab, und obwohl er ihre Worte wegen der lauten Musik nicht hören kann, ist Rohrbach sicher, sie verstanden zu haben. Ihrem Vater geht es schlecht. Ihre gute Laune ist verschwunden, bring mich nach Hause, sagt sie.

Mit verschränkten Armen und hochgezogenen Schultern läuft Linda vor ihm her. Erst vor der Bibliothek bleibt sie stehen und wartet auf ihn. Sie ist verändert, sachlich und ernst, fragt, ob die vergrabene Kiste etwas an seiner Haltung verändert habe. Welche Kiste?, fragt er. Sei doch nicht so stur, sagt sie. Er schweigt. Dann zieht er sie noch einmal an sich und hofft, sie würde jetzt ihre Hand zwischen seine Schenkel schieben, er will schweigen und warten, ob sie nicht doch mit zu ihm kommt. Sie aber macht sich steif, und in diesem Augenblick empfindet er Dankbarkeit gegenüber Maria, die zwar geklagt, sich aber irgendwann mit seinem Schweigen und seiner Unentschlossenheit abgefunden hat. Er ist ein alter Mann, lass ihm doch seinen Willen, sagt Linda und legt ihren Kopf für einen Moment an seine Schulter. Er unterdrückt die Frage, ob sie damit den letzten Willen ihres Vaters meint, und ist plötzlich erleichtert, als sie sich aus seiner Umarmung befreit. Überleg es dir, sagt sie und dreht ihren Kopf trotzig zur Seite, als er sie zum Abschied küssen will. Als sie gegangen ist, beschließt er, noch einmal zur Trinkhalle zurückzukehren.

Der Kürbis, den das Kind am Nachmittag anzukippen versuchte, ist zerbrochen. Ein Stück liegt auf einem Tisch, im gelben Fleisch stecken Zigarettenkippen. Rohrbach sucht nach Vivienne, aber Vivienne muss schon gegangen sein. Dafür sieht er den Luftballonverkäufer, der sich seine Bomberjacke übergestreift hat und mit einigen Kameraden an der Bushaltestelle steht. Rohrbach hat gehofft, Gregor allein anzutreffen, aber an der Trinkhalle steht Peter noch immer mit seiner Frau, die auf ihn einredet und zum Aufbruch drängt. Rohrbach stellt sich demonstrativ neben sie und versucht Peters kameradschaftlichen Blick, der ihm vor Stunden Verständnis und Mitleid signalisierte, nachzuahmen. Jürgen macht ihm einen Strich durch die Rechnung, er fragt mit einem Grinsen, ob Linda ihre Tage habe. Rohrbach bestellt Bier. Komm schon, sagt Peters Frau, nimmt ihre Sonnenbrille aus dem Haar, setzt sie sich trotz der Dunkelheit auf und zieht ihren Mann am Arm. Dessen Ellenbogen

rutscht vom Tisch, Peter kippt zur Seite, richtet sich aber wie ein Boxer nach einem Schlag wieder auf und schüttelt sich heftig. Mach's dir doch selber!, fährt er sie an und versucht, noch einen Schluck aus seiner leeren Flasche zu nehmen. Jürgens Lachen überschlägt sich und kippt in ein Husten über. Wassili hebt kurz seinen Kopf, lässt ihn aber gleich wieder auf den Spielautomaten sinken, dessen bunte Lam-
 pen blinken, als zwinkerten sie Wassili zu. Rohrbach schickt einen hilflosen Blick zu Gregor, der ihn sofort versteht. Morgen, sagt er, werden sie alle Kürbisköpfe haben. Rohrbach verlangt noch einmal Bier.

Rohrbach weiß nicht, wie er noch einmal auf die Tanzfläche gekommen ist. Die Musiker haben ihre Instrumente zusammengepackt. Er ist allein, das Fest ist zu Ende. Die hölzernen Planken beginnen sich plötzlich zu bewegen. Die Lichter wogen. Der Dorfbach schwillt an, schäumt und gurgelt. In Rohrbachs Kopf rauscht das Meer. Er schwankt, alles dreht sich, er stolpert, taumelt zur Seite, es dreht sich immer schneller. Gestalten mit Kürbisköpfen umringen ihn, sie lauern, greifen nach ihm, zerren an ihm, stoßen ihn zurück. Ihre Stimmen sind laut und deutlich, doch er versteht kein Wort. Er kennt sie, und sie sind ihm fremd. Gregor trägt eine Bomberjacke und Handschellen. Linda häkelt ein Faschingskostüm. Ein Hahn ohne Kopf flattert vorbei, ganz nahe, seine Flügel streifen Rohrbachs Gesicht. Wassili tritt gegen den Hahnenkopf und schreit Tor! Bergmann und Dr. Lohmeyer umarmen sich. Paul zieht einen Handwagen mit einer Kiste. In der Kiste liegt Rohrbachs toter Vater. Auf der Bühne sitzen nackte Hasen zwischen Kakteen, die langen Krallen lackiert. Rohrbach sieht den Hügel, das Haus, die

Windmühle, Totenglöckchen an den rotierenden Flügeln. Es scheppert und rasselt, es ächzt und knackt. Holz splittert. Eisen kracht. Der Heuwender klappert, der Mähbalken vibriert. Er will weg, weiß nicht wohin, kommt nicht los, steckt bis zu den Knien im Sand. Eine Raupe schiebt eine Lawine aus Kürbissen und Feldsteinen auf ihn zu. Rohrbach stürzt und rollt sich zusammen wie ein Igel.

10

Lindner selbst ist es, der endlich verlangt, sie sollten nun aufhören. Er lässt sich erschöpft auf den Brunnen sinken, nimmt seinen Hut vom Kopf, wischt sich mit dem Taschentuch den Schweiß ab und sagt: Es reicht, hört jetzt auf, Kinder, wir brechen die Sache ab.

Rohrbach hat sie am Morgen kommen sehen, sie saßen in Wassilis altem VW, Lindner neben dem Fahrer, Linda zwischen den Müller-Brüdern eingeklemmt auf der Rückbank. Sie hatte ihr Haar zu kleinen Rattenschwänzen gebunden und sah aus wie ein Kind, während die Brüder schwarze, ölverschmierte Overalls trugen, die sie aus ihrer dreißig Jahre zurückliegenden Militärzeit aufbewahrt hatten. Gregor wollte eventuell später kommen, so jedenfalls hatte es Linda am Abend zuvor angekündigt. Rohrbach war von ihrem Anruf so überrascht gewesen, dass ihm keine Ausrede eingefallen war. Ich habe den Alten endlich so weit, hatte Linda triumphiert, doch Rohrbach war sich nicht sicher, ob nicht doch vielmehr er zu einem Zugeständnis überredet werden sollte. Die Sache lief auf einen Kompromiss hinaus, Lindner wollte auf seinen Anspruch auf den Streifen Land verzichten, Rohrbach sollte ihm im Gegenzug beim Graben freie Hand lassen, alles, was man dabei finden würde, sollte Lindner gehören. Mit dem Ausgraben des Schatzes, so hatte

Linda es sich wohl gedacht, sollte der alte Zwist zwischen den Familien begraben werden. Für Rohrbach freilich war es ein fauler Kompromiss, er würde keinen Euro für das Land bekommen und sollte auch noch zusehen, wie Lindner aus diesem Boden einen Schatz ausgraben würde, an den Rohrbach in diesem Moment tatsächlich glaubte. Er wollte widersprechen, doch er hatte Linda noch nie so entschlossen erlebt, sie machte gar nicht erst den Versuch, ihn zu überreden, sie hatte sein Einverständnis einfach vorausgesetzt und tat so, als sei ihr Vorschlag ganz in seinem Sinne. Du bist doch auch froh, wenn die Sache endlich vom Tisch ist, hatte sie gesagt und war jedem Einwand resolut zuvorgekommen: Also morgen um acht!

Sie kamen um acht. Lindner hatte Mühe, aus dem Wagen zu klettern, Wassili musste ihm behilflich sein, doch kaum stand der Alte neben dem Auto, machte er sich mit einer heftigen Bewegung von Wassili los. Linda reichte ihm den Stock, den er ihr widerwillig aus der Hand riss. Rohrbach wartete an der Haustür, bis die anderen über den Weg bis zum Haus kamen, wobei Lindner mehrfach mit der Metallspitze seines Stocks prüfend auf die neu verlegten Platten klopfte und etwas vor sich hinmurmelte, das vielleicht Anerkennung bedeuten sollte, doch in seinem Gesicht lag Verachtung. Er sah alt aus, nicht weise, nur stur und verbraucht. Da sind wir, sagte Linda, pünktlich wie abgesprochen. Aha, machte Rohrbach und versuchte Lindner in die Augen zu sehen, doch der wich seinem Blick aus. Dein Vater hat es so gewollt, sagte er nur. Jürgen wollte erstmal ein Bier. Ob er nicht wenigstens bis Mittag warten könne, fuhr Linda ihn an, doch Wassili sprang ihm sofort bei und meinte grinsend, irgendwo auf der Welt sei bestimmt gerade Mittag.

Dann ging alles erstaunlich schnell, bis um zwölf waren der Feldsteinhaufen umgeschichtet und Rohrbachs Biervorräte aufgebraucht. Lindner hatte die ganze Zeit nur zugesehen und war unruhig hin und her gelaufen, dennoch war ihm die Anstrengung anzumerken. Rohrbach bot an, zur Trinkhalle zu fahren, um Nachschub zu holen, was bei Wassili und den Müller-Brüdern sofort Begeisterung auslöste.

Die Trinkhalle war geschlossen, aber Gregors Fahrrad lehnte neben der Tür. Rohrbach stand vor dem Ausschankfenster, an dem ein Zettel mit dem handschriftlichen Vermerk *Heute wegen Inventur geschlossen* hing, er zögerte anzuklopfen. Er stellte sich plötzlich vor, nicht Gregor, sondern Linda würde jetzt die Tür öffnen. Er wollte testen, ob er zur Eifersucht fähig war und musste dann einsehen, dass er dieses Gedankenexperiment nur wagte, weil Linda auf dem Hügel war und die Tür keinesfalls öffnen konnte. Er sah in diesem Eingeständnis eine Art Antwort und klopfte energisch gegen die Bretter. Im Inneren der Trinkhalle klirrten Flaschen, dann war ein Schaben und Kratzen zu hören. Da die Geräusche erst mit dem Klopfen eingesetzt hatten und Gregor noch immer nicht an der Tür war, glaubte Rohrbach nun wirklich, ihn überrascht zu haben, noch einmal dachte er an Linda, wobei der Gedanke, dass sie in diesem Augenblick wahrscheinlich mit den anderen schon seinen Garten umgrub, ihn keineswegs beruhigte. Er überlegte, ob Liebe und Eifersucht in einem Zusammenhang stehen, als die Tür einen Spaltbreit geöffnet wurde. Ach du bist es, sagte Gregor und schob dabei seinen Kopf durch die schmale Öffnung. Es klang erleichtert, aber es machte Rohrbach misstrauisch, dass Gregor auf der Schwelle stehenblieb und ihn nicht hereinbat. Das habe ich kommen sehen, sagte er, nachdem Rohrbach einen Kasten Bier verlangt hatte. Direkt neben der Tür stand ein Stapel Kästen, von dem Gregor einen heruntergeangelte und Rohrbach vor die Füße stellte. Rohrbach ver-

suchte, im Inneren des Raumes etwas zu erkennen, während er in seinen Taschen nach Geld suchte, doch Gregor wehrte ab, das sei ein Geschenk, sagte er schnell, oder sein Beitrag zu der Aktion, denn er werde es sicher nicht schaffen, selbst vorbeizukommen. Das Wort Aktion verwirrte Rohrbach, er hatte das Gefühl, einem Spaß auf den Leim gegangen zu sein, bestimmt warteten die anderen schon auf seine Rückkehr und würden ihn mit einem Johlen empfangen. Danke, sagte er unsicher und ging.

Auf dem Rückweg kamen ihm Wassili und die Müller-Brüder schon im Wagen entgegen. Rohrbach musste einige Meter rückwärts fahren, bis er eine geeignete Stelle fand, an der er sein Auto langsam zur Seite aufs Feld rollen lassen konnte. Wassili drehte die Scheibe herunter. Lindner habe sie weggeschickt, sagte er, den Rest, habe er gemeint, schaffe er allein. Der Alte spinnt doch, rief Jürgen vom Rücksitz. Rohrbach verstand sofort, dass es offenbar zu Lindas Kompromiss gehörte, ihn nun auch noch selbst graben zu lassen. Er reichte ihnen einige Flaschen Bier durchs Fenster, dann fuhr er weiter. Im Rückspiegel sah er, wie die anderen aus dem Auto stiegen und sich mit dem Bier an den Feldrain setzten, offenbar entschlossen, die frei gewordene Zeit auf ihre Weise zu nutzen.

Als er auf den Hof kam, flog eine Schar Gänse über das Haus, sie flogen so tief, dass das Fauchen der Flügelschläge zu hören war. Linda war nicht zu sehen, sie hatte den Spaten in die Erde gerammt und ihre Jacke über den Stiel gehängt, der Wind spielte mit den leeren Ärmeln. Als sie mit einem Teller voller Brote aus der Tür trat und ihn anlächelte, dachte Rohrbach verärgert, jetzt spielt sie hier schon die Hausfrau, und griff doch nach einem der Brote. Lindner hatte keinen Hunger, essend sahen sie, wie er auf der nun kahlen Stelle stand, einige markante Punkte der Umgebung fixierte, mehrfach hin und her ging, erneut Maß nahm, mit einem Auge über den ausgestreckten Daumen schielte und endlich mit der Geste eines Feldherrn den Stock in den Boden rammte. Die Erde war an dieser Stelle mit einer Schicht bleicher, aufgebrochener Kirschkerne übersät, die unter seinen Füßen leise knackten. Hier, sagte er, ritzte mit dem Stock ein Kreuz auf den Boden und ging zu seinem Platz auf dem Brunnen zurück. Rohrbach brachte betont langsam die restlichen Bierflaschen ins Haus, Linda sah ihm kauend dabei zu. Nun macht endlich, sagte Lindner voller Ungeduld. Rohrbach glaubte, mit dem Spaten ein letztes Argument zur Hand zu haben, er warf Linda die Jacke zu, stieß ihn in die von Lindner markierte Stelle, dann steckte er die Hände in die Hosentaschen und schaute den Alten herausfordernd an. Lass diese Kindereien, schien Lindners Blick zu sagen, er machte eine wegwerfende Handbewegung und gab Linda mit dem Stock ein Zeichen. Linda machte sich sofort an die Arbeit, schob Rohrbach zur Seite, kratzte zunächst die Kirschkerne zusammen, sprang dann mit beiden Füßen auf das Blatt des Spatens, das knirschend auf einen Stein stieß, sodass sie mit dem

Spaten zur Seite kippte. Lindner verdrehte genervt die Augen. Rohrbach nahm ihr das Gerät aus der Hand und begann zu graben. Der Boden war gut verdichtet, Rohrbach ließ sich Zeit. Er warf die Erde weit von sich, wo sie nicht stören würde, sollte das Grabungsfeld später erweitert werden müssen. Ein paar Knochen und Blumentopfscherben flogen durch die Luft, irgendwann stieß der Spaten auf Metall. Vorsicht, rief Lindner und erhob sich von seinem Platz. Rohrbach zog einen rostigen Ring aus der Erde, der eiserne Reifen eines Handwagenrades oder ein Fassreifen, dachte er, dann kam eine Schicht von Schlacke durchsetzter Asche und das Graben fiel leicht. Verkohlte Brocken rutschten vom Blatt des Spatens. Hier hat jemand etwas verbrannt!, rief er. Etwas mehr rechts!, befahl Lindner. Rohrbach grub schweigend weiter, allmählich war er von der Sinnlosigkeit dieser Arbeit überzeugt. Still fluchte er vor sich hin. Ein schwarz schimmernder Käfer rutschte ins Loch, fiel auf den Rücken, ruderte wild mit den Beinen und stellte sich dann tot. Rohrbach überlegte, ob auch er einen Schwächeanfall simulieren sollte, aber da zeigten sich einige vermoderte Holzstücke in der Erde, die zu einer Kiste gehört haben konnten. Ich hab etwas!, rief er und wunderte sich selbst über seine plötzliche Begeisterung. Lindner kam sofort herangehumpelt und hätte ihn am liebsten beiseitegeschoben, er trat an die brüchige Kante und wankte erschrocken zurück, Erde rutschte ins Loch. Rohrbach, den Alten von unten musternd, versuchte seine Begeisterung ins Lächerliche zu ziehen und verlangte nach einem Pinsel, so wie er es in einem Fernsehbericht über irgendwelche Ausgrabungen in Ägypten gesehen hatte. Nicht einmal Linda lächelte. Für Lindner war das Loch schon zu tief, er stocherte mit dem Stock in der bereits ausgehobenen Erde und legte auch dort weitere Holzstücke frei. Linda hob eines der Stücke auf und zerbröselte es zwischen den Fingern. In manchen der Hölzer, die Rohrbach nun zu Tage förderte, steckten rostige Nägel, aus anderen wanden sich kleine fleischfarbene Würmer, dann fand er ein feuchtes Stück Stoff, das sofort zerfiel. Vermutlich war es ein alter Fetzen Sackleinen, aber Lindner nahm die Reste auf die Stockspitze und hob sie sich vor die Nase, als könne ein Duft die herrschaftliche Herkunft des Stoffes verraten. Es könnten auch Reste der Windmühle sein, dachte Rohrbach und hielt einen Moment lang inne, er starrte auf das faulige Holz und versuchte, die Stücke, Teilen eines Puzzles gleich, in ein Bild einzufügen, einen Flügel vielleicht oder den Rahmen des Mahlwerks, doch die Splitter waren so klein, dass man sich alles Mögliche vorstellen konnte. Trotzdem war er jetzt sicher, die Windmühle war nicht verschwiegen worden, weil sie ein Geheimnis barg, man hatte sie einfach vergessen, ein Blitzschlag, die Feuer, aus und vorbei. Weiter, mach schon weiter, drängte Lindner, gleich haben wir es! Aber es kam nichts mehr, die Grube war über einen Meter tief, der Boden wurde nun sandig. Sie sahen sich fragend an, doch keiner wagte auszusprechen, was jetzt schon alle dachten. Nach einer Weile bat Lindner, die Grube noch etwas in alle Richtungen zu erweitern, wobei sein Stock einen großen Bogen schlug, der weit hinaus auf den Acker wies und die ganze Hilflosigkeit des Alten offenbarte. Er sagte tatsächlich bitte, und auch Rohrbach erschien es nun selbstverständlich, dass man die Aktion so kurz vor dem Ziel nicht abbrechen durfte.

Hört jetzt auf, Kinder, sagt Lindner schließlich, wir brechen die Sache ab. Langsam nimmt er seinen Hut ab, über dem kahlen Kopf hält sich ein Schwarm Mücken, der im Gegenlicht flirrt und manchmal in sich zusammensackt, sich dabei verdunkelt, um sich dann wieder in seine ursprüngliche Form zu zerstreuen. Es ist zu spät, sagt Lindner und schaut dann im Aufstehen schnell, als erkenne er erst jetzt die

Tragweite seiner Worte und müsse sie sogleich relativieren, auf seine Uhr. Linda schaut ihn besorgt an, bereit, ihm beizuspringen, geht sie auf ihn zu, doch bevor sie ihn erreicht hat, reißt der Alte seinen Stock in die Höhe und stößt die Metallspitze in Rohrbachs Richtung. Ihr Schweine, faucht er und versprüht dabei Speicheltropfen, während Rohrbach den Spaten instinktiv zu einer Abwehrgeste vom Boden hebt und das verspätete Lächeln erstarrt, das beim Wort Kinder in sein Gesicht getreten war. Vielleicht ist es dieses Wort, mehr aber noch der drohend auf ihn gerichtete Stock, der ihn an einen der Wutausbrüche seines Vaters denken lässt, der sich vom Leben betrogen fühlte und seine Wut an ihm ausgelassen, ihn angebrüllt und geschlagen hat, bis der Speichel schäumend in seine Mundwinkel trat, während Lindners zitternde Stockspitze jetzt nicht ihn meint, womöglich nicht einmal die Rohrbachs, in deren Boden seine Hoffnungen mit den Jahren verfault sind wie die Birnen, die von Wespen belagert in der Wiese liegen und deren Gären den Hügel mit einem schweren, säuerlichen Duft überzieht, ihn einhüllt. Selbst der Wind ist gegen diesen Geruch machtlos. Ihr Schweine, sagt Lindner noch einmal, dann lässt er den Stock sinken. Auch Linda, die die Szene in einer Art Schockstarre verfolgt hat, fähig nur zu einem kurzen Schrei, einem kehligen Laut, als Rohrbach für einen Moment den Spaten gehoben hat, auch Linda hat sich wieder beruhigt. Komm jetzt, sagt sie zu ihrem Vater, gehen wir. Du fährst uns doch?, wendet sie sich an Rohrbach, der schon wieder im Boden wühlt, als wäre er unabkömmlich und dann tatsächlich auf einen Widerstand stößt, mit dem Spaten auf etwas Hartem kratzt, einem großen Stein vielleicht oder einer Platte aus Metall, doch anstatt seinen Fund zu melden, zieht er den Spaten zurück und sagt nur: Sicher, ich fahre euch.

Solange noch etwas zu sehen war, hat Rohrbach gegraben, als Linda nach etwa zwei Stunden zurückkommt, ist es bereits dunkel, er hört nur die Gartentür, die seit ein paar Tagen ihr altes vertrautes Quietschen wiedergefunden hat. Der Rost holt sich alles zurück, denkt er, während Linda in den Schein der Stalllampe tritt und dort, als sei ihr plötzlich etwas eingefallen, stehenbleibt, sie zögert, weiß nicht, ob sie wieder umkehren soll. Rohrbach sitzt auf dem Brunnen und sieht ihr zu, er hat sich erschöpft gegen den hölzernen Ständer der Pumpe gelehnt, wo Linda ihn nicht sehen kann. Ihre Bewegungen sind seltsam fahrig, sie trägt noch immer die Arbeitssachen, nur ihre kleinen Zöpfe haben sich aufgelöst, wie vom Wind zerzaust steht das Haar wirr und vom Licht durchschienen vom Kopf, den sie, direkt unter der von Motten umschwirrten Lampe stehend, an das Mauerwerk legt, als brauche sie einen Halt. Sie zuckt zusammen, als er sie ruft, stößt sich gleich wieder von der Wand ab und geht ein paar unsichere, fast taumelnde Schritte auf ihn zu. Ihr rasch wachsender Schatten streift seine Schulter. Stell dir vor, jetzt will er es wahrmachen, bringt sie endlich hervor, ohne ihn dabei anzusehen, jetzt macht er es wahr, hörst du, jetzt, da alles vorbei ist. Er überlegt, was in den letzten zwei Stunden passiert sein könnte, nachdem er sie abgesetzt hatte und Lindner wortlos im Haus verschwunden war, während Linda sich noch einmal umgedreht hatte, jenes Lächeln auf dem Gesicht, in dem er früher, wenn sie vom Rücksitz seines Mopeds gestiegen war, neben der Herausforderung immer auch eine Spur von Spott zu erkennen geglaubt hatte, sodass seine Enttäuschung über den Abschied schon wenige Minuten später einer Erleichterung gewichen war. Offenbar hatte sich Lindner nicht beruhigt und erneut seine Drohungen ausgestoßen, doch dieser Zorn konnte sich auch dann nicht gegen ihn gerichtet haben, denkt er, es musste ein Zorn gewesen sein, der sein Objekt verloren hatte und nun umso stärker gegen alles wütete, gegen Linda vielleicht, vor allem gegen sich selbst. Und wieder, während er sich Lindners Zorn vorzustellen versucht, sieht er seinen Vater, die dicken Adern an dessen Schläfe, das mahlende Kinn, diesen schweren, schlurfenden Gang, der immer gewirkt hatte, als kämpfe der Vater gegen den Wind an oder laufe über den feuchten Acker, wo die lehmige Erde an seinen Sohlen klebt und sich nicht abschütteln lässt. Es ist nicht zu fassen, sagt Linda, er will doch tatsächlich nach Kanada, er hat schon seine Sachen gepackt, jetzt macht er gerade die Trinkhalle dicht. Rohrbach sieht sie verwundert an und begreift endlich, dass sie von Gregor spricht. Ich weiß, sagt er wie beiläufig und kratzt mit einer rostigen Bauklammer den Dreck aus dem Profil seiner Schuhsohlen. Was soll das heißen, du weißt? Linda steht jetzt direkt vor ihm, sie beugt sich zu ihm herab, schlägt ihm mit der Hand gegen den Oberarm, packt ihn dann bei den Schultern. Er hat es mir erzählt, sagt Rohrbach erschrocken, aber er fürchtete, die anderen könnten es zu früh erfahren. Die anderen? Ich bin nicht die anderen, ich bin … ich war seine Frau! Sie hat ihr Gesicht ins Licht gedreht, und Rohrbach sieht es von Wut und Enttäuschung entstellt, während die Arme, die eben noch an seinem Körper rüttelten, erschlaffen und ihre Hände von seinen Schultern gleiten. Schweigend lässt sie sich auf die andere Seite des Brunnens fallen. Er hört, wie sie eine Zigarette aus der Packung nimmt, sie anzündet, hört, wie sich ihr Atemgeräusch nach einigen Zügen zu einem Schluchzen steigert, das sie mühsam unterdrückt, bevor sie die glühende Kippe in die Dunkelheit schnippt. Du hast es gewusst, nicht wahr, nicht jetzt, aber damals bei Gregors Verhaftung hast du es gewusst, hört er sich leise sagen und ist erstaunt über seine eigene Stimme, die keine Empörung verrät, nicht einmal Enttäuschung, nur mechanisch klingt, doch Linda antwortet ihm auch jetzt nicht, lässt auch nicht erkennen, ob sie seine Worte überhaupt verstanden hat. Eine Weile sitzen sie so, drüben am Haus taumeln einige Nachtfalter wie betrunken zu Boden. Es ist kalt geworden, Rohrbach kommt es vor, als steige die Kälte aus der Tiefe des Brunnens, dringe durch die Abdeckung und erklimme langsam seinen Rücken. Lass uns ins Haus gehen, sagt er irgendwann, aber auch da ist es so, als hätten seine Worte keinen Adressaten, als spräche er nur zu sich selbst. Als sie später miteinander schlafen, wundert er sich über ihre Leidenschaft oder vielmehr das, was man für Leidenschaft halten könnte, wäre da nicht diese Spur von Übertreibung, diese verzweifelte Heftigkeit, mit der sie ihn an sich zieht, ihre Arme und Beine um ihn klammert, mit der sie keucht, ihre Hüften gegen seine Hüften presst, dieses stumme aber verbissene Einfordern des Gelingens, das in jeder ihrer Bewegungen liegt und die Gewissheit des Scheiterns nur umso deutlicher offenbart. Er ahnt, dass er nichts richtig machen kann, weil er in dieser Nacht der Falsche ist,

und so lässt auch er sich auf das falsche Spiel mit der gleichen Heftigkeit ein.
Als Linda dann von ihm abrückt, ihre Finger dabei noch einmal über seinen schwitzenden Körper streichen und ihre Hand schließlich ebenso verzagt von seiner Schulter gleitet wie kurz zuvor am Brunnen, ist plötzlich auch das Frösteln wieder da. Sie kehrt ihm den Rücken zu, er würde gern etwas sagen, ein paar tröstende Worte vielleicht, aber der Anblick ihres bewegungslosen, in der Dunkelheit matt leuchtenden Rückens versetzt ihn wieder in die Kabine des Schwimmbades zurück. Anders als damals könnte er sie jetzt berühren, aber von der weißen Haut geht in diesem Moment eine Fremdheit aus, die ihn zurückhält und schweigen lässt. Der Wind ist stärker geworden, er bauscht die dunklen Vorhänge auf und schiebt sie einen Spaltbreit auseinander, sodass das Licht der Hoflampe hell ins Zimmer fällt, dessen Trostlosigkeit ihn erschüttert. Die Schlafzimmertapete hat Augen, er weiß, dass sie von nun an immer Augen haben wird. In diesem Zimmer hatten sich seine Eltern geliebt, in diesem Zimmer waren seine Eltern gestorben. Durch das Fenster kommt der Geruch des faulenden Obstes und vermischt sich mit dem Mief der letzten Jahre. Vorsichtig zieht er Linda die Decke über die Schultern und

steigt aus dem Bett, schleicht sich aus dem Zimmer, tastet sich durch den dunklen Flur, tritt schließlich, noch immer nackt, vor die Haustür, wo ihm die Kälte der Nacht entgegenschlägt, wie betäubt läuft er zur Pumpe, die unter seinen wilden, ruckartigen Bewegungen zu röcheln und gurgeln beginnt, der hölzerne Ständer ächzt, bis das Wasser aus dem Auslauf platzt, als kotze das rostige Rohr es aus. Rohrbach versucht seinen Körper unter den sprudelnden Stahl zu halten, erst nur die Hand, zögernd die Füße, dann den Kopf und den Nacken, wobei der rechte, nach hinten verdrehte Arm den Schwengel in Bewegung hält und nur manchmal hilft, das kalte Wasser aufzufangen und gegen die Brust zu spritzen. Er prustet und schnauft, wirft sich das Haar mit einer schnellen Drehung des Kopfes aus der Stirn, er steht nackt unter dem weiten Himmel und möchte schreien, als er Linda bemerkt, die vor die Haustür getreten ist. Lass den Unsinn, du wirst dich erkälten, ruft sie, ihren zitternden Körper in die warme Bettdecke gehüllt.

Nur noch ein grauer Flaum krönt jetzt die Stängel der Goldrute. Auch der Schlingknöterich ist verwelkt, wie eine von der Zeit ausgebreitete Wolldecke liegt er auf den alten Maschinen, von denen nur hier und da rostige Gestänge durch den grauen Flaum spießen. Rohrbach hat die Eisenfenster aus der Fabrik in die Wiese gestellt, vielleicht wird er doch noch ein Gewächshaus bauen, Kakteen können längere Zeit ohne Wasser auskommen.
Der Mühlstein war schwer, Rohrbach musste Wassili kommen lassen, gemeinsam hatten sie Seile um die Scheibe geschlungen, den Stein aus der Grube gezogen und auf einen

Sockel gewuchtet, wo er nun als eine Art Tisch unter dem Nussbaum steht. Ein Platz für die Ewigkeit, hat Wassili gesagt, Rohrbach hat genickt, doch als er jetzt am Tisch sitzt, ist der Stein kalt, und er weiß nicht, ob die Mühe sich gelohnt hat. Wassili ist wortkarg gewesen an diesem Tag, Rohrbach hat ihn aufmuntern wollen und mit kindlichem Staunen seine Muskeln berührt, wie damals am Pappelberg, als Linda auf Welttournee gehen wollte, doch Wassili hat nur müde gelächelt. Die Deponie war eine Woche zuvor geschlossen worden, Wassili hatte seine Raupe für immer abgestellt, die Möwen waren noch einige Tage über der Stelle gekreist, dann waren sie aus Ahornstein verschwunden, jetzt zieht nur noch der Milan scheinbar ungerührt hoch am Himmel seine Kreise. Wie ein Geier, dachte Rohrbach.

Auch Gregor war abgereist. Hans-Dieter hat die Trinkhalle gekauft, er hat bis zum letzten Moment gewartet und so den Preis gedrückt, aber Gregor hat keine Wahl gehabt. Peter und Jürgen übernahmen den Umbau, sie schlugen den Putz vom Giebel und kippten die steinernen Urnen vom Dach, die auf dem Boden zerschellten. Die Steine lagen zwischen dem Schutt, auf dem einmal Gregors Name gestanden hat. Ein paar Schaulustige kamen, auch Rohrbach sah zu, als ginge ihn das etwas an. Vorm ehemaligen Gasthof standen die Kinder mit ihren bunten Fahrradhelmen, bis der Wind den Staub in dicken Wolken über den Dorfplatz wälzte und sie vertrieb. Schreiend liefen sie davon und warfen sich hinter die Müllcontainer in Deckung. Noch vor Weihnachten, sagte Bergmann stolz, soll hier Viviennes Nagelstudio eröffnen.

Lindner kam auch diesmal zu spät. Ihm blieb nur, mit dem Stock in den Trümmern zu stochern. Mit der Spitze wälzte er einige Bruchstücke hin und her, schob sie etwas herum, als ließe sich ihre alte Ordnung wieder herstellen. Das hätte dein Vater nicht gewollt, sagte er leise, dann humpelte er davon. Grüß deine Tochter von mir, rief Rohrbach ihm nach, Lindner drehte sich nicht um, hob nur kurz den Hut, bevor er hinter dem Gasthof verschwand.

Der Luftzug des anfahrenden Autos wirbelt das trockene Laub auf, ein kleines Stück folgen die Blätter dem Wagen nach und sinken schaukelnd zu Boden. Eine Weile hält sich das Haus noch im Rückspiegel, dann rutscht es zur Seite, wie vom Wind verweht. Der Nordostwind wird Schnee bringen, sagen die Leute. Am Fuß des Hügels stehen schon die Fangzäune, hinter denen das Bild des Dorfes zu flackern beginnt, als Rohrbach auf die Autobahn biegt. Wie ein alter zerkratzter Film, denkt er und spürt den großen Schlüssel des Hauses, der sperrig in der engen Tasche seiner Jeans steckt.

Jens Wonneberger

Gegenüber brennt noch Licht

Roman, 240 Seiten, Hardcover

*

Herr Plaschinski kann nicht anders, er muss wissen, was bei seinen Nachbarn los ist. Hinter den Fenstern der anderen spielen sich ganze Dramen ab, tatsächliche und erfundene. Ein witziger und präziser Blick auf das wirkliche Leben, ein Seelenporträt der deutschen Gegenwart.

»Welch subtile Beobachtungen ihm doch gelingen. Wie spannend das Normale und Banale doch sind. Und wie hintergründig!« *Lausitzer Rundschau*

»Jens Wonneberger hat einen großen kleinen Roman über das Glück und Unglück des Beobachtens geschrieben: ein wunderbar beiläufiges Spiel, das vom Unheimlichen des Alltags handelt – und von den unbeholfenen, phantasiereichen Fluchten aus der Gewöhnlichkeit.« *Süddeutsche Zeitung*

Jens Wonneberger

Die Pflaumenallee

Roman, 192 Seiten, Leineneinband

*

Bergheimer wird von niemandem gebraucht, das macht ihn eigenbrötlerisch. Immerhin hat er einen alten Schulfreund wiedergefunden, der sich von ihm vollquatschen lässt. Abends sitzen sie auf Parkbänken, dann schwadroniert Bergheimer über die Ungerechtigkeit der Welt. Und beide denken an ihre Jugendjahre, als sie auf der Bank an der Pflaumenallee saßen, ihrem Rückzugsort. Damals hatte Bergheimer auch sein Bein noch nicht verloren.

Jens Wonneberger schreibt über die Lebensgefühle von Menschen, die gemeint sind, wenn Politiker vom »Fördern und Fordern« sprechen – ganz normale Leute mit Träumen und ohne Perspektive. Mit großer Beobachtungsgabe und lakonischem Humor erschafft Wonneberger einen Stadtraum für zwei Zeitgenossen, die sich nicht viel zu geben haben und einander doch brauchen.

Steidl Verlag · Düstere Str. 4 · 37073 Göttingen
www.steidl.de

Jens Wonneberger

Infarkt

Roman, 128 Seiten, Hardcover

*

Ein Tag in einem Supermarkt. Zwischen Käsetheke und Alkoholregal sind sie zu finden, die Erniedrigten und Beleidigten der auf Hochglanz polierten Gegenwart. Hier kreuzen sich die Wege von vier Menschen, für die sich scheinbar niemand interessiert. Aber das stimmt nicht, denn unentwegt beobachtet einer den anderen und macht sich Gedanken. Im Gegenüber wird die eigene Existenz gespiegelt und erkannt.

Infarkt ist ein kraftvoll erzählter Roman über die ganz alte und immer wieder neu zu stellende Frage, woraus das Leben besteht und was es eigentlich ausmacht. Jens Wonneberger lässt seine Helden hart mit sich selbst ins Gericht gehen, zugleich zeichnet er ein präzises Bild einer Gesellschaft voller Enttäuschungen und Sehnsüchte.